Peter Ritter

Seiten-Springer

Kriminalroman

vmn
Verlag M. Naumann

Verlag M. Naumann, vmn, Hanau, 2009
Druck: Aalexx Buchproduktion GmbH, Großburgwedel

ISBN 978-3-940168-43-6

1. Auflage 2009

Bibliografische Information der Deutschen Nationalbibliothek
Die Deutsche Nationalibliothek verzeichnet diese Publikation in der Deutschen Nationalbibliografie; detaillierte bibliografische Daten sind im Internet über http://dnb.ddb.de abrufbar.

Herzlichen Dank an alle, die mich bei der Arbeit an ›Seiten-Springer‹ unterstützt haben. Besonders hervorheben möchte ich Polizeihauptkommissar Rainer Wolfschmitt, der mich in Sachen Polizeiarbeit beriet, seine Frau, Diplompsychologin Astrid Wolfschmitt, die mir bei den Dialekt-Passagen half, und Uwe Schillhabel, der das vollständige Werk als erster sichtete.

Personen und Handlung dieses Buches sind frei erfunden. Ähnlichkeiten mit lebenden oder toten Personen sowie existierenden Unternehmen wären also rein zufällig.

Der Autor

Peter Ritter wurde 1966 in Kronach geboren. Er lebt seit 1986 in Bamberg, wo er heute als Lehrer für Englisch, Informationstechnologie und Kunsterziehung tätig ist. Nebenbei schreibt er Schultheaterstücke und Romane und tritt als Sänger und Gitarrist von Bands auf.

FÜR ASTRID & JACINTA

»Ist das ein Dolch, was ich vor mir erblicke,
Der Griff mir zugekehrt?«

William Shakespeare, ›Macbeth‹

1 Burn, Motherfucker!

12. bis 13. September

MARCEL ZIMMERMANN PRESSTE EIN ZERKNÜLLTES Papiertaschentuch an seine Stirn und blickte mit schmerzverzerrtem Gesicht in den großen Badezimmerspiegel. Er spuckte Blut ins Waschbecken, beugte sich vor, bis seine Nase fast das Glas berührte, und zog mit dem Zeigefinger behutsam die aufgeplatzte Unterlippe herunter. Sie sah gar nicht einmal so schlimm aus. Auch war der Schmerz am Mund erträglich, und seine Zähne hatten nichts abbekommen. Dennoch würde er das nächste Shooting wahrscheinlich vergessen können. Das Veilchen am rechten Auge ließe sich wohl leicht überschminken, aber wie stand es mit der Kopfverletzung? Die tat ihm richtig weh. Vorsichtig nahm er das Taschentuch weg, um es sofort wieder dagegenzudrücken, als ein dicker Blutstropfen hervorquoll, die Augenbraue entlangfloss und eine rot glitzernde Bahn über seine Wange zog.

»Scheiße!«, zischte er. Mit Make-up ließ sich zwar einiges richten, aber nun mal nicht alles. Die Platzwunde musste wahrscheinlich sogar genäht werden. »Ach Quatsch!«, verwarf er trotzig den Gedanken. Es würde auch so gehen. Er konnte sich selbst um die Verletzung kümmern.

Sein Atem ging schnell, und er spürte noch immer das Adrenalin durch seine Adern schießen, als er sich umdrehte und mit zitternder Hand das kleine Wandschränkchen neben der Badezimmertür öffnete.

Der Kampf war kurz, aber wild gewesen. Der Typ hatte ihn mit einer Links-Rechts-Kombination eiskalt überrascht. Kunststück – ohne Vorwarnung. Auch hatte er selbst jemand ganz anderen erwartet, als er das ungeduldige Klingeln an der Wohnungstür hörte: Tür auf – fliegende Fäuste. Doch er war nicht zu Boden gegangen, hatte sich schnell gefangen, seinen heranstürzenden Gegner mit dem Gesicht in die seinerseits ausgefahrene Faust laufen lassen und ihm einige Hiebe in die Rippen versetzt. Nach einem wüsten Schlagabtausch war es ihm gelungen, den Mann in den Hausflur zu schubsen, um ihn dort mit einem Kick gegen den Brustkorb auf den Hosenboden zu befördern. Keuchend hatte sich der Typ wieder aufgerappelt und kurz überlegt, ob er noch einmal auf ihn losgehen sollte.

»Du Wichser! Lass bloß die Finger von meiner Alten«, hatte er dann aber nur geknurrt und dabei drohend mit dem Finger auf ihn gezeigt. Nach einigen zögerlichen Schritten rückwärts hatte er noch »Sonst mach ich dich irgendwann endgültig platt!« gefaucht, um schließlich im Fahrstuhl zu verschwinden.

»Tsh! Loser«, murmelte Zimmermann verächtlich und platzierte ein Erste-Hilfe-Köfferchen neben dem Waschbecken, wo er es umständlich mit der freien Hand auffummelte.

Sollte er den Mann anzeigen? Er überlegte es sich kurz, entschied jedoch, es lieber sein zu lassen. Schließlich hatte der Kerl seine Gründe gehabt, und die Geschichte war wie unter richtigen Männern ausgetragen worden. Er sollte den Fall also lieber auf sich beruhen lassen, um nicht unnötig Staub aufzuwirbeln. Außerdem könnte ihm eine Anzeige in Bamberg den Ruf eines Weicheis verschaffen. Und das wollte er auf keinen Fall.

Er versorgte seine Stirnwunde, die nach einigen Handgriffen ein großes Pflaster zierte. In der Toilette häuften sich weggeworfene Papiertaschentücher, die das Wasser rötlich färbten. Nachdem er sich das Blut auch von Mund und Oberkörper gewaschen hatte, zog er vorsichtig das T-Shirt über den Kopf und warf es beiläufig in den Wäschekorb in der Ecke. Dann sprühte er sich aus einem rotbraunen Fläschchen seinen Lieblingsduft auf Hals und Brust, der sogleich süßlich schwer im ganzen Badezimmer hing. Als er ihn genussvoll mit geschlossenen Augen einzog, wurde er ruhiger und seine Laune besser. Schließlich erwartete er ja noch immer seinen Besuch. Noch ein kritischer Blick in den Spiegel: gut. Die Wunden entstellten sein schönes Gesicht nicht weiter. Und abgesehen davon machte es den Frauen ja manchmal auch Spaß, sich ein wenig um einen verletzten Kämpfer zu kümmern und ihn seine Schmerzen vergessen zu lassen.

Schon lächelte er sich wieder selbstbewusst zu. Dass er dafür sofort mit einem Ziehen in der Unterlippe bestraft wurde, nahm er gelassen. Er hatte heute noch einiges vor und würde sich dabei durch nichts mehr beirren lassen.

»So ein Penner verdirbt mir doch nicht meinen Freitagabend«, murmelte er seinem Spiegelbild zu. Er übte noch einmal seinen Verführerblick, indem er sich wissend angrinste und dabei eine Braue hochzog. Seine stahlblauen Augen funkelten im hellen Badezimmerlicht. Na also. Er zwinkerte sich zu und ließ in einer kleinen Posing-Show die Muskeln spielen, ehe er lässig ins Schlafzimmer schlappte, wo er sich ein frisches T-Shirt überstreifte. Als er seine schimmernden braunen Locken zu einem Pferdeschwanz band, ertönte die Haustürglocke. Er blickte zum Radiowecker. 23:14 leuchtete es grün.

Das musste sie sein! Ein letztes Mal musterte er sich

von Kopf bis Fuß im Spiegel des Schlafzimmerschranks, wobei er auch die perfekt sitzende Jeans auf Blutflecken überprüfte, bevor er zur Wohnungstür ging. An der Gegensprechanlage berührte sein Finger schon das Knöpfchen mit dem Schlüsselsymbol, als er inne hielt.

Was, wenn es aber doch nicht sie war, sondern der Typ von eben? Vielleicht hatte er sich ja trotzdem noch für eine zweite Runde entschieden oder sich sogar eine Waffe besorgt – irgendetwas zum Zuschlagen wohlmöglich?

Zimmermann wollte nicht noch einmal denselben Fehler machen. Vorhin hatte er sowohl die Haustür als auch die Wohnungstür einfach ohne Nachfrage geöffnet, weil er überzeugt gewesen war, dass es kurz vor der vereinbarten Zeit – 23 Uhr – ohnehin nur der erwartete Besuch sein konnte.

Jetzt nahm er den Finger vom Knöpfchen, griff entschlossen nach dem Hörer und hielt ihn sich ans Ohr.

»Ja?«, fragte er skeptisch.

»Ich bin's, Jasmin«, rauschte eine Frauenstimme heraus.

»Komm rauf«, sagte er zufrieden und drückte den Türöffner.

Schlagartig wich seine Angst der Vorfreude auf seinen heiß geliebten Matratzensport, der ihn jeglichen Stress vergessen lassen würde. Er öffnete die Wohnungstür, lehnte sich in einer lässig-erotischen Pose an den Rahmen und fixierte lächelnd die silberfarbene Aufzugstür im Flur schräg gegenüber. Schon ging das Licht im Treppenhaus an. Er wartete auf das Geräusch des Fahrstuhls. Nichts. Kam sie zu Fuß hoch?

Hinter ihm in der Wohnung klingelte das Telefon.

»Keine Chance«, murmelte er nur und rührte sich

nicht von der Stelle. Wozu gab es Anrufbeantworter? Doch als das Gerät sich einschaltete, legte der Anrufer sofort auf. Egal.

Er lauschte nach dem Klacken von Damenschuhen, das ebenfalls ausblieb. Wahrscheinlich nahm sie doch den Fahrstuhl und warf im hellen Treppenhaus noch einen prüfenden Blick in ihren Taschenspiegel, ehe sie einstieg.

Wieder ging das Telefon.

Er verdrehte genervt die Augen, drückte die Tür zu und eilte nach hinten ins Wohnzimmer, wo er das schnurlose Gerät vom ovalen Glastisch nahm.

»Hallo?« Er versuchte nicht gereizt zu klingen, falls es eine seiner Gespielinnen war. Keine Antwort. »Hallo?«, wiederholte er ungeduldig. Schon wieder aufgelegt.

Ärgerlich checkte er den eingegangenen Anruf. »Privat« zeigte das Display nur an. »Hm«, machte er, schob die Unterlippe vor und überlegte kurz. Dann ließ er seinen Daumen flink über die piepsenden Tasten fliegen und schaltete auf stumm.

Endlich klingelte es an der Wohnungstür. Zimmermann legte das Telefon schnell zurück auf den Tisch und huschte nach vorne. Dort angekommen, hielt er sich kurz zurück, trat dicht vor die Tür und spähte, den Atem anhaltend, neugierig durch den Spion. Doch alles, was er erkennen konnte, waren lange schwarze Locken, weil sie gerade seitlich nach unten sah und offenbar etwas an ihrer Kleidung richtete. Sie war wohl nervös.

Zimmermann stieß die Luft wieder aus und grinste.

Noch einmal hielt er inne, öffnete dann schwungvoll die Tür und wollte eine verführerische Pose einnehmen, als er erschrocken stockte. Sie war es nicht!

Zum zweiten Mal innerhalb weniger Minuten war Zimmermann von einem Besuch überrascht worden. Mit weit aufgerissenen Augen und offenem Mund starrte er die Gestalt fassungslos an. In der einen Hand hielt sie ein Handy. In der anderen blitzte etwas auf. Marcel Zimmermann hatte keine Chance, die hervorzuckende Klinge abzuwehren oder ihr auszuweichen.

Kriminalhauptkommissar David Schreiber nahm einen großen Schluck Landbier und ging in die Hocke, um den Steinkrug wieder neben dem Mikrofonständer zu platzieren. Als der schlanke Mann sich wieder aufrichtete, blickte er noch einmal nach links und rechts zu Rainer Grämer am Keyboard und Volker Erwig am Bass.

»Alles klar?«, fragte er.

»Jau!«, kam es beiderseits zurück.

Nervös rutschte sich Schreiber noch einmal die beige Schildmütze zurecht und zog die Kapuze des grauen Shirts, das er trug, unter dem Gitarrengurt hervor, so dass dieser besser auf seiner Schulter lag.

Er sah hinter sich zum Schlagzeug, wo sich sein Kollege Kriminaloberkommissar Peter Aurich sein spärliches braunes Haar im Nacken zusammenband und ihn dabei wartend fixierte.

»Okay?«, fragte dieser.

Schreiber nickte, woraufhin Aurich seine Sticks von der Snare Drum nahm und noch einmal tief durchatmete. Schließlich schlug er sie rhythmisch zusammen, wobei er leise den Takt einzählte.

»One, two, three, four …«

Etwas wackelig spielten die *B. Bulls* das schmissige Intro eines Stevie-Ray-Vaughan-Songs. Die Hobby-Bluesband mit den beiden Polizisten an Gitarre und

Schlagzeug gab es zwar schon seit über zwanzig Jahren, aber man hatte noch immer Lampenfieber. So brauchten die vier Männer einige Takte, ehe sie etwas auftauten. Erst als Schreiber zu singen begann, hatten alle das Gefühl, sich ›reingegroovt‹ zu haben, wie sie bei den Proben immer sagten.

Mary had a little lamb.
Its fleece was black as coal, yeah!

Die Tanzfläche vor dem offenen Scheunentor füllte sich im Nu. Dass vom Schulkind bis zum Greis jeder mitmachte, war eine neue Erfahrung für die *B. Bulls*, die zum ersten Mal außerhalb der Stadtgrenzen Bambergs auftraten – in Walsdorf. Schreiber gefiel das. In der Stadt war er es gewohnt, im Publikum nur die üblichen Nachtschwärmer zu sehen. Aber auf dem Lande kam man offenbar kurzerhand mit der ganzen Familie, wenn irgendwo was geboten wurde – auch spätabends. Heile Welt.

Den außergewöhnlichen Auftritt hatte ihnen Aurich über seine Freundin Gisela verschafft, mit der er seit einem halben Jahr zusammen war. Die allein erziehende Mutter einer sechzehnjährigen Tochter kam aus Walsdorf. Sie war eine der Organisatorinnen des Blueskonzerts, dessen Erlös der Walsdorfer Kinderbetreuung zu Gute kommen sollte.

He followed her to school one day
And broke the teacher's rule.
What a time did they have
That day at school!

Kriminalhauptkommissarin Sophie Thiele saß an einer der Bierbänke neben der Tanzfläche und nickte gut gelaunt den Takt mit, als Schreiber konzentriert ein kniffliges Solo spielte. Sie trug eine sportliche schwarze Lederjacke und hatte ihr langes braunes Haar zu einem Pferdeschwanz gebunden – aus Faulheit, sich aufwändiger und altersgemäßer zu frisieren. Sie konnte es sich allerdings leisten, da man ihr ihre siebenunddreißig nicht ansah und mancher sie für zehn Jahre jünger hielt. Fasziniert beobachtete die gut aussehende Frau, wie Schreibers Finger über die Saiten seiner alten schwarzen E-Gitarre huschten. Thiele hatte eine heimliche Schwäche für ihren vier Jahre älteren Kollegen, der sie aber nie nachgab, weil sie ein glückliches Familienleben mit Ehemann Pete und ihrer achtjährigen Tochter Louisa führte.

Doch immer wenn sie sich von Schreibers Gitarrenklängen einlullen ließ, kam sie ein wenig ins Träumen. Wie es sich wohl anfühlte, sich an ihn zu kuscheln oder neben ihm aufzuwachen?

»Prost, Mädels!«, riss Giselas Stimme sie aus ihren Gedanken. »Schön, dass ihr kommen konntet!« Gut gelaunt hielt Aurichs Freundin ihr Bier in die Tischmitte.

Thiele zuckte erschrocken aus dem Traum hoch, was ihrer Kollegin Kriminaloberkommissarin Julia Steinfels, die neben ihr saß, ein herzhaftes Lachen entlockte. Die mollige Frau mit der blonden Bubifrisur begleitete Thiele stets zu den *B. Bulls*-Konzerten. Ihr Lachen steckte Gisela sofort an, die ihr Bier absetzte und drohend den Zeigefinger gegen Thiele erhob.

»Na, na, na!«, witzelte die schlanke Frau, deren struppiges rotes Haar zu ihrem lausbübischen Grinsen passte. »Wir werden uns doch nicht in einen Kollegen verlieben?«

»Ach Quatsch! Der David ist doch viel zu alt für mich!«, witzelte Thiele einfach mit, in der Hoffnung, Gisela würde nicht merken, dass sie mit ihrem neckischen Spruch voll ins Schwarze getroffen hatte.

»Hört, hört!«, hakte jetzt Steinfels ein, die ihrer Kollegin und Freundin Rückendeckung geben wollte. Sie hatte schon längst bemerkt, was Sophie für Schreiber empfand – wie wahrscheinlich auch andere Mitarbeiter des ›Kommissariat 1 für Delikte gegen Leib und Leben‹. Aber niemand wollte es an die große Glocke hängen, solange die Arbeit davon unbeeinflusst blieb.

»Unsere Sophie steht also auf Frischfleisch!«, rief Steinfels lustig und hielt ihre Flasche Mineralwasser hoch. Sie hatte beim Auslosen um die Rückfahrt in die Stadt den Kürzeren gezogen.

Klirrend stießen die drei Frauen an.

»Schöne Scheune habt ihr hier«, lenkte Thiele weiter ab, als sie ihren Krug absetzte. Sie wies mit der Hand in den großen Raum, dessen Wände lustige Pappkühe zierten und der überdies mit zahllosen Luftballons dekoriert war. An einem Ende hatte man den Ausschank errichtet, wo es neben Bier auch feste Nahrung wie Schmalzbrote, Gerupften oder Döner gab. An den Bierbänken links und rechts von der Bühne wurde munter geplappert, oder man lauschte der Musik.

Gisela brummte nur halbherzig zustimmend. Wie alle Walsdorfer war sie wenig begeistert, wenn man die Halle ihres Ortskulturringes, die OKR-Halle, ›Scheune‹ nannte, auch wenn das Gebäude im Grunde wie eine solche aussah – wenn auch wie eine sehr große und ohne Strohballen darin.

Die Musik der *B. Bulls* drang durch die Holzwände nach draußen in die nächtliche Landschaft. Sie war auch noch in dem alten, rostigen Kleinwagen zu hören, der an einem Feldweg etwa hundert Meter von der freistehenden OKR-Halle entfernt parkte.

Roman Schuster lümmelte auf dem Beifahrersitz,

trank Billigbier aus der Flasche und teilte sich einen Joint mit seinem Kumpel Charlie hinterm Steuer. Mit glasigen Augen beobachteten die beiden Männer das einfache Gebäude und nickten die Köpfe im Takt.

»Nicht schlecht, die Jungs. Verstehen was von guter Musik«, sagte Charlie anerkennend, ohne Schuster anzusehen.

»Willst du jetzt etwa kneifen, oder was?«, zischte der sofort und funkelte Charlie böse an. »Sieh mich an, Alter! Sie mich an! Willst du kneifen, oder was?«

Gelassen blies Charlie Rauch aus dem Seitenfenster, drehte seinen Kopf mit der riesigen grünen Baseballkappe zu Schuster und schaute ihn betont gelangweilt an.

»Alter. Seh' ich vielleicht so aus, als ob ich kneifen will, häh?«, fragte er trocken und hielt Schuster mit zwei Fingern den Joint hin. Als der ihn nahm, blickte er wieder zur Scheune.

»Das wird total abgefahren, Mann«, murmelte Charlie, worauf er in ein dümmliches Kichern verfiel.

Schuster musterte ihn noch kurz, grunzte dann aber zufrieden. Er zog am Joint, warf den Rest beiläufig nach draußen, klappte die Sonnenblende herunter und begutachtete sich nachdenklich im kleinen Spiegelchen.

Wie schon unzählige Male zuvor wanderten seine Gedanken zurück zu jenem Tag im Mai 2007, an dem Kriminalhauptkommissar David Schreiber seinen geliebten weißen Bullterrier ›Keule‹ erschossen hatte.

Es war Notwehr gewesen. Der Hund hatte, als die Polizei den vorbestraften Schuster während einer Mordermittlung überprüfte, Schreibers Kollegin Sophie Thiele angegriffen.

Aber für Schuster stand fest, dass es vollkommen unnötig gewesen war, Keule, sein Ein und Alles, gleich zu töten. Die Bilder des Tiers, wie es in einem Hinterhof in der Frauenstraße, mit der blutenden Schusswunde in der Flanke, zuckend in den letzten Zügen lag, verfolgten ihn wie ein Alptraum. Sein Hass auf Schreiber war ins Unermessliche gewachsen. Nach Rache dürstend hatte er sich immer wieder überlegt, wie er es dem Polizisten heimzahlen könnte. Ein paar Mal hatte er Schreiber mit dessen sechzehnjähriger Tochter Nike gesehen und überlegt, ob er dem Mädchen etwas antun sollte. Schreiber würde so auch ein geliebtes Wesen verlieren, so wie er selbst Keule verloren hatte. Aber Mord war Schuster dann doch eine Nummer zu groß gewesen. Als Alternative hatte er noch an eine Entführung gedacht, aber auch diesen Gedanken schnell als zu aufwändig verworfen. Die entscheidende Idee war ihm vor einigen Wochen gekommen, als er ein Plakat gesehen hatte, das den Auftritt der *B. Bulls* in Walsdorf ankündigte.

Schuster streifte das bunte Piratenkopftuch – sein Markenzeichen – ab. Ohne seinen Blick vom Spiegelchen abzuwenden, nahm er einen Schluck Bier, rülpste und fuhr sich mit den Fingern durchs speckige Haar. Neben der großen Kreuzspinnentätowierung am Hals, der er den Spitznamen ›Spider‹ verdankte, entdeckte er einen Pickel. Spider klemmte die Bierflasche zwischen seine Oberschenkel, beugte sich etwas nach vorne und setzte seine Zeigefinger am Pickel an.

»Heute werd' ich dir die Hölle heiß machen, Drecksbulle«, murmelte er und drückte ihn aus.

»So ein Penner«, zischte der junge Mann, als er sich von der Haustür in der Kleberstraße entfernte und dabei fast einen Pizzaboten umgerannt hätte.

»He!«, machte der nur halblaut und sah dem anderen kopfschüttelnd nach, wie dieser wütend in Richtung Hauptwachstraße davonstapfte. Keine Zeit, ihn zur Rede zu stellen. Der Pizzakarton fühlte sich schon jetzt nur noch lauwarm an. Außerdem sah der Typ sowieso ziemlich kräftig aus. Also, was sollte es? Nachdem der Rüpel ums Eck verschwunden war, trat der Bote an die Haustür und suchte an den von innen beleuchteten Klingeln nach dem richtigen Namen.

»Vierter Stock. Ganz klasse«, murmelte er, als er das Schild »Marcel Zimmermann« entdeckte, und schellte – nichts. Er drückte das Knöpfchen dreimal hintereinander. Ungeduldig schob er die rote Baseballkappe mit dem Logo des Pizzaservice nach hinten und kratzte sich die juckende Kopfhaut. Als sich wieder nichts tat, klingelte er Sturm – vergeblich.

Er stützte die freie Hand auf die Hüfte und sah nachdenklich nach unten. Bestimmt war die Pizzabestellung kein schlechter Scherz gewesen. Sein Chef ließ sich bei späten Aufträgen immer die Festnetznummer geben und rief zurück.

Er trat einige Schritte vom Haus weg in die Straßenmitte und sah an dem modernen Gebäude hoch. Es wollte nicht so recht zu den angrenzenden klassizistischen Häuschen passen. Als der Bote sah, dass im dritten Stock noch Licht brannte, lief er zurück zur Haustür. Aus der Sprechanlage kam schließlich eine brummige Männerstimme, deren Besitzer er nach unterwürfigsten Entschuldigungen für die späte Störung überzeugen konnte, den Öffner zu drücken.

Endlich war er drin. Zu seinem Entzücken gab es sogar einen Aufzug. Als er mit ihm hinauffuhr, fiel sein Blick auf einige rotbraune Tröpfchen auf dem Boden. War das Blut? – Egal.

Als sich jedoch oben die Aufzugstür öffnete, stutzte er. Auf den grauen Fliesen im Gang war eine Tropfspur, die in Richtung Wohnungstür führte. Er machte einige zögerliche Schritte auf sie zu.

»Ach du Scheiße«, flüsterte er.

Ihm stockte der Atem, als er zwei Meter davor anhielt. Näher traute er sich nicht. Er musterte die großen Flecken, die teilweise vom grünen Fußabtreter aufgesaugt worden waren. Jemand musste eine beachtliche Menge Blut verloren haben. Das Bild erinnerte ihn an Tatorte aus Kriminalfilmen.

Sein Herz begann zu rasen. Seine Gedanken überschlugen sich. Sollte er läuten? Vielleicht brauchte jemand Hilfe. Andererseits wusste er nicht, was ihn da drinnen erwarten würde. Zu gefährlich, entschied er.

Mit zitternder Hand holte er ein Handy aus seiner Jeans und wählte.

»›Smoke on the water‹?«, fragte Schreiber ungläubig und beugte sich an der Bühnenkante hinunter zu dem Mann mit dem weißen Vollbart, der den Wunsch geäußert hatte.

»Ja!«, rief der gut gelaunt hinauf. Seine Wangen und die Halbglatze waren schon gerötet vom vielen Tanzen, dem Bier oder beidem. »*Deep Purple!*«, fügte er noch hinzu.

»Aber das ist total ausgelutscht – ein Rausschmeißer, Kumpel!«, gab Schreiber zu Bedenken.

»Nicht bei uns, Kumpel«, äffte der Mann Schreiber nach, dem erst jetzt auffiel, wie herablassend seine Antwort geklungen haben musste.

»Sorry, Freund«, lenkte er deshalb sofort ein. »Ich hab' natürlich gemeint, es ist ein Klassiker.«

»Genau!«, rief der Mann, der offenbar nicht im Geringsten nachtragend war, und nickte zufrieden.

Schreiber erhob sich, atmete tief durch und drehte sich zu den ›Jungs‹ – wie er seine Band nannte.

»›Smoke on the water‹!«, rief er Aurich und Grämer zu.

Letzterer setzte den Steinkrug, von dem er gerade getrunken hatte, neben seinem Keyboard ab und blickte unter seinem langen braunen Mittelscheitel skeptisch zu Aurich, der ebenfalls die Nase rümpfte.

»Aber das ist ein Rausschmeißer«, nörgelten beide gleichzeitig und schauten Unterstützung suchend hinüber zu Erwig am Bass.

Der kahl geschorene schlanke Mann, der stets Schwarz trug, nickte. »Total ausgelutscht!«, rief er bestätigend zurück.

»Na, dann können wir's doch wenigstens noch auswendig«, hielt Schreiber dagegen. »Also kommt …«

Er stockte, als er hinter seinem Rücken den Mann mit dem weißen Bart schreien hörte: »He, Leute! Jetzt kommt ›Smoke on the water‹!«, brüllte er seinen Freunden auf der Tanzfläche zu, die sofort jubelten und noch Zuwachs von den Feiernden an den Bierbänken bekommen sollten, von denen sich einige schon erhoben.

Schreiber, der das Ganze verwundert beobachtet hatte, wandte sich wieder den Jungs zu. »Tja. Schätze, unsere Diskussion ist beendet«, stellte er schmunzelnd fest.

Grämer und Erwig verdrehten genervt die Augen, doch Aurich lenkte ein und rettete die Situation. »Also, Männers!«, rief er resolut. »Wenn wir's spielen, dann mit Schmackes! Volle Power, so wie früher – also ganz früher, meine ich«, fügte er noch verlegen grinsend hinzu, als die anderen ihn müde anlächelten.

Und damit war die Diskussion wirklich beendet. Schreiber trat ans Mikrofon und schaute über die Menge. Vor dem offenen Scheunentor erkannte er Aurichs Freundin Gisela und seine Kolleginnen Julia Steinfels und Sophie Thiele.

An letzterer blieb sein Blick hängen. Wie wunderschön sie wieder aussah! Sie strahlte ihn an und zwinkerte ihm vertraut zu, was ihn einen wohligen, warmen Schauer durch seinen ganzen Körper jagte und ihm weiche Knie gab. Für diese kleinen Momente lohnte es sich zu leben. Alles war jetzt gut. Die *B. Bulls* würden in dieser Scheune das ausgelutschte ›Smoke on the water‹ rocken, als wären sie siebzehn. Und es würde allen gefallen, auch Sophie Thiele, die er immer seine ›Schnegge‹ nannte. Hoffentlich tanzte sie wieder. Er sah ihr gerne dabei zu, und wenn er es sich recht überlegte, spielte er den Song eigentlich nur für sie.

Schreiber zwinkerte zurück. »Das nächste Lied braucht keine Ankündigung«, sprach er ins Mikrofon.

We all came out to Montreux,
On a lake Geneva shoreline …
schallte es durch die Nacht.

»Was spielen die denn für einen abgenudelten Scheiß?«, motzte Charlie kopfschüttelnd.

Spider blies die Backen auf und fixierte überlegend das Gebäude. Er nahm einen Schluck aus der Flasche und kratzte sich das unrasierte Kinn.

»Ist echt total ausgelutscht«, bestätigte er schließlich. »Ein typischer Rausschmeißer. Wahrscheinlich hören die bald auf.«

Er schniefte geräuschvoll und spuckte aus dem Seitenfenster, so als wolle er seine geniale Feststellung damit untermauern.

»Ja, klar! Hast Recht, Alter«, stimmte Charlie zu, der sofort hippelig wurde. »Yeah, Mann! Bald ist Showtime! Das wird so was von abgefahren!«, wiederholte er laut und verfiel sogleich wieder in sein dümmliches Gekicher.

Was für ein Bettnässer, dachte Spider genervt und schubste ihn am Arm. »Entspann dich, Mann!«, zügelte er ihn, musste sich aber insgeheim eingestehen, dass er selbst auch allmählich ungeduldig wurde.

Smoke on the water, and fire in the sky …

»Oh Mann! Das hält ja keine Sau aus«, brummte er. »Ich leg' was Gescheites auf. Halt mal.«

Er drückte dem immer noch kichernden Charlie seine Bierflasche in die Hand und drehte sich ächzend zum Rücksitz, auf dem ein großer CD-Player stand – vorne, wo normalerweise das Autoradio war, gähnte nur ein Loch. Spider fummelte kurz an dem Gerät herum und ließ sich geräuschvoll ausatmend zurück auf seinen Sitz fallen, wo er sich von Charlie sogleich wieder das Bier schnappte. Mit einem lauten Klacken stießen sie an. Nachdem sie ihre Flaschen abgesetzt hatten, nickten sie den Takt ihrer eigenen Musik mit, die jetzt die Band aus der OKR-Halle übertönte. Ihre Blicke hafteten erneut an dem Gebäude, als sie den Text des Liedes mitsangen.

»The roof, the roof, the roof is on fire!«

Spiders gerötete Augen funkelten entschlossen. Fast eineinhalb Jahre hatte er auf eine Gelegenheit wie diese gewartet.

Die Chance, Schreibers Innerstes zu treffen, rückte mit jeder Minute näher. Er würde sie nicht verpatzen.

»Die Vermieter sind noch in Urlaub. Und von uns hat keiner einen Schlüssel«, sagte der unrasierte Mann, der in seinen grauen Wohlfühlklamotten in der Tür stand. Aus der Wohnung hinter ihm war die Geräuschkulisse eines Horrorfilms zu hören. Die pulsierende Musik und die kreischenden Stimmen wurden leiser. Kurz danach kam eine schlanke Frau im roten Jogging-Anzug aus dem Wohnzimmer und spähte dem Mann neugierig über die Schulter.

»Und Sie kennen den Herrn Zimmermann nicht näher?«, fragte der uniformierte Beamte von der Schutzpolizei.

»Wir sind halt Nachbarn«, antwortete der Mann und knipste das Licht im Hausflur wieder an, das bei seinen letzten Worten ausgegangen war. »Man grüßt sich, und meine Frau gießt seine Blumen, wenn er länger weg ist.«

Die Frau trat neben ihn und nickte bestätigend.

»Aber was ist denn überhaupt los? Ist was passiert?«, wollte der Mann wissen.

»Können wir noch nicht sagen. Haben Sie wohl heute Abend irgendetwas Außergewöhnliches bemerkt?«, fragte der Polizist.

»Na ja«, überlegte sein Gegenüber und wiegte den Kopf hin und her. »Vorhin, so vor 'ner Stunde, hat's mal laut gepoltert oben, so als ob da welche rumtrampeln …«, begann der Mann.

»Das haben wir sogar über unseren lauten Fernseher gehört«, warf die Frau ein.

»Genau«, bestätigte ihr Mann. »Aber es hat nicht allzu lange gedauert. Irgendwer ist dann mit dem Aufzug runter, und dann war Ruhe. Zumindest bis der Pizza-Service geklingelt hat.«

»Haben Sie aus dem Fenster gesehen, wer da gegangen ist?«, hakte der Polizist nach.

»Nö – beim Zimmermann ist nachts öfters mal was

los«, erklärte die Frau. »Student eben. Immer lange aufbleiben, Mädchen und so.«

Der Beamte bedankte sich mit einem Nicken und zog sein Funkgerät aus dem Gürtel.

»Wie spät?«, fragte die stämmige schwarzhaarige Frau und stellte ein paar nasse Krüge auf ein Abtropfgitter auf dem Tresen. Claudia, eine von Giselas besten Freundinnen, war ebenfalls eine der Organisatorinnen des Benefizkonzerts der *B. Bulls*. Sie trug nie eine Uhr, wenn sie am Ausschank spülte.

»Halb zwei«, antwortete das hübsche Mädchen mit dem braunen Pferdeschwanz – Maja, Giselas Tochter – und sortierte trockene Krüge in eine große Plastikbox auf dem Boden.

»Na, dann halten die bestimmt nicht mehr lange durch, und wir können langsam dicht machen«, stellte Claudia zufrieden fest und gähnte. Sie schnappte sich ein Tuch, mit dem sie anfing, den Tresen zu wischen.

Im Raum auf der anderen Seite des Ausschanks standen einsam die Bierbänke herum. Nach Ende des Konzerts hatte sich die OKR-Halle schnell geleert. Nur ein paar ganz Hartnäckige – meist Walsdorfer, die zu Fuß nach Hause gehen konnten – waren noch geblieben. Jetzt saßen sie im Freien, neben dem Scheunentor, wo sie zusammen mit Gisela, Steinfels, Thiele und den *B. Bulls* den Abend ausklingen ließen. Die herbstlichen Temperaturen störten niemanden. Mit zugeknöpften Jacken und hochgezogenen Schultern trotzten alle der nächtlichen Kälte, so als könnten sie dadurch den vergangenen Sommer zurückholen.

Zielstrebig gingen Spider und Charlie auf die seitliche Wand des Gebäudes zu. Bei einer Tür, neben der leere Alufässer standen, hielten sie. Spider stellte den Benzinkanister aufs Gras und sah Charlie eindringlich an.

»Okay, Alter. Check mal die Lage«, sagte er bestimmt.

Charlie nickte eifrig. Sein ständiges Gekicher hatte er zu Spiders Beruhigung eingestellt. »Klar«, antwortete er, nahm seine auffällige Baseballkappe ab und stopfte sie in seine Jacke.

Mit den Händen in den Hosentaschen schlenderte Charlie beiläufig ums Eck und lief am Gebäude entlang aufs offene Scheunentor zu. Er tat so, als wäre er ein später Gast, der nachsehen wollte, ob noch was los war. Sein Plan ging auf. Niemand der Feiernden neben dem Tor schenkte ihm große Beachtung, als er an ihnen vorbei nach drinnen ging, sich umsah und nach einigen Sekunden wieder den Weg zurücklief, den er gekommen war. Beim Verlassen des Gebäudes nickte er sogar noch einigen Gästen an einer Bierbank zu.

»Und?«, fragte Spider erwartungsvoll, als Charlie vor ihn trat.

»Alles im grünen Bereich«, tat dieser cool. »Die draußen können von da, wo sie sitzen, die Bühne nicht sehen. Drinnen sind nur noch zwei Tussies am Ausschank. Der ist gleich hinter der Tür hier«, er wies mit der Nase auf den Seiteneingang nur wenige Meter neben ihnen. »Aber die Schlampen sind kein Thema«, fuhr er fort. Die werden bestimmt schön brav die Klappe halten.« Lässig zog er ein Springmesser aus seiner Jacke und ließ die Klinge unter Spiders Nase herausschnellen.

»Gut«, nickte Spider, grimmig grinsend. Er spürte, wie sein Puls sich beschleunigte. »Dann ziehen wir das jetzt durch«, zischte er. »Ich helf' dir noch kurz mit den Tussies. Dann hältst du sie alleine in Schach. Klar?«

»Klar.«

Beide förderten schwarze Skimasken zu Tage, die sie sich über die Köpfe zogen. Sie gingen an den leeren Alufässern vorbei zur Seitentür, wo Spider seinen Benzinkanister abstellte. Er nahm die Klinke in die Hand und sah Charlie an. Dieser stand leicht geduckt mit erhobenem Messer. Als er Spider zunickte, riss der die Tür auf.

Charlie stürzte in die Halle und war schon nach wenigen Schritten bei Maja, die erschrocken herumwirbelte und einen Krug klirrend in eine Plastikbox mit anderen Krügen fallen ließ. Ehe sie wusste, wie ihr geschah, hatte Charlie sie mit der freien Hand beim Pulli gepackt und wie eine Puppe zu Boden geworfen, wo er neben ihr kauerte, ihren Kopf brutal am Pferdeschwanz zurückriss und ihr die kalte Klinge an die Halsschlagader presste.

Claudias Hand krampfte sich um ihr Wischtuch, als sie entsetzt vom Tresen zurücksprang, zwei Schritte rückwärts machte und das Ganze ungläubig verfolgte. Sie wollte um Hilfe schreien, doch Spider kam wie ein Panther geflogen und riss sie ebenfalls zu Boden. Nach einem kurzen Ringkampf hatte er sie im Schwitzkasten und drückte ihr die Luft ab.

»Sch-sch-sch«, machte er drohend, sie mit einer Bierfahne einnebelnd.

Aber Claudia strampelte verzweifelt, verpasste ihm einige Boxhiebe in die Rippen und griff nach seinem Gesicht, wobei sie die Maske am Hals hochschob und dabei kurz das Spinnen-Tattoo entblößte.

»Hör endlich auf«, zischte Spider. »Oder mein Kumpel schlachtet deine Tochter ab wie ein Schwein!«

Er hielt Claudia irrtümlich für Majas Mutter. Die Drohung wirkte trotzdem. Als Claudia Ruhe gab, lockerte Spider seinen Griff.

»Ich lass' dich jetzt los«, murmelte er. »Du hältst die Schnauze und bleibst liegen. Wenn du schön brav bist, sind wir gleich wieder weg. Wenn nicht, ist deine Tochter tot. Klar?«

Die Augen voller Angst nickte Claudia, die jetzt kaum zu atmen wagte.

Spider ließ sie los, kniete neben ihr und musterte sie kurz. Er warf einen Blick zu Charlie, der das zitternde Mädchen im Griff zu haben schien.

Geduckt huschte Spider zurück zur Tür, wo er den Benzinkanister holte. Damit bewaffnet eilte er wieder hinein, am Tresen vorbei, zwischen den leeren Bierbänken hindurch, das Treppchen hoch zur Bühne. Oben schraubte er den Deckel ab, den er achtlos beiseite warf. Er sah zum Scheunentor, durch das die Stimmen der Feiernden hereindrangen. Er musste schnell sein, falls jemand hereinkäme, um Bier zu holen.

Trotzdem hielt er noch einmal feierlich inne und betrachtete die Instrumente vor sich. In der Mitte das Schlagzeug, rechts davon das Keyboard, links davon auf zwei Gitarrenständern ein Bass … und vor allem: Schreibers E-Gitarre – das wichtigste Ziel.

Spider war klar, dass Schreiber sein Instrument lieben musste. Alle Gitarristen waren so. Und er hatte geahnt, dass sich beim Auftritt der *B. Bulls* eine Gelegenheit finden würde, das Ding mitsamt der Ausrüstung von Schreibers Freunden abzufackeln. Spider konnte kaum glauben, dass dieser Moment jetzt tatsächlich gekommen sein sollte.

Er gluckste wie ein kleines Kind, als er das Benzin plätschernd über Schreibers Gitarre und Verstärker goss, um sich anschließend auch den Bass vorzunehmen. Die stechenden Dämpfe stiegen ihm wie eine Droge in die Nase. Manchmal blickte er noch über die Schulter zum Scheunentor.

Als er die Flüssigkeit großzügig über Schlagzeug und Keyboard verteilte, fiel er in einen Rausch und wurde sogar so übermütig, dass er halblaut vor sich hin sang. »The roof, the roof, the roof is on fire …«

Das Schlagzeug stand auf einem alten, muffigen Teppich, der das Benzin aufsaugte wie ein Schwamm.

»The roof, the roof, the roof is on fire …«, sang Spider und goss mit den letzten Tropfen eine Spur zum Treppchen, wo er stehenblieb und den leeren Kanister quer über die Bühne vor das Keyboard warf. Dass der dort mit einem lauten Poltern landete, störte ihn nicht weiter. Er zog ein Feuerzeug aus der Jeans und hörte auf zu singen. Mit geschlossenen Augen erinnerte er sich an seinen weißen Bullterrier, wie er mit heraushängender Zunge treu zu ihm hochsah.

»Das ist für dich, Keule«, murmelte Spider, öffnete die Augen und sang weiter. »We don't need no water. Let the motherfucker burn! Burn, motherfucker, burn!«

»Ich geh mal nach meiner Kleinen sehen«, sagte Gisela zu Aurich und erhob sich von der Bierbank.

»Bringst du mir noch eins mit?«, bat dieser und hielt ihr seinen leeren Krug hin.

Gisela blieb stehen, stemmte die Hände auf die Hüften und sah fassungslos in die Runde. »Ich glaub's nicht«, sagte sie theatralisch. »Jetzt sind wir gerade mal ein halbes Jahr zusammen, und der kehrt schon den Macho raus!«

Sophie Thiele und Julia Steinfels schüttelten mit gespielter Empörung die Köpfe. »Also, so was auch!«, riefen beide im Chor.

»Äh«, machte Aurich nur verunsichert, ließ die Hand mit dem Krug sinken und sah Hilfe suchend zu Schreiber, Grämer und Erwig, von denen er aber nur strafende Blicke erntete.

»Also gut! Ausnahmsweise hol ich dir dein Bier!«, erlöste ihn Gisela gut gelaunt, nahm Aurichs Krug und beugte sich zu ihm hinunter. »Aber dafür wirst du dich später noch schön brav bei mir bedanken müssen«, fügte sie lasziv hinzu, worauf sie mit dem Po wackelnd in Richtung Scheunentor stakste.

Unter allgemeinem Gelächter lief Aurich rot an wie eine Tomate. Schreiber klopfte ihm auf die Schulter und grinste Thiele an, die ihm gegenüber saß.

Mit einer Mischung aus Verlegenheit und Stolz schaute Aurich seiner Freundin nach, wie sie im Gebäude ums Eck verschwand.

Gisela stockte der Atem, als sie hinter dem Ausschank den vermummten Mann mit dem Messer sah. Er hielt die blitzende Klinge drohend in Richtung ihrer Tochter, die sich ein paar Schritte neben ihm ängstlich mit Claudia vor einem Kühlschrank drängte.

»Maja!«, kreischte Gisela und wollte losstürmen – doch jemand rannte sie von hinten brutal um. Beim Fallen knallte sie mit dem Kopf gegen einen Biertisch und glitt schlaff über die Bank zu Boden, wo sie reglos liegen blieb.

Ohne sie eines Blickes zu würdigen, stürzte Spider zwischen den Reihen davon und warf dabei scheppernd einige Biergarnituren um. Vorbei am Ausschank verschwand er mit Charlie durch die Hintertür hinaus in die Nacht.

»Mama!«, brüllte Maja und rannte um den Tresen in Richtung ihrer bewusstlosen Mutter. Sie kauerte neben ihr und legte unbeholfen die Hände auf deren Gesicht. Hinter sich hörte sie Claudia »Feuer, Feuer!« rufen.

»Habt ihr das gehört?«, stutzte Aurich. Aber keiner am Tisch hatte aufgepasst, weil alle noch lautstark über einen Witz lachten.

»Scheiße, da stimmt was nicht!«, rief Aurich und sprang auf. Das Gelächter brach ab, als er unter verwunderten Blicken zum Scheunentor sprintete, vor dem er fast mit der herauskommenden Claudia zusammengestoßen wäre. Sie stand offensichtlich unter Schock, zitterte am ganzen Körper und hielt umständlich einen Feuerlöscher, den sie Aurich gegen die Brust drückte. Er nahm ihn reflexartig an sich.

»Schnell!«, brachte Claudia nur heraus und schaute ihn hilflos an.

Alle am Tisch stachen hoch und liefen zum Tor. Auch an den anderen Bierbänken wurde man aufmerksam.

Aurich sah ins Gebäude und riss erschrocken die Augen auf. Er ließ den Feuerlöscher polternd fallen, stürzte hinein, um sich nach ein paar Schritten neben der weinenden Maja auf den Boden zu knien. Fassungslos sah er mit dem Mädchen in Giselas regloses Gesicht, legte ihr aber instinktiv zwei Finger an die Halsschlagader.

»Sie lebt!«, versuchte er Maja zu beruhigen und merkte erst jetzt, dass die am Hals blutete. Wieder stockte ihm der Atem. »Wie geht's dir?«, fragte er.

Ihr schluchzendes Nicken musste ihm als Antwort genügen, denn hinter ihm stand die Bühne lichterloh in Flammen.

»Schreiber!«, brüllte er aus Leibeskräften. Aber der

war bereits bei ihm, ging vor Giselas Füßen in die Hocke und nickte ihm zu. Gemeinsam wuchteten sie Gisela hoch und trugen sie durchs Tor, vor dem es inzwischen zuging wie in einem Ameisenhaufen. Menschen brüllten durcheinander, so dass Thiele in ihr Handy schreien musste. Steinfels warf Claudia ihre Jacke über, legte den Arm um sie und versuchte sie zu beruhigen. Claudias Mann kam aufgeregt dazugeeilt. Grämer hob den Feuerlöscher auf und stürmte zusammen mit Erwig und einigen Gästen ins Gebäude.

Maja rannte hinter Schreiber und Aurich her, die Gisela zum *B. Bulls*-Bandbus trugen. Sie verfrachteten die Frau auf den Rücksitz, wo sie stöhnend zu sich kam. Maja wollte ihrer Mutter um den Hals fallen, wurde aber von Aurich mit einem mahnenden »Vorsicht!« zurückgehalten.

»Falls sie 'ne ernste Kopfverletzung hat, hätten wir sie nicht mal bewegen dürfen«, erklärte er, als das Mädchen ihn verwundert ansah.

»Dieses Scheißfeuer!«, fluchte er und fischte sein Handy aus der Jacke, um einen Krankenwagen zu rufen.

»Kommt ihr klar?«, fragte Schreiber.

Als Aurich nickte, sprintete er zurück zur Scheune, aus der zwei Männer gerade das teure Mischpult trugen. Unter anderen Mutigen, die Bierbänke herausbrachten, erkannte er auch den weißbärtigen *Deep Purple*-Fan.

»Vergiss es, Freund!«, rief er Schreiber zu, als er merkte, dass dieser hinein wollte. »Ist zu gefährlich jetzt!«

Schreiber rannte hinein.

»Bitte«, sagte der korpulente Feuerwehrmann,

reichte einem der Polizisten den Schließzylinder von Zimmermanns Wohnungstür und trat zur Seite. Er kniete sich hin und verstaute sein Zieh-Fix-Werkzeug ordentlich in einem kleinen Köfferchen, das aufgeklappt an der Wand des Hausflurs stand. Als er sich erhob, sah er neugierig den beiden Polizisten zu, wie sie die Tür öffneten und in den beleuchteten Gang traten. Der kleinere der beiden ging voraus. Sein großer, schlanker Kollege legte eine Hand auf das Halfter seiner Dienstwaffe und folgte ihm.

»Wow«, entfuhr es dem Pizzaboten, der einen langen Hals machte, ansonsten aber brav im Flur stehen blieb.

Auf dem Boden vor den beiden Beamten führte eine dunkle Tropfspur zu einem Mann, der zusammengekrümmt auf der Seite lag. Auf dem Teppich vor seinem Bauch hatte sich ein größerer Blutfleck gebildet.

Einer der Polizisten ging in die Hocke, legte dem Mann zwei Finger auf die Halsschlagader und sah sogleich kopfschüttelnd zu seinem Kollegen, der schon sein Funkgerät zückte.

»Der ist tot, oder?«, fragte der Pizzabote.

»Sieht so aus – leider«, antwortete der Beamte mit dem Funkgerät. »Nicht näher kommen.«

»Und was machen Sie jetzt?«

»Den KDD rufen. Die kommen mit dem Notarzt, der den Tod feststellt. Bleiben Sie bitte noch hier, bis die Kollegen da sind. Sie sind ein Zeuge.«

Schon hielt er sich das Gerät an den Mund.

»KDD?«, fragte der Bote.

»Kriminaldauerdienst«, erklärte der Feuerwehrmann.

Der Pizzabote nickte und spähte noch einmal in die Wohnung. Der Mann auf dem Boden schien tatsächlich tot zu sein – umgebracht, so wie in Krimis.

»Wollen Sie eine Pizza mit Meeresfrüchten?«, fragte der Bote und hielt dem Feuerwehrmann den Karton hin. »Ist aber schon kalt.«

»Komm raus hier!«, brüllten Grämer und Erwig gleichzeitig, als sie an Schreiber vorbeistürmten.

»Aber unser Equipment!«, begann der, ihnen verzweifelt nachblickend.

Sie stoppten und wandten sich ihm zu. »Vergiss es!«, enttäuschte ihn Grämer und hielt den Feuerlöscher hoch. »Das Scheißding hat nicht funktioniert!«

Damit rannte er durchs Tor ins Freie.

»Jetzt komm!«, drängte Erwig hustend, bevor auch er flüchtete.

»Ich komme«, sagte Schreiber tonlos, blieb aber stehen und drehte sich zur Bühne, die längst ein einziges Flammenmeer war, wie auch große Teile des restlichen Raums. Vor allem an der Wand hinter dem Podium hatte sich das Feuer über einen großen dunklen Vorhang rasend schnell ausgebreitet. Das ganze Gebäude drohte abzubrennen.

Flammen und stinkender Qualm, wohin Schreiber auch sah. Sein Blick blieb wieder an der Bühne hängen. Ungläubig starrte er seine brennende Gitarre an. Sie war mehr für ihn als nur ein Instrument gewesen. Er hatte sie schon als Teenager gekauft und dafür eigens einen Ferienjob angenommen. Im Laufe der Zeit war sie ein Teil von ihm geworden.

Als er jetzt hilflos zusehen musste, wie sie verbrannte, wurde ihm klar, dass sie das letzte wichtige Objekt aus seiner unbeschwerten Jugendzeit war. Schreiber war, als würde der Teenager in ihm verbrennen. Er fühlte sich plötzlich alt und verletzlich.

Obwohl er die Hitze des Brandes im Gesicht spürte

und ihm der Gestank verschmorter Plastikteile in die Nase stieg, war er unfähig, sich zu rühren. Mit herabhängenden Armen und offenem Mund stand er da wie ein gebrochener Mann.

»Komm jetzt, Tiger!«, hörte er hinter sich plötzlich eine sich überschlagende Frauenstimme brüllen.

Sie schien ihm seltsam weit entfernt. Er bewegte sich nicht. Vor seinen Augen begannen lila Punkte zu tanzen, als er spürte, wie jemand ihn an der Hand packte und gewaltsam wegzog. Er tapste mechanisch mit nach draußen, wo ihm ein paar Meter vor dem Tor die Beine nachgaben. Er fiel direkt in die Arme von Sophie Thiele.

»Uff, ist der schwer! Helft mir!«, rief sie, als sie ihn auffing.

Schreiber spürte, wie jemand ihn von der Seite packte und ihr half, ihn aufzurichten. Dann schnappte man seine Schildmütze und goss ihm Wasser übers spärliche, kurz geschorene Haar.

Er schüttelte sich hustend und versuchte wieder aus eigener Kraft zu stehen. Irgendwann ließen sie ihn los.

Als sein Blick wieder klar wurde, sah er direkt in Thieles Gesicht, dessen schwarzbraune Augen ihn böse anfunkelten.

»Du Blödmann! Was sollte das, häh?«, fauchte sie ihn fassungslos an. »Schon mal was von Rauchgasvergiftung gehört?«

Für einige Sekunden schaute er sie verwirrt an, so als sei er aus einer Hypnose erwacht.

»Äh, Danke, Schnegge«, brabbelte er nur reumütig.

»Feuerwehr ist unterwegs«, sagte sie knapp, drehte sich um und ging kopfschüttelnd zu Steinfels, die in sicherer Entfernung zum Gebäude mit Claudia und ihrem Mann auf einer Bierbank saß.

Schreiber spürte eine Hand an seinem linken Oberarm. Es war Grämer, der ihn seine Schildmütze zurückgeben wollte. In der anderen Hand hielt er noch die leere Mineralwasserflasche, deren Inhalt er über Schreibers Kopf gegossen hatte.

Schreiber nickte dankend, nahm die Kappe und sah nach rechts zu Erwig, der ihn zusammen mit Thiele gehalten hatte. Er nickte auch ihm zu.

Erwig klopfte ihm auf die Schulter.

»Gib Gas, Alter! Yeah!«, schrie Spider aufgedreht. Er fühlte sich fantastisch. Sein Herz raste noch immer, als er zischend die Bierflasche öffnete, sie gierig ansetzte und halb leerte.

»Scheiße, war das abgefahren! So was von abgefahren!«, brüllte Charlie zum tausendsten Mal und lachte irre, als sie mit Vollgas durch Erlau preschten.

»Ja, Mann! Ja! Wir haben dem Drecksbullen so richtig ordentlich in den Arsch getreten!«, brüllte Spider, feuerte die Hand lautstark aufs Armaturenbrett und hielt Charlie die Flasche hin. Der grabschte sie und gönnte sich einen großen Schluck. Als Spider sich zum Rücksitz drehte, um den CD-Player anzustellen, verriss Charlie das Lenkrad und wäre beinahe in ein Wohnhaus gerast. Die Aktion presste Spider unsanft zurück in den Beifahrersitz.

»Pass doch auf, du Bettnässer!«, motzte er und holte drohend mit der flachen Hand aus.

»Sorry«, sagte Charlie schnell, kicherte aber, was auch Spider ein Grinsen entlockte. Der winkte nur ab.

Seine gute Laune würde er sich durch nichts verderben lassen. Er musste sich eingestehen, dass Charlie bei ihrem gemeinsamen Anschlag einen guten Job gemacht hatte. Der Junge war zu gebrauchen!

Er drehte sich noch einmal nach hinten, wo es ihm diesmal gelang, die Musik einzuschalten, nachdem er eine der Skimasken von den Knöpfchen des CD-Players gefegt hatte. Wieder vorne entriss er Charlie die Flasche, trank und nickte im Takt.

»The roof, the roof, the roof is on fire!«, grölte er erneut mit. Charlie stimmte sofort ein.

Mit halsbrecherischer Geschwindigkeit röhrten sie durch Mühlendorf. »140«, las Spider belustigt das Tachometer, kurz nachdem sie das Ortsschild passiert hatten und Stegaurach ansteuerten.

»We don't need no water. Let the motherfucker burn! Burn, motherfucker …«

Den beiden Männer stockte der Atem, als plötzlich ein weißes Tier nur wenige Meter vor ihnen durchs Scheinwerferlicht über die Landstraße huschte.

»Keule?«, brachte Spider ungläubig heraus und drehte sich nach dem Gesehenen um.

Charlie konnte nur kurz aufschreien, wobei er erneut das Steuer verriss.

Auf dem Schreibtisch lag neben dem Flachbildschirm eine schwarze Perücke, deren langes gelocktes Kunsthaar bläulich schimmerte.

Im hellen Licht der Leselampe ruhte eine Hand auf der Tischplatte. Nur ab und zu trommelte sie mit den Fingern darauf herum.

Die Hand daneben hielt ein neueres Handy, dessen großes Display gespeicherte Audiodateien anzeigte. Der Daumen drückte aufs Knöpfchen.

»Ich bin's, Jasmin«, ertönte eine Frauenstimme.

Die Person am Schreibtisch brummte zufrieden, löschte dann aber die Datei und entschied, dass auch die restlichen Aufnahmen verschwinden mussten. Sie hatten ja ihren Zweck erfüllt und belegten jetzt nur noch unnötig Speicherplatz.

Vorher aber noch einmal anhören. Schließlich hatte es auch Zeit und Mühe gekostet, passende Sätze zusammenzustellen und die Stimme am Computer zu verändern. Nicht, dass es keinen Spaß gemacht hätte.

Flink huschte der Daumen über das Gerät und spielte eine Datei nach der anderen ab.

»Ja, klar, Jasmin.«

Löschen.

»Mach schon auf. Mir ist kalt.«

Löschen …

Die rhythmisch blinkenden Blaulichter der Feuerwehren aus Walsdorf und Bamberg schufen auf dem Schotterparkplatz vor dem Gebäude eine gespenstische Atmosphäre. Längst war das Geschrei der letzten Walsdorfer Gäste verstummt. In sicherem Abstand standen sie herum oder saßen schlapp auf Bierbänken und beobachteten hilflos, wie man ihre OKR-Halle kontrolliert abbrennen ließ. Die Flammen hatten sich an dem Holzbau zu schnell ausbreiten können, so dass es beim Eintreffen der Löschautos schon zu spät gewesen war. Dass die Bamberger mit einem Fahrzeug weniger als geplant angerückt waren, spielte deshalb auch keine Rolle mehr.

Kurz vor Mühlendorf hatte sich ein schwerer Unfall ereignet, bei dem der fehlende Feuerwehrwagen zurückgeblieben war. Ein Autowrack habe weit neben der Landstraße in einer Wiese auf dem Dach gelegen, berichtete ein Bamberger Feuerwehrmann den Walsdorfer Kollegen.

Aurich hatte entschieden, Gisela selbst ins Klinikum zu bringen und Erwig zum Fahren des *B. Bulls-*

Busses geholt. Der hatte als einziger der Band noch kein Bier getrunken.

Claudia war von ihrem Mann nach Hause gebracht worden.

Thiele saß jetzt mit Schreiber Schulter an Schulter auf einer Bierbank, wo sich auch Steinfels und Grämer ausruhten. Alle hielten sich an Mineralwasserflaschen fest – aus einem Kasten, denn man hatte retten können. Nachdenklich beobachteten sie das Geschehen, als säßen sie gemütlich um ein Johannisfeuer. Ein korpulenter Feuerwehrmann kam ihnen entgegengestürmt, um sich nur wenige Meter neben ihnen lautstark ins Gras zu übergeben.

Einer seiner Kollegen holte ihn ein und blieb neben ihm stehen. »Geht's?«, fragte er besorgt.

»Ja«, brachte der andere nur keuchend heraus, ehe ihm schon der nächste Schwall hochkam.

»Er hat vorhin 'ne Pizza mit Meeresfrüchten verdrückt. Die war wohl nicht mehr gut!«, rief sein Kollege Schreiber und seinen Freunden zu, als er ihre verwunderten Blicke bemerkte.

»Aha«, machte Schreiber nur und sah mit den anderen wieder dem Abbrennen des Gebäudes zu.

»Das war echt blöd vorhin«, warf Thiele Schreiber irgendwann noch einmal vor, obwohl sie sich längst etwas beruhigt hatte.

Er nickte nur abwesend.

»He!«, sagte sie und rempelte ihn mit der Schulter an. »Ich will nicht, das meinem Tiger was passiert.«

Müde lächelte er ihr zu. »Sorry«, entschuldigte er sich erneut. »Aber meine Gitarre und unsere ganzen Sachen …«

»Klar«, unterbrach sie ihn und legte ihre Hand auf die seine.

Das Schrillen eines alten Telefons störte den intimen Augenblick. Schreiber fischte sein Handy aus der Innentasche seiner Jacke.

»Ja?«

Es war Aurich. Schreiber hörte ihm aufmerksam zu.

»Alles klar. Halt mich auf dem Laufenden, wie's ihr geht«, sagte er schließlich und legte auf.

»Und?«, fragte Thiele.

Auch Steinfels und Grämer sahen ihn gespannt an.

»Sie sind jetzt im Klinikum«, berichtete er ohne Umschweife. »Gisela wird gerade untersucht. Maja ist in Ordnung – hat nur 'nen kleinen Kratzer am Hals und ein paar blaue Flecken. Sie hat erzählt, dass da zwei vermummte Typen waren. Einer hat sie mit einem Messer bedroht. Der andere hat das Feuer gelegt. Tja – und an seinem Hals hatte der ein riesiges Spinnen-Tattoo.«

Vielsagend sah er Thiele an.

»Spider«, stellte die sofort fest. »Na klar! Das würde zu dem Drecksack passen. Lassen wir ihn gleich zur Fahndung ausschreiben – Brandstiftung und schwere Körperverletzung.«

Steinfels nickte in grimmiger Zustimmung – auch Grämer, der zwar kein Polizist war, aber trotzdem wusste, um wen es ging. Spider war stadtbekannt.

»Ich weiß nicht«, sagte Schreiber und schaute nachdenklich auf sein Handy. »Vielleicht brauchen wir den gar nicht mehr zu suchen.«

»Wie meinst du das?«, wunderte sich Thiele.

Schreiber atmete tief durch. »Aurich glaubt, dass Spider tot ist.«

2 Beste Freunde und Callboys

13. September

Schreiber öffnete die Augen und blinzelte schlaftrunken auf die roten Ziffern seines Radioweckers. 08:03 – das konnte er auch ohne seine Kontaktlinsen erkennen. Obwohl er erst morgens um vier vollkommen erschöpft ins Bett gefallen war, hatte er sich schon bald nur unruhig hin und her gewälzt und konnte jetzt endgültig nicht mehr einschlafen. Er schlug die blaue Decke zurück, setzte sich auf die Kante des französischen Betts und griff nach der Mineralwasserflasche auf dem Nachttisch, aus der er einen kräftigen Schluck nahm. Als er sie zurückstellte, fanden seine Füße auf dem roten Bettläufer die Hausschuhe, in die er mechanisch hineinschlupfte. Er erhob sich, schlurfte in seinen karierten Boxershorts zum alten Sessel in der Ecke, von dem er sich ein T-Shirt schnappte und es sich überzog. Jetzt besser gegen die morgendliche Kälte geschützt, riss er quietschend ein Fenster auf und ging nach nebenan ins Wohnzimmer, wo er das gleiche tat.

Als er sich aufs Fensterbrett stützte und tief die frische Morgenluft einatmete, sah er hinunter auf den Kunigundendamm. Ein älterer Herr ließ seinen Dackel gerade an einem Verkehrsschild das Bein heben. Unter ihm, auf dem geteerten Uferweg neben der Dammmauer, rollten zwei junge Frauen geräuschvoll auf Inlinern vorbei.

Die auf dem Main-Donau-Kanal umherschwimmenden Enten und Möwen hätte Schreiber auch mit Kontaktlinsen nur schemenhaft erkannt, da der morgendliche Dunst auf dem Wasser sie noch verhüllte.

Schreibers Augen glitten über den Fluss zur Silhouette der Stadt. Von seinem Fenster aus, im zweiten Stock, konnte er von Dom und Michelskirche nur die Türme sehen. Lediglich der Blick auf die Altenburg, die links in der Ferne wie ein regloser Wächter über der Stadt thronte, war ihm gänzlich vergönnt.

Wie friedlich seine Heimatstadt jetzt vor ihm lag … Ihr Anblick tat ihm gut und beruhigte ihn.

Etwas gelassener dachte er zurück an die letzte Nacht. Er sah die Bilder noch vor sich – klar und dennoch schon seltsam weit entfernt: die besinnungslose Gisela, seine brennende Gitarre, eine Scheune in Flammen und dann den Krankenwagen und das Feuerwehrauto an der Landstraße, wie diese bei der Rückfahrt nach Bamberg kurz nach Mühlendorf im Scheinwerferlicht von Steinfels' Auto auftauchten.

Sie hatten kurz gehalten und in Erfahrung bringen können, dass tatsächlich Spider und sein Helfer in dem verunglückten Auto gesessen hatten und beide, wie Aurich schon im Vorüberfahren auf dem Weg ins Klinikum vermutet hatte, beim Unfall ums Leben gekommen waren.

Sie taten Schreiber Leid, obwohl sie die Bösen gewesen waren.

Aber wenigstens hatten die Guten alle überlebt und auch keine schweren Verletzungen erlitten. »Gisela ist mit einer Gehirnerschütterung davongekommen« – so Aurich noch vor einigen Stunden am Handy.

Schreiber kratzte sich mit beiden Händen am Bauch und streckte sich stöhnend. Als er die Arme sinken ließ, wurde er sich erstmals der Lücke bewusst, die zwischen ihm und seinem Schreibtisch am nächsten Fenster klaffte. Hier hatte bis gestern Abend noch seine E-Gitarre an ihrem Verstärker gelehnt.

Das Telefon klingelte. Er ging nach hinten in den Flur und schnappte sich den Hörer.

»Schreiber.«

»Kollege Schreiber. Was hört man da für Geschichten?«, kam es heraus. Es war Erster Kriminalhauptkommissar Konrad Laut, sein Chef. Er war bekannt dafür, dass er seine Mitarbeiter immer mit ›Kollege‹ ansprach, obwohl er alle duzte.

»Der Brand und die Sache mit Spider?«, fragte Schreiber und ging mit dem Hörer am Ohr zurück ans Wohnzimmerfenster.

»Allerdings. Ungeheure Sache. Wie geht's dir?«

»Geht schon. Ich konnte nur nicht mehr einschlafen.«

»Hm. Ich bräuchte zwei Kollegen, die das Wochenende opfern. Wärst du fit und bereit?«

Schreiber nahm noch einen großen Zug Morgenluft und atmete hörbar aus.

»Tötungsdelikt?«, vermutete er, sonst würde ihn der Chef nicht samstags anrufen. Er dachte kurz an seinen letzten Mordfall. Vor eineinhalb Jahren waren junge Joggerinnen im Hain, Bambergs großem Stadtpark, auf perfide Weise brutal umgebracht worden. Der öffentliche Druck war damals immens gewesen.

»Ja«, bestätigte Laut. »Ganz hässliche Geschichte. Ein junger Mann ist in seiner Wohnung in der Kleberstraße niedergestochen worden: Marcel Zimmermann, 26 Jahre alt, Student.«

»Ich würde es schon machen«, erklärte Schreiber. Er hatte keine Pläne für das restliche Wochenende und war beinahe froh, durch den Fall etwas Ablenkung von der letzten Nacht zu bekommen. »Wer ist noch dabei?«, fragte er nach.

»Kollegin Thiele. Sie hat dich auch vorgeschlagen.«

»Soso. Hat sie das.« Schreiber musste grinsen.

»Ihr solltet euch beeilen«, sagte Laut. »Im Kommissariat wartet Kollege Reinfelder vom KDD. Er hat die Nacht durchgearbeitet und will natürlich möglichst schnell ins Bett. Aber er wollte es sich trotzdem nicht nehmen lassen, uns den Fall persönlich zu berichten. Ansonsten hole ich noch 'ne Schreibkraft rein, die euch seine diktierten Aufzeichnungen auf Papier bringt. Wahrscheinlich die Sibylle.«

Sibylle Angermeier, die mollige Angestellte, war für ihre Emsigkeit bekannt. Außerdem war sie eine Frohnatur, die selbst dann nicht quengeln würde, wenn man sie am Wochenende überraschend ins Kommissariat bestellte. Wahrscheinlich würde sie sogar noch Kuchen vom Bäcker mitbringen.

»Gut«, sagte Schreiber und musste über Lauts Mitarbeiterauswahl lächeln. »Obduktion?«

»Solltet ihr hingehen – gleich im Anschluss an euer Gespräch mit Reinfelder. Der Müller lässt euch den Vortritt. Tja, unser junger, dynamischer Staatsanwalt hat was Besseres vor am Wochenende. Wer kann's ihm verdenken? Die Eltern von Zimmermann informiere ich selbst – aber erst gegen Mittag, wenn die Obduktion schon erledigt ist. Die wohnen in Kronach. Falls sie was Relevantes äußern, erfahrt ihr es umgehend. Ansonsten kümmere ich mich auch um einen Notfall-Seelsorger. Ihr könnt euch also ganz auf den Fall konzentrieren. Je nach Spurenaufkommen werden wir dann sehen, ob wir am Montag eine SoKo einrichten.«

»Bin unterwegs.«

»Morgen, du Streberin«, witzelte Schreiber, als er auf dem Gang vor dem Kommissariat 1 vorsichtig einen Kaffeebecher aus den Automaten zog und dabei Thiele zur Tür hereinkommen sah. »Samstags arbeiten und mich noch mit reinziehen, oder was?«, stichelte er noch weiter und richtete sich wieder auf.

»Ich hatte eben Sehnsucht nach meinem Tiger«, erwiderte sie müde grinsend, was ihm ein lahmes Lächeln entlockte.

Er schlürfte vorsichtig an seinem heißen Muntermacher.

»Spaß beiseite«, fügte Thiele hinzu und fischte ihren Geldbeutel aus der Jeans. »Ich habe keine Probleme, das Wochenende sausen zu lassen. Mit Pete ist derzeit nicht viel anzufangen, wie immer, wenn die Sommerferien zu Ende gehen. Weil er nächste Woche wieder in die Schule muss, schlappt er nur muffig im Haus herum.« Thieles Mann war Realschullehrer.

Sie fand ein paar Münzen und warf sie rasselnd in den Automaten. »Soll Louisa ihn aufbauen«, sagte sie bestimmt, als sie das rote Knöpfchen drückte. »Die freut sich auf die Schule.«

»Verstehe«, sagte Schreiber. »Na, dann wollen wir uns mal an die Arbeit machen.«

Thiele zog sich ihren Becher und betrat mit ihm das Kommissariat. Sie liefen durch ein großes Büro mit vier Schreibtischen in den Besprechungsraum, wo ein kräftig gebauter Mittdreißiger am Ende zweier aneinandergeschobener Tische bei einer Flasche Mineralwasser saß und auf sie wartete. Der kahl geschorene Mann mit dem Stiernacken erhob sich sofort und streckte Thiele die Hand entgegen. Unter seinem modischen blauen Hemd zeichnete sich deutlich die Muskulatur eines Bodybuilders ab.

»Sophie«, sagte er lächelnd.

Sie nahm seine Hand. »Morgen, Franz«, grüßte sie freudig mit dem für sie typischen morgendlichen Elan, der Morgenmuffel Schreiber immer wieder verblüffte.

»Lange Nacht, was?«, zeigte der Mitgefühl, als er Kriminaloberkommissar Franz Reinfelder vom KDD ebenfalls die Hand drückte.

»Allerdings. Ich bin total platt«, bestätigte dieser. »Ihr wisst schon, worum's geht?«

Thiele und Schreiber nickten, als sich alle setzten.

»Also gut«, begann Reinfelder, dem man seine Übernächtigung kaum ansah. Er stützte die Unterarme auf die Tischplatte und spielte an einem grünen Kugelschreiber herum.

»Marcel Zimmermann wurde heute Nacht um eins tot in der Diele seiner Wohnung in der Kleberstraße aufgefunden, wahrscheinlich erstochen. Er hatte entsprechende Verletzungen in der Herzgegend. Sein Gesicht war etwas verbeult, wie nach einer Schlägerei. Auf der Stirn hatte er ein Pflaster. Sah frisch aus.

Ein blutiges Taschenmesser lag auf dem Teppich neben der Leiche. Eines, bei dem die ausgeklappte Klinge fest steht. ›Schließmesser‹ nennt man die Dinger. Edles Teil mit schwarzem Kunststoffheft.

Raub fällt als Motiv eher aus. Wertsachen wie sein Handy, eine Markenuhr oder sein Geldbeutel mit immerhin 75 Euro lagen offen herum. Auch der Laptop war noch da.

Die Mieter unter ihm haben um zirka 23 Uhr erst Gepolter und dann den Fahrstuhl gehört. Einem Pizzaboten ist ungefähr um Mitternacht ein wütender Mann vor der Haustür aufgefallen – Anfang bis Mitte zwanzig, zirka eins fünfundachtzig, kräftige Statur, kurzes dunkles Haar, schwarze Lederjacke.«

»Nicht schlecht«, kommentierte Thiele.

Reinfelder nickte. »Der Mann hätte den Boten fast umgerannt. Außerdem haben zwei achtzehnjährige

Jungs, die aus der ›Fässla-Stub'n‹ kamen, eine übereinstimmende Beschreibung abgegeben. Der Typ ist die Kleberstraße in Richtung Hauptwachstraße entlanggestapft und hat halblaut vor sich hin geflucht.«

»Konnte der Pizzabote auch erkennen, ob der Mann aus dem Haus gekommen ist?«, hakte Schreiber nach.

Kopfschütteln. »Das konnte er nicht genau sagen – leider. Tja.« Reinfelder machte mit dem Kugelschreiber eine wegwerfende Geste. »Jedenfalls haben die Mieter unter Zimmermann den Boten reingelassen, und der hat uns dann gerufen, weil ihm Blut vor der Wohnungstür aufgefallen ist.«

»Vor Zimmermanns Wohnungstür? Das heißt, die Pizza war für ihn?«, wunderte sich Schreiber.

»Sieht so aus«, bestätigte sein Kollege. »Der Chef des Pizzaboten hat den Besteller auf dem Festnetz zurückgerufen. Der Anruf kam definitiv aus Zimmermanns Wohnung. Die Bestellung wurde übrigens ungefähr um 23:20 Uhr aufgegeben, also nach dem Gepolter.«

»Hm«, machte Schreiber nur.

»Keine weiteren Zeugenaussagen«, fuhr Reinfelder fort. »Handy, Telefon und Computer gehen Montag früh raus zur Auswertung nach Nürnberg. Die Daten werden euch frühestens am Mittwoch vorliegen. Aber das wisst ihr ja selber. Wie auch immer – ich konnte mir nicht verkneifen, schon mal einen Blick aufs Handy zu werfen.«

»Da macht's einer aber spannend«, grinste Thiele und nahm einen Schluck Kaffee.

»Jaja«, flötete Reinfelder und zuckte geheimnisvoll mit den Augenbrauen. »Aber im Ernst«, fuhr er fort. »Ich fand zwei wirklich interessante SMS. Eine, die Zimmermann geschickt hat. Text: ›Komm 23 uhr 45 vorbei. Dann klären wir das endgültig.‹ Eine Bilddatei hing dran, war also eigentlich 'ne MMS: Zimmermann und ein Mädchen, wie die sich küssen. Junges hübsches Ding mit langem braunen Haar. Hatte auf dem Foto einen Pferdeschwanz. Die zweite SMS hat Zimmermann erhalten. Text: ›OK. Bin mal gespannt.‹ Kurz und bündig.«

Er atmete tief durch. »Eine Verabredung zur Tatzeit und ein Hinweis auf ein mögliches Eifersuchtsmotiv«, stellte er fest. »Das Mädchen auf dem Bild könnte die Freundin des anderen SMS-Schreibers sein. Und Zimmermann wollte sich für den Kuss entschuldigen. Das würde auch zum Text passen.«

Er ließ die Worte kurz wirken.

»Na ja«, begann Thiele skeptisch. »Aber wozu die Bilddatei? Doch wohl kaum, um Text zu sparen. Das sieht mir eher nach einer Provokation aus. Der SMS-Empfänger könnte vielmehr der Ex-Freund des Mädchens sein, der nicht wahrhaben wollte, dass es vorbei ist. Und Zimmermann wollte ihm das endgültig klarmachen.«

»Und er bestellt ihn dafür zu sich in die Wohnung?«, zweifelte Schreiber. »Seinen Rivalen nimmt man sich doch eher in der Kneipe vor, oder man passt ihn auf der Straße ab. Und wozu überhaupt diese Pizza? Zimmermann konnte sich doch ausrechnen, dass sie etwa gleichzeitig mit dem Besucher eintreffen würde.«

»Er könnte doch auch ein Freund von Zimmermann gewesen sein und …«

»Wie auch immer«, unterbrach sie Reinfelder. »Ich denke, wir sind uns einig, dass das richtig heiß sein könnte. Ich habe euch die Nummer der SMS notiert. Das Bild habe ich auf meinem Handy. Ich schicke es euch gleich.«

Er schob ein Zettelchen, das schon die ganze Zeit neben seiner Flasche gelegen hatte, zu Thiele. Aus seiner Jeans kramte er umständlich einen Schlüsselbund, den er neben das Zettelchen legte.

»Zimmermanns Haustürschlüssel und die Schlüssel, für das neu eingesetzte Schloss in der Wohnungstür«, erklärte er.

Schreiber und Thiele nickten.

»Tja«, sagte er schließlich. »Für mich stellen sich Zimmermanns letzte Minuten folgendermaßen dar: Er gerät um 23 Uhr in seiner Wohnung mit jemandem aneinander. Man wird handgreiflich. Daher das Gepolter. Derjenige geht – die Nachbarn hören den Fahrstuhl nach unten fahren. Zimmermann versorgt seine Wunden – wie gesagt, das frische Pflaster auf seiner Stirn – und bestellt eine Pizza, warum auch immer. Er lässt seinen Mörder selbst ins Haus, der an der Wohnungstür auf ihn einsticht – auf der Fußmatte und den Fliesen im Hausflur fanden sich typische Spritzspuren. Er taumelt zurück in die Diele, wo er zusammenbricht und stirbt.«

Er sah Thiele und Schreiber vielsagend an. »Ziemlich schräg, was?«, fragte er rhetorisch. »Er könnte einerseits überraschend von seinem Besuch getötet worden sein oder andererseits von demjenigen, mit dem er sich vorher geprügelt hat, falls derjenige noch mal zurückgekommen ist. Dann wiederum könnte der nächtliche Besuch ein wichtiger Zeuge sein.«

Er tippte mit dem Zeigefinger auf das Zettelchen. »Außerdem stellt sich die Frage, wer der wütende dunkelhaarige Mann vor der Haustür war: Der Schläger, der Besuch oder gar ein Dritter im Bunde.«

»Nun ja«, überlegte Schreiber. »Wir müssen jedenfalls von mindestens zwei Personen ausgehen, die am

Tatort waren. Denn die Pizza wird er kaum für denjenigen bestellt haben, mit dem er sich geschlagen hat.«

»So ist es«, sagte Reinfelder, legte sich zurück, schlug die Beine übereinander und verschränkte die Hände vor dem Bauch.

»Ziemlich schräg, was?«, fragte Gerichtsmediziner Doktor Wiegand ebenfalls rhetorisch und schlug das weiße Laken wieder über das Gesicht des Toten, der mit dem sauber zurückgekämmten Haar aussah, als würde er nur friedlich schlafen – trotz der Narben von der Obduktion.

Thiele fand den jungen Mann selbst im Tod sehr attraktiv. Sein schönes Gesicht konnte sie jetzt unter dem Laken nur noch erahnen.

»Allerdings«, bestätigte sie. »Das würde ja bedeuten, dass Zimmermann innerhalb von eineinhalb Tagen dreimal angegriffen wurde – theoretisch sogar von drei verschiedenen Personen.«

»Genau«, bestätigte Wiegand.

Dar hagere Mann ging zu den beiden Waschbecken des hell beleuchteten Obduktionssaals, wo er seine Latexhandschuhe abstreifte und in einen kleinen Alumülleimer darunter warf. Er wandte sich wieder Thiele und Schreiber zu, lehnte sich rücklings gegen den Rand der Waschbecken und verschränkte wartend die Arme vor seinem weißen Kittel. Eine Haltung, die der junge blasse Assistenzarzt, der neben ihm lehnte, schon die ganze Zeit eingenommen hatte. Er war im Hintergrund geblieben und hatte noch kein Wort gesagt.

»Hm«, machte Schreiber nachdenklich und riss seinen Blick vom weißen Laken mit der Kontur eines menschlichen Körpers los, um Wiegand fragend anzusehen. »Also noch mal zum Mitschreiben«, holte er aus. »Das blaue Auge hat er sich vor über vierundzwanzig Stunden geholt. Ja?«

»Richtig«, stimmte Wiegand zu.

»Das rechte Auge«, warf Thiele ein. »Falls er geschlagen wurde, war es wahrscheinlich ein Linkshänder.«

»Danke, Sherlock«, sagte Schreiber, ohne sie anzusehen, hob anerkennend eine Hand und verschränkte ebenfalls die Arme vor seiner braunen Lederjacke.

Thiele und Wiegand grinsten sich an. Der Assistenzarzt schmunzelte in sich hinein.

»Punkt zwei«, nahm Schreiber den Faden wieder auf. »Die Stirnwunde, die Verletzung der Unterlippe und auch die restlichen Hämatome sind frisch. Sie wurden ihm also kurz vor der eigentlichen Tat beigebracht, jedoch nicht bei der Tat selbst. Sonst hätte er keine Zeit gehabt, sich das Pflaster auf die Stirn zu kleben. Richtig?«

Wiegand nickte und fuhr sich durchs graumelierte Haar.

»Punkt drei«, sagte Schreiber. »Drei gezielte Stiche in die Herzgegend, von denen einer die rechte Herzkammer traf und somit tödlich war.«

»Eintrittswunden unterhalb des Sternums. Schräg nach oben verlaufende Stichkanäle«, bestätigte Wiegand. »Die beste Art, einen tödlichen Herzstich auszuführen. Wer einfach so auf die linke Brust zielt, läuft Gefahr, eine Rippe zu erwischen. Euer Mann hat also ganz genau gewusst, was er wollte – eindeutig Vorsatz. Die fehlenden Abwehrverletzungen an Zimmermanns Händen deuten auch darauf hin, dass der Täter ihn vollkommen überrascht haben muss und die Stiche schnell und kurz hintereinander ausgeführt hat. Etwa so …« Er nahm eine leichte Schrittstellung ein, ballte die rechte Hand zur Faust und ließ sie dreimal von der Hüfte schräg aufwärts zucken.

Dann lehnte er sich lässig gegen die Waschbecken und verschränkte wieder die Arme, als sei nichts gewesen. Er atmete geräuschvoll durch und schob sich mit dem Zeigefinger seine schwarze Kunststoffbrille auf dem Nasenrücken zurecht. »Tja. Ein Linkshänder könnte den Messerangriff besser durchführen«, stellte er fest. »Die Form der Eintrittswunden deuten aber eher auf einen Rechtshänder hin, weil die scharfe Seite der Klinge schräg nach rechts unten zeigt. Todeszeit übrigens zwischen 22:30 Uhr und 0:30 Uhr letzte Nacht.«

»Das deckt sich mit unseren Informationen«, stellte Thiele fest. »Angaben zur Tatwaffe?«

»Wahrscheinlich ein Taschenmesser mit arretierbarer Klinge. Klingenlänge neun Zentimeter.«

Die Kommissare verabschiedeten sich und gingen nach draußen.

»Ich müsste mal wieder das Grab von Tante Agnes besuchen«, sagte Schreiber nachdenklich, als sie über den Friedhofsparkplatz zum Dienstwagen liefen. Nach dem nüchternen Neonlicht und dem typischen Krankenhausgeruch im Obduktionssaal genoss er die warmen Sonnenstrahlen und die frische Luft. »War meine Lieblingstante«, fügte er hinzu. »Immer für ’ne kleine Finanzspritze gut – und backte die besten Weihnachtsplätzchen der Welt.«

»Aber nicht jetzt, Tiger«, sagte Thiele bestimmt und entriegelte piepsend das Auto. »Und hör bitte auf, von leckeren Weihnachtsplätzchen zu reden. Ich habe sowieso schon einen Bärenhunger. Ich hatte heute Morgen nur einen Kaffee und sonst nichts.«

»Ich auch«, erwiderte er. »Und jetzt nach dieser Obduktion habe ich eh so ein komisches Gefühl im Magen. Frühstücken wir erst mal.«

Sie stritten sich gerne darum, wo man Pause machen sollte. Diesmal kam es nicht dazu. Weil es ganz in der Nähe von Zimmermanns Wohnung war, einigten sie sich schnell auf die Bäckerei an der Ecke Hauptwachstraße/Promenadenstraße.

Thiele biss ein großes Stück Tomate-Mozarella-Baguette ab und schaute kauend durch die große Schaufensterscheibe, hinter der ein reges Kommen und Gehen herrschte. Zahlreiche Menschen liefen zielstrebig über das Kopfsteinpflaster in die Fußgängerzone oder kamen voll bepackt mit Einkaufstüten aus ihr heraus. Alle schienen es eilig zu haben, obwohl Wochenende war. Thiele fragte sich, ob es irgendwo besonders gute Angebote gab.

»Tja. Der Fall lässt sich ja interessant an«, riss Schreibers Stimme sie aus ihren Gedanken. Er saß ihr gegenüber an dem kleinen Bistrotisch mit der weißen Marmorplatte und schlürfte vorsichtig an seinem heißen Kaffee. »Der Typ wird tatsächlich innerhalb kürzester Zeit dreimal angegriffen. Irgendwer gibt ihm eins aufs Auge – wahrscheinlich vorgestern, also am Donnerstag. Gestern Nacht wird er noch mal geschlagen – Angriff Nummer zwei. Und kurze Zeit später sticht ihn jemand nieder – Angriff Nummer drei. Wahnsinn«, stellte er kopfschüttelnd fest und biss in sein Schinken-Käse-Baguette.

Thiele schluckte ihren Happen lautstark hinunter. »Zurzeit scheinen ja viele verrückte Sachen zu passieren«, stimmte sie ihm zu.

Er nickte nur, wohl wissend, dass sie auf die letzte Nacht anspielte. »Ich kann immer noch nicht glauben, dass Spider tot ist. Und dann unsere brennenden Instrumente. Manchmal denke ich, dass ich jeden Moment aus einem Traum aufwachen könnte.«

»Na ja. Zum Glück ist wenigstens Gisela und ihrer Kleinen nichts weiter passiert«, tröstete Thiele und prostete ihm mit ihrer Kaffeetasse zu.

»Ich war auch ganz schön erleichtert«, gab er zu. »Seit Aurich mit Gisela zusammen ist, blüht er richtig auf. Sie tut ihm gut.«

Nachdenklich aßen sie weiter. Schreiber ertappte sich dabei, wie er Aurich ein wenig um Gisela beneidete. Sie war hübsch und eine Frohnatur. So eine würde ihm auch gefallen. Doch bei ihm herrschte schon länger Flaute. Seit seiner Scheidung vor zehn Jahren hatte er nur hin und wieder kurze Affären gehabt. Und diese waren dann noch seltener geworden, als vor sechs Jahren Sophie Thiele als neue Kollegin ins Kommissariat gekommen war. Er hatte sich auf Anhieb in sie verliebt. Und obwohl ihm ziemlich schnell klar geworden war, dass sie sehr glücklich verheiratet war, hatte er sich anderen Frauen seitdem nur halbherzig genähert.

Er steckte sich das letzte Stückchen des Baguettes in den Mund und sah sie an, wie sie zum Schaufenster hinausschaute und die Menschen beobachtete. Wie vertraut sie ihm in den Jahren ihrer Zusammenarbeit geworden war! Er kannte jede ihrer kleinen Gesten. So gut, dass er oft sogar das Gefühl hatte, mit ihr zusammenzusein. Nur dass sie abends nach Hause in ihr Häuschen mit Garten in der Panzerleite ging, zu ihrem Mann und ihrer Tochter, und er selbst zurück in seine Wohnung, wo er manchmal noch kurz mit Tochter Nike telefonierte, die mit seiner Ex-Frau Karin und deren Partner in Nürnberg wohnte.

Trübsinnig starrte er in seine Kaffeetasse und dachte

an die leere Stelle in seinem Wohnzimmer, an der seine Gitarre gestanden hatte.

»Tiger? Hast du gehört?«

Sein Kopf zuckte hoch. »Sorry. War gerade in Gedanken.«

Sie schmunzelte. »Also, noch mal«, sagte sie geduldig. »Das Messer auf dem Boden neben der Leiche passt nicht ins Bild. Findest du nicht auch?«

Nickend wischte er sich mit der roten Papierserviette die Finger. »Habe ich mir auch schon gedacht«, stimmte er zu. »Die gezielten Messerstiche, die Zimmermann vollkommen überrascht haben, deuten, wie der Wiegand ja schon festgestellt hat, auf einen vorsätzlichen Mord hin. Gut geplant wahrscheinlich.«

»Eben«, bestätigte sie. »Wieso geht der Täter also einerseits so kaltblütig vor und lässt andererseits die Tatwaffe zurück? Ihm muss doch klar sein, dass sie eine wichtige Spur ist.«

Schreiber legte die Stirn in Falten und trank den letzten Schluck Kaffee. »Na ja«, begann er, als er die leere Tasse klirrend zurück auf die Untertasse setzte. »Andererseits wäre es nicht das erste Mal, dass einem die Nerven durchgehen. Kaltblütig zuzuschlagen ist eine Sache, aber wenn man dann sieht, was man angerichtet hat, kann man schon weiche Knie kriegen, Aussetzer haben und Fehler machen.«

»Stimmt auch wieder«, sagte sie. »Sehen wir uns die Wohnung einmal an.«

Die grauen Fliesen im Hausflur vor Zimmermanns Wohnungstür glänzten frisch geputzt, die blutige Fußmatte war verschwunden.

Schreiber durchritzte mit dem Sicherheitsschlüssel das Polizeisiegel, sperrte klickend auf und trat mit

Thiele in die Diele, wo er das Licht anknipste. Sie musterten die Tropfspuren auf dem Teppich, die zum größeren Fleck neben der Wand führten. Einige Sekunden respektvollen Schweigens verstrichen, ehe sie sich die Bilder an den Wänden ansahen: bunte Drucke expressionistischer Maler, in Glasrahmen.

»Stilvoll – für einen Mann«, kommentierte Thiele, was Schreiber nur ein faul protestierendes Brummen entlockte.

Sie warfen einen Blick in das Badezimmer, wo Schreiber ein rotbraunes Fläschchen Eaux de Toilette aus einer ganzen Reihe anderer Düfte wählte, es in die Hand nahm und musterte. Er schob die Unterlippe vor und nickte anerkennend.

»Teurer Duft«, stellte er fest. »Riecht aber auch wirklich gut. Da werden die Frauen schwach.«

»Hört, hört. Da kennt sich einer aber aus«, kommentierte Thiele, die Reihe begutachtend. »Die anderen sind aber auch nicht schlecht.«

Sie verließen das Bad und gingen durch den Gang in die Küche gegenüber.

Schreiber öffnete den Kühlschrank. »Kennst du einen Mann, der allein zuhause Prosecco trinkt?«, fragte er über die Schulter.

»So was habt ihr doch nur für Damenbesuch auf Lager, stimmt's?«, kam es zurück.

»Na ja. Ich vielleicht nicht. Aber prinzipiell richtig«, gab er ihr Recht, als er die Tür klirrend wieder schloss.

Im vorderen Teil der Wohnung waren zwei Räume, der größere davon eine Mischung aus Wohn- und Arbeitszimmer. Auf dem Schreibtisch lagen noch die verwaisten Kabel des Laptops. In den Regalen drängten sich Fachbücher für ein BWL-Studium neben einigen wenigen, meist amerikanischen Kriminalromanen. Eine moderne braune Ledergarnitur bildete die Wohnecke des Raums, in der auch ein Fernsehgerät stand.

»Wow«, entfuhr es Thiele, als sie den kleineren der beiden Räume, das Schlafzimmer, betraten.

Schreiber pfiff staunend durch die Zähne und sah sich in dem Zimmer um, das ihn auf Abhieb an ein Luxusbordell erinnerte. Auf dem großen Bett lag seidenglänzende violette Bettwäsche. Am Kopfende baumelten im edlen Messinggestell tatsächlich zwei Paar Handschellen.

»Die reinste Spielwiese«, sagte er, wobei sein Blick an der Wand darüber nach oben glitt, zu einem großformatigen erotischen Akt. Die Schwarzweißaufnahme zeigte den Oberkörper eines jungen Mannes, der seine Bauch- und Brustmuskulatur großzügig mit Sonnenöl einschmierte – Zimmermann selbst, wie Schreiber erst beim zweiten Hinsehen feststellte.

»Nicht schlecht«, sagte Thiele und zeigte auf den Großbildfernseher in der Ecke. »Gleich zwei Fernseher. An Geld hat's ihm wohl nicht gemangelt. Überhaupt – schon dass er als Student eine eigene Wohnung hat und nicht in einer WG oder im Wohnheim haust.«

»Er hat sich was als Model dazu verdient«, erklärte Schreiber, der auf dem Nachttisch neben dem Radiowecker einige Modemagazine mit Bildern von Zimmermann entdeckt hatte und beiläufig darin herumblätterte.

»Gut bezahlt«, kommentierte sie und checkte im großen Spiegelschrank ihr Äußeres. Dann schob sie eine der Türen beiseite und begutachtete Zimmermanns Garderobe. »Aber ob er damit schon genug zusammenbekommen hat, um sich all das leisten zu können?«, fragte sie skeptisch, mit Blick auf die ordentlich zusammengelegte und aufgehängte Markenkleidung.

In einer Schublade des Nachttischs fielen Schreiber zwei riesige Packungen Kondome auf. »Oh Mann«, murmelte er. »Der Vorrat würde bei mir ja ewig …«

»Red nur weiter«, ermutigte ihn Thiele, die schmunzelnd neben ihn getreten war. »Ich schreib' schon alles mit.«

»Ha, ha«, machte er lahm und sah sie betont gelangweilt mit müde hochgezogenen Augenbrauen an. »Sag mir lieber, ob dir hier nicht auch was auffällt, Schlaumeier«, lenkte er ab.

»Nix für ungut, Tiger«, begann sie versöhnlich, was ihn sofort wieder aufheiterte. Schreiber war bekannt dafür, sich ebenso schnell zu beruhigen, wie er beleidigt war.

»Aber im Ernst«, fuhr sie fort. »Zimmermann hatte offenkundig ein überaus reges Sexualleben. Hier sieht's ja beinahe aus wie im Puff. Es deutet allerdings nichts auf eine Freundin hin. Keine zweite Zahnbürste im Bad, keine Fotos eines Mädchens – nichts. Also hatte er wahrscheinlich, wie man so schön sagt, häufig wechselnde Geschlechtspartner.«

»Genau das meine ich«, bestätigte Schreiber. »Würde mich nicht mal überraschen, wenn …«

Er unterbrach den Satz, ging vor dem Großbildfernseher in die Hocke und zog aus dem Regal darunter eine der zahlreichen DVDs heraus.

»Sieh einer an!«, sagte er anerkennend, als er sich wieder aufrichtete und das Cover studierte. »›Exzesse in der Frauenklinik‹ – ein Klassiker!«

Die Hände in den Jackentaschen liefen Schreiber und Thiele mitten im Menschengewusel durch die Hauptwachstraße am neuen Rathaus vorbei. Auf dem Maxplatz, rechts von ihnen, drängten sich unter einem strahlend blauen Himmel die Einkaufenden zwischen den Marktständen.

Es war inzwischen 12:30 Uhr. Beim Verlassen der Wohnung hatte Laut sie auf dem Handy angerufen und ihnen einen Namen mitgeteilt, der ihm von den Eltern des Toten genannt worden war: Sven Beierlein, der wohl Zimmermanns bester Freund gewesen war und im Studentenwohnheim ›Romanischer Turm‹ in der Judenstraße wohnte. Sie hatten beschlossen, ihn aufzusuchen und das kurze Stück zu laufen, auch um sich ein wenig die Beine zu vertreten.

Am Grünen Markt lockten die farbenfrohen Produkte in den Ständen der Obst- und Gemüsehändler: Feuerrote Tomaten wetteiferten mit knackig grünen Bauerngurken, leuchtend gelben Paprika und mehr. Thiele konnte nicht widerstehen, zwei saftig glänzende Äpfel zu kaufen, von denen sie einen an Schreiber weiterreichte.

Er nahm ihn zögernd. »Danke, aber ich hab' jetzt eigentlich keine Lust auf …«

»Schweig und iss«, unterbrach sie ihn in einem Ton, der jegliches Aufbegehren im Keim erstickte. »Ich weiß doch, wie mies ihr Single-Männer euch ernährt.«

Schreiber brummte ein kleinlautes »Danke« und rieb die Frucht an seiner Jeans sauber. Als er das erste Stück abbeißen wollte, zuckte er erschrocken zusammen, weil ihn eine landende Taube am Kopf streifte. Thiele beobachtete grinsend, wie er sich irritiert über das kurze, lichte Haar fuhr und den Vogel strafend ansah.

Das Tier schenkte ihm aber keine Beachtung, da es damit beschäftigt war, mit einigen Artgenossen Brotkrümel aufzupicken, die ihnen eine ältere Dame von einer Bank aus aufs Kopfsteinpflaster warf.

Die Kommissare liefen weiter.

»Wenn der tatsächlich so wild war, wie seine Wohnung aussieht, könnte schon einiges an Tatmotiven zusammenkommen«, sagte Thiele mit vollem Mund und hielt vor einer der Ampeln am Obstmarkt.

»Eifersucht – würde auch zur SMS passen«, stellte Schreiber fest und fixierte das rote Männchen. »Das älteste Motiv der Welt. Wenn Freunde oder Ehemänner rausfinden, dass man ihnen Hörner aufgesetzt hat, gehen sie allerdings eher auf ihre Frauen los«, gab er zu bedenken. Laut krachend biss er in seinen Apfel.

»Stimmt auch wieder«, räumte sie ein. »Trotzdem – denkbar wär's.«

Die Ampel sprang auf Grün. Auf der anderen Straßenseite nahm die Anzahl der Touristen unter den Menschen zu. Man merkte, dass sie sich der am häufigsten fotografierten Sehenswürdigkeit Bambergs näherten. Leicht ungeduldig trotten sie hinter einer vergnügt schwatzenden Gruppe aus Fernost her, von der fast alle weiße Schlapphüte trugen, vorbei an den voll besetzten Straßencafés, wo sich die Gäste mit hellblauen Decken die Nieren warm hielten.

»Oder ein zorniger Vater, dessen Tochter er verführt hat«, nannte Thiele die nächste Möglichkeit.

»Auch denkbar. Das würde allerdings den wütenden jungen Mann vor Zimmermanns Haustür als Täter ausschließen.«

»Ex-Freundinnen könnten es nicht verkraftet haben, wenn er sie abserviert hat – auch das würde zur SMS passen, wenn der Empfänger eine Frau war«, überlegte sie unbeirrt weiter. »Der Tathergang spricht allerdings eher für einen Mann.«

Sie liefen an den Asiaten vorbei, die auf der Brücke bei der steinernen Kreuzigungsgruppe zwanzig Meter vor dem Alten Rathaus gehalten hatten, um dessen Uhrenturm mit dem Durchgang zum Domberg zu fotografieren, natürlich auch die barocken bunten Fresken an der Fassade des Gebäudes. Die Bamberger Bürger hatten es mitten in den Fluten des linken Regnitzarms errichtet, auf ›neutralem Boden‹, weil der damalige Bischof die Entstehung einer abgeschlossenen Bürgerstadt auf Bambergs Inselstadt verhindern wollte. Seit Jahrhunderten trotzte das Alte Rathaus nun der rauschenden Strömung, indem es sie wie der Bug eines Schiffes spaltete.

Schreibers und Thieles Rücken wurden von den begeistert grinsenden Touristen auf einigen Fotos verewigt, als sie sich dem Gebäude näherten. Unter dem Torbogen wurden die Polizisten von den virtuosen Klängen einer jungen Geigerin verzaubert. Die Straßenmusikerin nutzte die gute Akustik des Ortes.

Respektvoll unterbrach Thiele ihre Spekulationen.

»Wie auch immer«, erstickte Schreiber auf der zweiten Brücke resolut ihre nächste Theorie im Keim. »Einer, der viel rumvögelt, macht sich meistens auch einige Feinde.«

»Jetzt tu doch nicht so komisch, Einstein«, moserte sie gereizt. »Mir ist schon klar, dass wir in alle Richtungen ermitteln müssen. Bin ja kein Anfänger. Ich wollte ja nur einige Möglichkeiten aufzeigen.«

Zwischen der italienischen Eisdiele und dem Antiquariat überholte er sie und verstellte ihr den Weg. »Tschuldigung«, sagte er knapp und streckte ihr mit versteinerter Miene die Hand entgegen.

»Kaschbä«, kam es nur in perfektem Fränkisch, als sie die Hand schmunzelnd drückte und an den Drehständern mit Postkarten vorbei die Straße hinunter vorauslief. Schreiber holte sie schnell ein und rempelte sie mit der Schulter an.

In einem Papierkorb an der Schranne entsorgten sie die Reste ihrer Äpfel. An der Ampel kam die Titelmelodie der Indiana-Jones-Filme aus der Seitentasche von Thieles Lederjacke. Sie zog ihr Handy heraus.

Man teilte ihr das Ergebnis der automatisierten Anfrage nach dem SMS-Empfänger mit, die sie gleich nach ihrem Gespräch mit Reinfelder beantragt hatten.

»Unser SMS-Schreiber heißt Christopher Resch«, verkündete sie beim Auflegen. »Wohnt am Mittleren Kaulberg. Die Festnetznummer schicken sie uns auch gleich.«

»Gut«, sagte Schreiber. »Gehen wir aber trotzdem erst zu Beierlein, wo's doch so schön auf dem Weg liegt. Und immerhin soll er ja auch Zimmermanns bester Freund gewesen sein.«

Sven Beierlein presste eine Faust vor den Mund und sah schweigend hinunter auf die zahlreichen abgestellten Fahrräder auf dem Pfahlplätzchen, das er vom seinem Fenster im dritten Stock gut überschauen konnte. Sein struppiges blondes Haar glänzte nass. Im roten Jogging-Anzug stand er wie versteinert da und rang um Fassung. Er hatte darauf bestanden, dass die Kommissare ihn über den Grund ihres Kommens aufklärten, ehe er bereit wäre, Fragen zu beantworten.

Thiele und Schreiber saßen an dem kleinen runden Frühstückstischchen und gaben ihm etwas Zeit. Sie sahen sich in dem heimeligen Einzimmerapartment des Studentenwohnheims um. In einer Kochecke, gleich bei der Eingangstür, gluckerte eine Kaffeemaschine neben einem Berg schmutzigen Geschirrs. Aus der

Nasszelle gegenüber, deren Tür nur angelehnt war, kam das Brummen der Lüftung. Beierlein war beim Eintreffen der Beamten gerade aus der Dusche gestiegen. Abgesehen von der Frühstücksecke mit den zwei Stühlen erinnerte das Mobiliar des Wohnraums an das eines typischen Jugendzimmers. Einfache, aber praktische Holzmöbel: Bett, Kleiderschrank, Schreibtisch und eine Bücherregalwand, in der, wie schon bei Zimmermann, Fachliteratur für ein BWL-Studium stand. Auch hingen an den Wänden geschmackvolle Kunstdrucke, wie sie Thiele schon in der Wohnung des Opfers aufgefallen waren.

Beierlein wandte sich wieder den Kommissaren zu und lehnte sich rücklings ans Fensterbrett, die Arme verschränkt, als ob ihm kalt wäre. Seine blauen Augen blickten leer auf den braunen Teppichboden. Aus seinem ebenmäßigen, feminin anmutenden Gesicht war jede Röte gewichen. Ansonsten wirkte er drahtig und durchtrainiert.

»Ja, äh, wollen Sie vielleicht einen Kaffee?«, fragte er unsicher und wies mit der Nase auf die Kochecke.

Mit einem halblauten »Danke« lehnten die Polizisten ab.

»Herr Beierlein …«, wollte Schreiber beginnen.

»Können Sie mir sagen, was genau passiert ist?«, unterbrach ihn der junge Mann.

»Leider nein.«

»Aber er wurde umgebracht, sagen Sie?«

Sie nickten.

»Das gibt's doch gar nicht«, murmelte er fassungslos und ging kopfschüttelnd zum Schreibtisch, wo er den Stuhl den Polizisten zudrehte und sich matt darauf niederließ.

»Herr Beierlein«, versuchte es Schreiber noch einmal. »Sie waren doch mit Marcel Zimmermann richtig gut befreundet, nicht wahr?«

Der Student spielte mit einer Hand an einem Textmarker auf der Schreibtischplatte herum und begann tonlos zu erzählen. »Jaja, seit ungefähr drei Jahren. Wir haben uns beim Studium kennen gelernt und uns super verstanden.«

»Wie oft haben Sie sich so getroffen?«

»Fast täglich«, antwortete Beierlein schnell, offenbar schon etwas gefasster.

»Da müssen Sie ihn ja wirklich gut gekannt haben«, ermutigte Schreiber den jungen Mann, der sofort nickte. »Haben Sie ihn gestern auch gesehen?«

»Ja. Am Nachmittag im ›Café Müller‹. Da sind wir freitags öfters. Schauen, wer so alles in der Austraße unterwegs ist, checken, was am Wochenende läuft – und so.«

»Und was läuft denn so an dem Wochenende? Haben Sie Marcel dann auch abends getroffen?«, hakte Schreiber ein.

Thiele hielt sich mit Fragen zurück, verfolgte aufmerksam das Gespräch und studierte dabei Beierleins Reaktionen. Sie fand ihn recht attraktiv – eine weitere Gemeinsamkeit mit seinem toten Freund.

»Nein«, sagte er. »Marcel hatte schon was vor. Er wollte mich später vielleicht noch auf einer Party treffen, in der Hasengasse in einer WG. Da ist öfters mal was los.«

»Und Sie waren auf dieser Party?«

»Ja. So ab zehn.«

»Und Marcel gar nicht?«

»Nein. Wie gesagt, er meinte, er würde vielleicht noch mal vorbeischauen. Ganz spät – so ab zwei Uhr morgens oder noch später. In der WG geht's immer die ganze Nacht ab.« Er lächelte unsicher.

»Warum denn erst dann? Wissen Sie, was er früher am Abend vorhatte?«, fragte Schreiber.

»Na ja«, druckste der Student kurz herum. »Was er vorhatte, kann ich Ihnen schon sagen, aber nicht, mit wem.«

Thiele und Schreiber konnten sich die Antwort schon denken.

»Er wollte sich mit einer Frau treffen«, bestätigte er die Ahnung der Polizisten. »Sie wissen schon, ein Date eben. Marcel war da ziemlich aktiv, er hatte keine feste Freundin. Deswegen weiß ich auch nicht, wer es war.«

»Nein?«, wunderte sich Schreiber. »Aber Sie waren doch befreundet. Da kennt man doch auch die gleichen Mädels, und selbst wenn nicht – in so einer richtigen Männerfreundschaft erzählt man es sich doch sofort, wenn man jemanden Tolles kennen lernt, oder?«

»Jaja, klar«, bestätigte Beierlein sofort. »Ich kann Ihnen auch sagen, mit wem er schon was hatte. Auch solche, mit denen es Stress gab – das wird Sie ja wahrscheinlich am meisten interessieren. Aber das gestern, das war ein bisschen was anderes.« Überlegend fixierte er den Textmarker, den er nervös zwischen Daumen und Zeigefinger hin- und herpendeln ließ.

»Kommen Sie schon, Herr Beierlein«, sagte Schreiber ungeduldig. »Erklären Sie's uns. Sie wollen doch wohl helfen, das Verbrechen an Ihrem Freund aufzuklären.«

Nach wenigen Sekunden nickte der junge Mann entschlossen, beugte sich vor und stützte die Ellbogen auf die Knie. Aus seinen verschränkten Fingern lugte die grüne Kappe des Stiftes.

»Also gut«, begann er. »Über die Geschichte hat Marcel nur mit mir gesprochen. Ich sollte es eigentlich für mich behalten, aber na ja – bevor ein Mörder davonkommt ...« Er atmete noch einmal geräuschvoll durch. »Er war bei ›Cheaterzdate‹ registriert. Sagt Ihnen das was?«

Die Kommissare schüttelten die Köpfe.

»Ein Internet-Portal, das Leute nutzen, die auf sexuelle Abenteuer aus sind«, erklärte Beierlein. »Vorwiegend solche, die in festen Beziehungen sind – daher auch der Name ›Cheaterzdate‹ – ›Verabredung zum Seitensprung‹. Allerdings mit einem ›z‹ statt einem ›s‹ geschrieben. Die User kommunizieren zunächst ausschließlich online, in speziellen Chatrooms für zwei, ganz anonym, nur mit ihrem Pseudonym. Es gibt auch keine Fotos. Kommt man sich näher, schickt man sich Bilder, und wenn die einem gefallen, trifft man sich auch im richtigen Leben – mit eindeutigen Absichten. Es gibt bestimmte Richtlinien: keine uralten oder falschen Bilder – und absolute Diskretion.«

Er ließ seine Erklärung wirken und schielte dann beinahe entschuldigend zu Thiele, in deren Blick er aber nur berufliches Interesse und keine Verurteilung las.

Schreiber nickte verstehend.

»Marcel hatte gestern also eines dieser speziellen Dates. Und weil er sich an die Richtlinien gehalten hat, wissen Sie auch nicht, mit wem er sich getroffen hat. Sehe ich das richtig?«

»Genau.«

»Wieso wussten Sie dann überhaupt von diesen Verabredungen?«

»Ich habe ihn einmal zufällig aus einem Haus in der Karolinenstraße kommen sehen und ihn gefragt, wen er da besucht hat. Erst schaute er ein wenig ertappt, und wir liefen schnell ein Stück weiter. Als wir um die Ecke waren, zwinkerte er mir süffisant zu und sagte:

›Heiße Geschäfte, Kumpel.‹«

»Geschäfte?«, wunderte sich Schreiber.

»Er nahm Geld dafür«, erklärte Beierlein ohne Umschweife. »Wie er das gemacht hat, erzählte er mir später bei einem Bier. Irgendwie hatte ich das Gefühl, das er eigentlich nur auf eine Gelegenheit gewartet hatte, es jemanden zu sagen, um ein bisschen anzugeben. Und das machte er dann auch – nur eben, ohne Namen zu nennen. Insofern blieb er den Richtlinien von ›Cheaterzdate‹ treu.« Nachdenklich senkte er seinen Blick auf den Teppich.

Die Kommissare blickten einander vielsagend an.

Beierlein räusperte sich. »Also, das war so«, begann er, als er wieder hochschaute. »Er hat online reifere Frauen gesucht – so ab fünfunddreißig aufwärts. Typ frustrierte Ehefrau. ›Die brauchen's ganz dringend‹, hat er mir mal gesagt. Er versuchte, welche in der näheren Umgebung zu finden, und hat tatsächlich zwei aus Bamberg entdeckt. Aber auch noch zwei andere. Beim Chatten hat er nach und nach ihr Vertrauen gewonnen. Irgendwann ließ er dann einfließen, dass er auch finanzielle Interessen hat – eigentlich nicht erwünscht bei ›Cheaterzdate‹. Aber spätestens wenn er ihnen eines seiner professionellen Bilder geschickt hat, war den Frauen so ziemlich alles egal.«

Er hielt inne und sah zwischen den Kommissaren hin und her. »Wissen Sie, er arbeitet nebenbei als Model. Deswegen gibt es reihenweise Super-Aufnahmen von ihm. Na ja – jedenfalls hat er mit der ›Cheaterzdate‹-Sache, wie gesagt, auch ein wenig angegeben vor mir. Er meinte, er hätte schon drei Frauen ›am Laufen‹: die zwei in Bamberg, eine in Nürnberg, und eine vierte sei ›in Arbeit‹. Von der wusste er noch nicht genau, wo sie wohnte.«

»Die von gestern?«, fragte Schreiber.

»Weiß ich nicht. Als ich ihn nachmittags im ›Müller‹ gefragt habe, weshalb er erst so spät zur Party kommen will, hat er mir nur zugezwinkert und wieder ›heiße Geschäfte‹ geflüstert, weil noch ein paar andere mit am Tisch saßen.«

Sekunden verstrichen. Wieder sah Schreiber zu Thiele. Er wusste, dass sie in diesem Moment das Gleiche dachte wie er: Es war nicht nur unglaublich, dass mitten im verträumten Bamberg ein Student quasi als Callboy arbeitete – es öffnete auch noch Türen für weitere handfeste Motive. Wie wütend musste ein Ehemann sein, der herausfindet, dass ihn seine Frau nicht nur betrügt, sondern obendrein auch noch dafür bezahlt, womöglich sogar mit Geld, das er selbst verdient hat?!

»Allerhand«, stellte Schreiber erstaunt fest. »Wurden Sie nicht neugierig auf ›Cheaterzdate‹ und haben sich auch einmal eingeloggt?«

»Nicht wirklich«, sagte Beierlein. »Ich habe mir nur mal die Startseite angesehen. Ich habe zwar keine feste Freundin, aber mich mit Frauen treffen, von denen ich von vornherein weiß, dass sie jemanden betrügen? Na ja.« Er rümpfte die Nase. »Außerdem lerne ich im Studium genug hübsche Mädchen kennen. Und mein Geld reicht auch, ohne dass ich mich für Sex bezahlen lassen muss. Nein, danke. Aber der Marcel war in der Beziehung schon ein bisschen verrückt.«

Er sah zu Thiele, die eine Augenbraue hochzog.

»Lassen Sie uns über Marcels andere Affären reden«, übernahm sie das Wort. »Sie sagten, dass Sie uns Ex-Freundinnen von ihm nennen können, mit denen es Stress gab …«

»Hm«, nickte er. »Auf Anhieb fällt mir da diese

kleine Gothic-Göre ein. Letzte Freitagnacht haben wir im ›Mojow-Club‹ drei kichernde Teenies getroffen, also alle so achtzehn oder neunzehn. Trugen durch die Bank Schwarz, hatten auch schwarze Lippen und Piercings – Gothics eben, eigentlich nicht unser Fall –, waren ziemlich kindisch und gingen noch ins Gymnasium. Aber die eine war richtig scharf. Sexy, enge Klamotten, halblanges schwarzes Haar mit so einer weißen Strähne drin. Sie hieß Judith. Marcel hat sie angesprochen und so getan, als fände er ihr Outfit klasse – tja, alles, um ans Ziel zu kommen. Wir sind dann auch mit ihnen in Marcels Wohnung und haben Prosecco getrunken. Den hat er immer parat. Irgendwann waren alle ziemlich besoffen – also, noch besoffener als zu dem Zeitpunkt, an dem wir die getroffen haben. Marcel ist mit Judith ins Schlafzimmer und hat mich mit den anderen einfach im Wohnzimmer sitzen lassen. Wir haben nur ein bisschen rumgealbert und einen Horrorfilm geschaut. Als die eine eingeschlafen ist, habe ich mit der anderen ein wenig rumgeknutscht. Aber bei Marcel ging's wohl richtig zur Sache. Die waren stundenlang im Schlafzimmer. In den frühen Morgenstunden sind die drei gegangen – und ich kurz nach ihnen. Ich war total platt.«

Die Erinnerung ließ Beierlein grinsen. »Wie auch immer. Die, mit der ich zusammen war, hat das wohl genau so locker gesehen wie ich. Aber diese Judith, von Marcel, war seitdem ständig hinter ihm her. Hat sich gleich am Samstag bei ihm gemeldet und wollte mit ihm nach Zapfendorf zu ›La Nuit Obscure‹. Marcel hat ihr eine Abfuhr erteilt. Er hatte seinen Spaß gehabt und wollte nichts mehr von ihr. Tja, so war er eben. Sie hat's dann trotzdem noch immer wieder bei ihm versucht. Und vorgestern, also am Donnerstag, ist sie in der ›Soda Bar‹ aufgetaucht und hat ihm eine Riesenszene gemacht. Am Ende hat sie ihm sogar voll eine reingehauen. Stellen Sie sich das mal vor: so richtig mit der Faust – ein Mädchen! Das ging so schnell, dass Marcel nicht einmal ausweichen konnte. Die war wie eine Furie. Ich bin mit dem Barkeeper dazwischen. Zusammen haben wir sie dann rausgeschmissen. Hat natürlich Hausverbot gekriegt.«

»Ich wusste ja schon immer, dass es in Bamberg gewisse Adressen für alle möglichen Bedürfnisse gibt. Aber ein Callboy-Student mitten in der Stadt – das ist neu«, sagte Thiele, als sie neben Schreiber den Unteren Kaulberg hochstapfte. »Na ja, jedenfalls wird's uns wohl kaum an weiteren Verdächtigen mangeln, falls es dieser Resch nicht war. Zimmermann machte ja offensichtlich vor keiner Halt.«

Auf der Straße neben ihnen stauten sich die Autos vor der Ampel am Studentenwohnheim. Schreiber sah nachdenklich nach links zur Oberen Pfarre hoch, deren Rückseite zahlreiche Strebebögen zierten.

»Allerdings«, bestätigte er. »So einen Sexprotz hat Bamberg ja noch nie gesehen. Wenn wir denen im Kommissariat von dieser ›Cheaterzdate‹-Sache erzählen, glauben die wahrscheinlich, wir wollen sie auf den Arm nehmen.«

»Oh ja.« Thiele musste schmunzeln. »Oder, dass sein blaues Auge von einem Mädchen ist, das ihn mitten in der Kneipe eine verpasst hat ...«

»Immerhin wissen wir jetzt, woher das Veilchen stammt. Der Kleinen müssen wir auf den Zahn fühlen, falls Resch sich als Fehlanzeige erweist.«

Sie liefen eine Weile schweigend und ordneten ihre Gedanken. Links ließen sie die Kaulbergschule hinter sich. Auf der rechten Straßenseite tauchte der ›Club Kaulberg‹ auf, in dessen urigem Kellergewölbe regelmäßig Rock-, Blues- und Jazzkonzerte stattfanden.

Schreiber dachte wehmütig an den Verlust seiner Gitarre. Er würde bald mit den Jungs sprechen müssen, um zu klären, wie es mit den *B. Bulls* weiterginge. Schließlich hatten auch sie ihre Instrumente samt Zubehör verloren. Trübsinnig trottete er neben Thiele her und folgte mit ihr der Biegung der Straße, am Karmelitenplatz vorbei ein Stück den Mittleren Kaulberg hinauf.

»Hier ist es«, holte sie ihn zurück auf die Erde und zeigte auf einen Altbau gegenüber. Sie überquerten die Fahrbahn.

Schreiber studierte die rostige Klingelleiste und drückte das vergilbte Knöpfchen bei »Schneider, Smichkov und Resch«. Das Schrillen aus dem zweiten Stock war selbst über den Lärm eines vorbeifahrenden Stadtbusses vernehmbar. Doch niemand drückte oben den Öffner. Schreiber wollte es noch einmal versuchen, als ein Fenster im Erdgeschoß aufgerissen wurde und eine ältere Dame ein Sofakissen herausschüttelte. Die Polizisten lächelten ihr zu.

Sie ließ ihr Kissen sinken und strahlte Thiele begeistert an. »Bei di Schduddendn is kannä dähaam«, berichtete sie ungefragt. »Song Si amoll: Ich kenn Si doch vom Fernseh, odä?« Sie legte das Kissen aufs Fensterbrett, stütze sich bequem mit den Unterarmen darauf ab und beugte sich neugierig hinaus. Ihr gewaltiger Vorbau drohte die Knöpfe ihres geblümten Hauskleides wegzusprengen – Schreiber sah sie schon als gefährliche Geschosse durch die Luft zischen.

»Aber nein«, winkte Thiele geschmeichelt ab und errötete ein wenig.

»Wissen Sie zufällig, wo die Herren sind?«, erlöste sie Schreiber grinsend.

»Dä Russ is nei di Schdodd«, berichtete sie prompt, die Beamten, vor allem Thiele, unverhohlen musternd. »Di annän zwaa sin mit di Mobbedä nei die Frängische Schweiz. Di wolldn nuch di ledzdn schöna Dooch ausnudsn. Kumma obbä heud omnd widdä.«

»Danke, wir versuchen es ein anderes Mal wieder«, sagte er höflich und lief schon mit Thiele los.

»Und ich kenn Si doch vom Fernseh«, versuchte die Frau sie noch aufzuhalten. »Is des Ihr Moo? Si bassn obä gud zamm! A richdich schöns Bäärla!«, rief sie noch hinterher, als die Kommissare die Straße stadteinwärts hinuntergingen, ohne sich noch einmal umzudrehen.

3 Wüteriche und Gothics

13. bis 14. September

Sie entschieden, eine von Zimmermanns ›Cheaterzdate‹-Affären unter die Lupe zu nehmen. Beierlein hatte zwar nicht die Nummer des Hauses in der Karolinenstraße genannt, aber dessen Lage und Aussehen gut beschrieben. Es war einer jener wuchtigen Altbauten mit einem großräumigen Antiquitätengeschäft im Erdgeschoß, dessen wertvolle Exponate in den Schaufenstern nicht nur Kunstinteressierte zum Anhalten und Betrachten einluden. Großformatige Gemälde standen auf Staffeleien neben prachtvollen Möbeln aus verschiedenen Epochen. Beierlein hatte noch erzählt, dass Zimmermann an dem Tag, an dem er ihn aus diesem Haus kommen sah, »die ging ab wie Schmitts Katze« zu ihm gesagt habe. Die augenzwinkernde Formulierung seines Freundes mit einer geheimnisvollen Betonung auf ›Schmitts‹ könne wohl eine Anspielung auf den Namen der Dame gewesen sein.

»Er könnte Recht haben«, sagte Schreiber, als er die Klingeln studierte. »Hier gibt's wirklich den Namen Schmitt. Na, dann wollen wir mal …«

»Ja?«, rauschte eine Frauenstimme aus der Gegensprechanlage.

»Frau Schmitt? Polizei. Wir müssten mal mit Ihnen sprechen.«

»Polizei? Worum geht's denn?«

»Würden Sie uns bitte reinlassen?«

Der Türöffner summte. Das kühle Treppenhaus war riesig, die glänzend gebohnerten Holzstufen beinahe so breit wie Schreibers Wohnzimmer lang. Barocke Fresken zierten die Wände, umrahmt von vergoldetem Stuck. Voller Bewunderung stiegen die Kommissare hinauf in den zweiten Stock, wo sie eine schlanke Blondine schon in der Wohnungstür erwartete. Sie lächelte verunsichert und warf einen beiläufigen Blick auf die gezückten Dienstausweise ihrer Besucher.

Diese stellten sich namentlich vor. Ein Veilchen am linken Auge der ansonsten attraktiven Mittdreißigerin ließ sie stutzen. »Frau Schmitt?«

»Ja – worum geht's denn nun?«, fragte sie noch einmal und verschränkte die Arme schützend vor ihrem grünen Pulli.

»Kennen Sie einen Marcel Zimmermann?«, begann Thiele direkt.

Sofort zuckte sie zusammen. »Zimmermann? Ja, äh – lassen Sie mich mal überlegen …«, druckste sie herum und strich sich nervös eine Strähne hinters Ohr.

»›Cheaterzdate‹«, sagte Schreiber trocken. »Wir wissen es sowieso schon.« Sein Schuss ins Blaue verfehlte nicht seine Wirkung.

»Hören Sie«, lenkte sie ein und schaute sich kurz um, ob auch niemand mithörte. »Das ist nicht illegal, und ich will das auch nicht an die große Glocke …«

»Der Fall liegt leider etwas komplizierter«, unterbrach sie Thiele. »Können wir drinnen sprechen?«

Sie nickte einsichtig und wies sie hinein. Als sie die Tür zuzog, blickte sie noch einmal irritiert zurück ins Treppenhaus.

Die Wohnung war riesig, Schreiber schätze sie auf über 130 Quadratmeter. Ein langer, U-förmiger Gang fächerte die Räume auf. Die Innenseite des Us hatte zahlreiche Fenster mit Blick hinunter auf einen edlen Innenhof mit Arkaden.

»Bitte.« Frau Schmitt bot den Kommissaren Plätze auf dem beigen Sofa im modernen Wohnzimmer an und ließ sich auf dem gegenüberstehenden Sessel nieder, wo sie in einer angespannten, aufrechten Erwartungshaltung verharrte.

»Frau Schmitt«, begann Thiele behutsam – bemüht, ihr verängstigtes Gegenüber nicht einzuschüchtern. »Wir haben kein Interesse daran, irgendetwas an die große Glocke zu hängen, aber wir bräuchten einige Auskünfte über Sie und Marcel Zimmermann. Gut?«

»Jaja, verstehe«, sagte sie und sah kurz auf ihre goldene Armbanduhr. »Ich kann Ihnen nur nichts weiter erzählen. Ich habe Marcel schon seit ein paar Tagen nicht mehr getroffen.«

»Dann ist das blaue Auge also nicht von ihm?«, hakte Schreiber ein.

»Wie? Aber nein«, wiegelte sie ab. »Sagen Sie: Wollen Sie mir denn nicht erzählen, weshalb Sie überhaupt hier sind? Ich denke, darauf habe ich ein Recht.«

»Also gut«, lenkte Schreiber ein. »Es geht um gestern Abend.«

Sie fuhr erneut zusammen, sah wieder auf ihre Uhr, verschränkte ihre Hände und knetete sie nervös. »Ach so, ach so ist das«, stammelte sie und wiegte ihren Oberkörper vor und zurück. Dann sprudelte es mit einem Mal aus ihr heraus. »Also, falls Marcel meinen Mann anzeigen will, finden wir das nicht in Ordnung. Marcel hat meinen Mann ja auch geschlagen. Also, wenn er uns wegen Körperverletzung anzeigen will, dann zeigen wir ihn auch an. Sagen Sie ihm das.«

Einige Sekunden des Schweigens verstrichen. Sie blickte zwischen den Kommissaren hin und her. »Sagen Sie ihm das«, wiederholte sie und unterstrich den Satz mit einem Nicken.

Thiele sah Schreiber vielsagend an. Sollte er weiterreden. Schließlich hatte er sie schnell aus der Reserve gelockt.

»Hm, gut«, sagte er und nickte ebenfalls. »Warum sehen Sie ständig auf die Uhr. Erwarten Sie jemanden?«

»Meinen Mann«, erklärte sie sofort. »Er muss Sie ja nicht unbedingt treffen, wenn sich's vermeiden lässt. Er rastet dann nur wieder aus. Wir wollen die Sache lieber möglichst schnell vergessen. Also, wenn Sie Marcel dann einfach das mit der Anzeige ausrichten …« Sie fuhr sich mit zitternder Hand über das Veilchen.

»So einfach wird das leider nicht sein«, mischte sich Thiele nun doch ein. »Wir werden schon auch mit ihm selbst reden müssen.«

»Das will ich nicht! Ich muss Sie auffordern zu gehen!«

»Dann warten wir draußen«, sagte Schreiber.

Sie vergrub ihr Gesicht in den Händen, atmete geräuschvoll durch und ließ die Hände gefaltet wieder sinken. »Nein, nein«, sagte sie beschwörend. »Nicht draußen warten. Bleiben Sie in Gottes Namen hier, bis er kommt.«

Sie erhob sich und machte sich daran, den Raum zu verlassen. »Wollen Sie ein Glas Wasser?«, fragte sie resigniert über die Schulter.

»Gerne«, sagten die Kommissare gleichzeitig.

»Wahrscheinlich habe ich es eh nicht anders verdient«, murmelte sie noch, als sie durch die Tür ging.

Schreiber zog sich den Hosenschlitz zu und wusch sich am Waschbecken die Hände. Als er sie abtrocknete, studierte er im großen Badezimmerspiegel kritisch sein übernächtigtes Gesicht. Er fühlte sich müde und würde wohl noch den einen oder anderen Kaffee brauchen, um den Tag zu überstehen. Etwas neidisch bestaunte er das noble, helle Badezimmer der Schmitts: Armaturen aus weißem Marmor, flauschige, ordentlich aufgehängte Handtücher wie frisch aus dem Geschäft, zahlreiche Flakons erlesener Düfte. In einer Ecke entdeckte er einen großen Wäschekorb und warf einen Blick hinein – keine blutige Kleidung. Ein Blick auf seine Armbanduhr verriet ihm 13:55 Uhr.

Herr Schmitt musste, laut seiner Frau, jeden Moment zurückkommen. Der erfolgreiche Immobilienmakler treffe sich samstags manchmal zum Kölsch-Frühstück mit einigen Freunden im ›Café Luitpold‹ und komme dann immer etwa um 14 Uhr nach Hause – so auch heute.

Schreiber ging hinaus in den Gang und sah durchs Fenster hinunter auf den malerischen Innenhof. Aus dem Wohnzimmer hörte er Frau Schmitts Stimme. Es schien ihm beinahe, als sei sie mittlerweile froh, in Sophie Thiele eine Zuhörerin gefunden zu haben. Er entschied, die Frauen nicht zu stören und noch ein wenig vor dem Fenster zu verweilen. Er wusste: Zeugen, die von sich aus erzählten, waren die besten – oder sie logen. Letzteres glaubte er im Fall von Frau Schmitt jedoch nicht.

Wortfetzen drangen zu ihm durch. »Wir können keine Kinder kriegen … Der Rudolph war nicht immer so … Ich war vollkommen verzweifelt … wollte ausbrechen … Irgendwie muss er draufgekommen sein …«

Das Geräusch des Wohnungstürschlüssels ließ Schreiber stutzen. Durch die Fensterscheiben sah er Herrn Schmitt hereinkommen. Der kräftig gebaute Mittdreißiger mit dem schwarzen Seitenscheitel warf den Schlüsselbund beiläufig auf die Kommode und brabbelte dabei irgendetwas vor sich hin. Er trug eine sportliche schwarze Lederjacke und Jeans. Seine Nase war geschwollen, und er hatte ein kleines Hämatom an der linken Schläfe. Als er ums Eck des Ganges bog, bemerkte er auch Schreiber. Sofort verengten sich seine Augen misstrauisch zu Schlitzen.

»Herr Schmitt …«, begann Schreiber und wollte nach seinem Ausweis greifen.

Doch Schmitt kam schon leicht wankend, aber schnell mit geballten Fäusten auf ihn zu. »Ja, wen haben wir den da?«, fauchte er gehässig und holte zum Schlag aus.

Schreiber wollte ihn schulmäßig abfangen, trat aber auf einen am Boden stehenden Damenschuh, verlor das Gleichgewicht und ruderte reflexartig mit den Armen.

»Fuck!«, zischte er, als Schmitts wüster Schwinger ihn am Kinn streifte, woraufhin er einen Schritt rückwärts taumelte, auf einen weiteren Damenschuh trat und polternd stürzte. Im Fallen verfluchte er die weibliche Schuhsucht, hatte aber, als er auf dem Rücken lag, keine Zeit, sich weiter darüber aufzuregen, da Schmitt sich schon wie ein Tiger auf ihn stürzte.

»Du Drecksack!«, brüllte er wütend. »Meine Alte knallen! Dir werd' ich geben!«

Aus der Wohnzimmertür hinter ihm drang das Kreischen seiner Frau.

Schreiber zog die Knie an und stieß den heranfliegenden Mann die Füße vor die Brust, so dass dem die Luft entwich. Er gab einen röchelnden Laut von sich und torkelte rücklings direkt auf Thiele, die ihn mit einem Ruck den Arm auf den Rücken riss und ihn resolut mit dem Gesicht voraus gegen die Wand wuchtete.

»Polizei! Sie sind vorläufig festgenommen!«, brüllte

sie ihm energisch ins Ohr und sah besorgt hinüber zu Schreiber.

Er saß auf den Hosenboden und rieb sich das Kinn. Mit der anderen Hand hielt er einen roten Pump hoch. »Scharf!«, kommentierte er anerkennend und blickte zu ihr auf. »Hast du auch solche?«

Thiele und Schreiber standen mit dem Pizzaboten auf dem Gang von Kommissariat 1. Der junge Mann mit der Schildmütze hielt den warmen Karton in beiden Händen und sah die Kommissare fragend an.

»Die Tür da vorne. Alles klar?« fragte Schreiber.

Der Bote nickte, ging zur Tür, klopfte und öffnete, ohne eine Antwort abzuwarten.

»Tschuldigung«, sagte er beiläufig. »Hat hier jemand 'ne Pizza bestellt?«

Schmitt saß mit seiner Frau und seinem Anwalt, einem korpulenten bärtigen Mann im schwarzen Anzug, in einer kleinen Runde neben einem der Schreibtische. Den Kommissaren gegenüber hatte er beharrlich geschwiegen und auf die Anwesenheit eines Rechtsbeistandes gepocht. Er unterhielt sich leise mit ihm, während seine Frau nur schuldbewusst zu Boden schaute. Als der Bote seinen Kopf hereinsteckte, sahen die drei gleichzeitig hoch.

»Nein, nein!«, winkte Schmitt gereizt ab, woraufhin der Störenfried die Tür sofort wieder zuzog.

»Der war's nicht«, sagte der Bote, als er wieder vor die Kommissare trat. »Ganz bestimmt nicht. Der, den ich gesehen habe, war viel jünger und auch nicht so dick«, erklärte er noch.

Schreiber nickte mit zusammengepressten Lippen und sah Thiele an. Sie nahm den Pizzakarton an sich.

»Trotzdem danke«, sagte er knapp, fischte seinen

Geldbeutel aus der Jeans und bezahlte den Lieferanten. »Stimmt so. Wir brauchen sie demnächst wahrscheinlich wieder.«

»Jederzeit – bei dem Trinkgeld habe ich auch keine Probleme mit der Doppelschicht«, antwortete der Bote fröhlich.

Schreiber nickte. »Kommen Sie. Ich bringe Sie noch raus.«

Thiele verschwand mit dem Karton in einem Büro, während er den Zeugen hinausbegleitete.

Als der gegangen war, lehnte sich Schreiber im Treppenhaus mit dem Rücken an die Wand und überlegte. Ihm war klar, dass, falls der Bote Schmitt identifiziert hätte, diese Information offiziell nicht verwertbar gewesen wäre. Es war keine ordentliche Gegenüberstellung gewesen. Dennoch hatten er und Thiele sich für den kleinen Trick entschieden, um die Sache intern ein wenig zu beschleunigen. Schließlich gab es ja außer Schmitt noch Christopher Resch, den SMS-Schreiber, der möglichst schnell überprüft werden musste. Oder das verrückte Gothic-Mädchen und wer weiß noch wie viele Verdächtige in Anbetracht von Zimmermanns ausschweifendem Sexualleben.

Schreiber ging die Treppe hoch über den Gang ins Büro, wo Sibylle gerade Reinfelders Bericht tippte. Sie trug Kopfhörer, die sie an dessen Diktiergerät angeschlossen hatte. Die Mittfünfzigerin lächelte Schreiber freundlich an, als er zur Tür hereinkam. Mit ihren Rüschchenblusen, die sie meist trug, und der etwas altbackenen Frisur mit sorgfältig geföhntem Seitenscheitel erinnerte sie ihn immer an Moderatorinnen aus Volksmusiksendungen. Auf einem Teller neben ihrer Tastatur lagen einige Stücke Marmorkuchen, Schreibers Lieblingskuchen. Doch der käme später an die

Reihe. Jetzt erst mal was Deftiges. Der Duft einer Pizza speciale ließ seinen Magen laut knurren.

Thiele saß am nächsten Schreibtisch vor dem aufgeklappten Karton bequem zurückgelehnt und verdrückte ihr erstes Stück. Er setzte sich gegenüber und schnappte sich auch ein Viertel.

»Fehlanzeige«, sagte er und biss ab.

»Hm«, machte sie kauend und schluckte glucksend. »Dann war der Typ vor dem Haus wahrscheinlich doch der SMS-Empfänger – dieser Resch. Aber trotzdem: Was machen wir jetzt mit Schmitt? Seine Frau hat vorhin ja praktisch seine Anwesenheit am Tatort bestätigt.«

»Was sie mit Sicherheit gleich mit irgendeiner faulen Ausrede zurückziehen wird«, räumte Schreiber ein. »Schmitts Anwalt wird den beiden wohl raten, erst mal zu mauern – immerhin wissen die jetzt, dass es um Mord geht. Aber abgesehen davon – glaubst du, er war's?«

Sie nickte und biss in ihr Pizzastück. »Ich würde es ihm hundertprozentig zutrauen«, begann sie mit vollem Mund. »Der Mann ist total jähzornig. In seiner Ehe ist längst der Wurm drin. Als er rausfindet, dass seine Frau fremdgeht, platzt ihm der Kragen. Er schlägt sie, und sie sagt ihm, wo ihr Liebhaber wohnt. Er säuft sich vielleicht noch etwas Mut an, sucht Zimmermann nachts auf und geht auf ihn los. Sie prügeln sich, wobei er auch einiges einsteckt. Dann fährt er mit dem Fahrstuhl runter – überlegt sich's aber noch mal. Vielleicht, weil er im Spiegel des Fahrstuhls sein lädiertes Gesicht anschaut und dadurch seine Wut wieder hochkocht. Er nimmt sich vor, Zimmermann mit dem Messer den Rest zu geben. Er trägt eines bei sich – wie viele Männer, stimmt's?«

Schreiber zog lächelnd ein Taschenmesser aus seiner Jacke und hielt es hoch. »Red nur weiter«, sagte er und steckte es wieder weg.

»Er verweilt noch ein paar Minuten im Treppenhaus«, erzählte sie und gestikulierte mit dem Rand des Pizzastücks. »In der Zeit klebt sich Zimmermann das Pflaster auf die Stirn und bestellt die Pizza. Schmitt schleicht irgendwann zurück nach oben und hält vor der Wohnungstür das Messer gezückt. Als Zimmermann öffnet, sticht er zu.« Sie sah Schreiber fragend an.

»Klingt gar nicht mal so schlecht«, murmelte er überlegend. »Nur, warum hat Zimmermann ihm überhaupt geöffnet? Er hätte Schmitt durch den Spion sehen und ihm durch die geschlossene Tür mit der Polizei drohen können.«

»Stimmt«, bestätigte sie, steckte sich den letzten Bissen in den Mund und schnappte sich hungrig das nächste Stück. »Für den Pizzaboten kann er ihn nicht gehalten haben«, sagte sie. »Der hätte erst unten an der Haustür geklingelt und sich über die Sprechanlage identifiziert. Aber vielleicht hat Schmitt ja durch die Tür mit Zimmermann gesprochen und ihn irgendwie dazu gebracht, sie zu öffnen. Er könnte dabei vorgetäuscht haben, dass er sich beruhigt hat. So hätte er bei der Messerattacke auch das Überraschungsmoment auf seiner Seite gehabt.«

16 Uhr, las Schreiber auf seiner Armbanduhr. Aus einem lieblos aufgerissenen Pappschächtelchen warf er je zwei Stück Zucker in die beiden großen Kaffeetassen neben der blubbernden Maschine vor ihm. »Bulle des Monats«, stand in weißen Buchstaben auf der grünen. Das war seine. Die mit dem Cartoon zweier Mäuse, die

sich verliebt anhimmelten, war Thieles. Er hatte sie ihr geschenkt, nachdem ihre alte zerbrochen war und, weil sie tagelang zu faul gewesen war, sich eine neue zu besorgen, immer seine genommen hatte. Er goss Milch in die heiß dampfenden Getränke, bis sie die richtige goldbraune Farbe hatten: blond und süß – er und Thiele mochten ihren Kaffee auf die gleiche Weise.

Er sah über die Schulter zum Schreibtisch, wo sie saß – ihr gegenüber Schmitt und dessen Anwalt. Frau Schmitt musste in einem anderen Raum warten.

»Möchten Sie auch einen?«

»Nein, danke«, sagte der Anwalt freundlich. »Wir werden sowieso nicht mehr lange bleiben«, fügte er mit einem Hauch von Süffisanz hinzu.

Schreiber sparte sich einen Kommentar und setzte sich wortlos zu seiner Kollegin. Die vollen Tassen platzierte er vorsichtig neben der schwarzen Tastatur des Computers.

Der Anwalt lehnte sich zurück, verschränkte die Hände vor seinem Bauch und nickte Schmitt zu, der mit übereinandergeschlagenen Beinen neben ihm saß. Seinen Kölsch-Frühschoppen merkte man ihm inzwischen nicht mehr an. Auch mochte man ihm gar nicht mehr zutrauen, dass er noch vor kurzem mit den Fäusten auf jemanden losgegangen war. Er war offenbar ganz in seiner Rolle des Immobilienmaklers, der es gewohnt war, täglich das Vertrauen von Kunden zu gewinnen und dabei überzeugend aufzutreten.

»Kommissar Schreiber«, begann er beschwichtigend und machte mit den Händen eine öffnende Geste. »Ich möchte mich in aller Form bei Ihnen entschuldigen. Das Ganze war ein Missverständnis. Unsere Ehe ist derzeit leider in einer Krise, und ich reagiere deshalb manchmal gereizt und misstrauisch. Es tut mir Leid.«

Der Anwalt sah Thiele über den Rand seiner Lesebrille fragend an, so als wollte er sagen: Haben Sie das gehört? Mein Mandant hat sich offiziell entschuldigt.

Schreiber nickte Schmitt zu, durchschaute aber sofort dessen Taktik. Er wollte den Angriff herunterspielen, weil Thiele ihn bezeugen konnte und er somit das einzige Delikt war, das man ihm derzeit offiziell vorwerfen konnte. Denn den Mordverdacht würde er bestimmt gleich versuchen zu entkräften.

»Gut«, sagte Schreiber. »Menschlich verzeihe ich Ihnen, doch rechtliche Schritte behalten wir uns vor. Schließlich geht es hier nicht um Falschparken, sondern immerhin um den Angriff auf einen Polizeibeamten und Körperverletzung.«

Er zeigte auf ein kleines Hämatom an seinem Kinn.

Schmitt zog die Augenbrauen hoch und sah zu seinem Anwalt.

Der räusperte sich und sagte: »Nun, Herr Schmitt war bis dato ein unbescholtener Bürger, und unter Berücksichtigung seiner besonderen häuslichen Situation ist kaum davon auszugehen …«

»Lassen wir das doch mal beiseite«, unterbrach ihn Thiele. »Immerhin steht noch ein Tötungsdelikt im Raum. Als guter Anwalt sollten Sie sich doch des Ernstes der Lage für Ihren Mandanten bewusst sein.«

Er stockte und sah sie erstaunt an, fing sich aber schnell und räusperte sich erneut. »Also, was diese andere Sache angeht, so zieht Frau Schmitt ihre Aussage natürlich zurück«, sagte er bestimmt. »Somit gibt es nichts mehr, was Herrn Schmitt mit dem Tatort in Verbindung bringt und die Einleitung eines Verfahrens rechtfertigen würde.«

Die Kommissare verkniffen sich ein grimmiges Grinsen.

»Ich erinnere Sie daran, dass Frau Schmitt, als Ehefrau von Herrn Schmitt, nicht dazu verpflichtet werden kann, gegen ihren Mann auszusagen«, fügte er hinzu.

Thiele und Schreiber ließen einige Sekunden verstreichen. Ihnen war klar, dass es keinen Sinn hätte, weitere Fragen zu stellen, beispielsweise nach Schmitts Gesichtsverletzungen oder den Grund für die Falschaussage seiner Frau; bestimmt hätten sie Erklärungen parat, oder sie würden einfach mauern und die Aussage verweigern. Nur die Frage nach Schmitts Alibi war unverzichtbar.

Doch Schreiber entschied, seine beiden Gegenüber vorher mit Fakten zu konfrontieren.

»Frau Schmitt hat uns gegenüber nun einmal von einer Auseinandersetzung ihres Mannes mit Marcel Zimmermann gesprochen. Warum sie das jetzt nicht mehr behauptet, kann sie gerne dem Ermittlungsrichter erklären.«

Der Anwalt wollte etwas sagen, doch Schreiber sprach einfach weiter und funkelte ihn entschlossen an. »Außerdem hatte Frau Schmitt eine Affäre mit Herrn Zimmermann«, sagte er.

»Was zu beweisen wäre«, fügte der Anwalt hinzu.

»Können wir. Herr Schmitt hatte somit ein klares Motiv«, stellte Schreiber fest und dachte an die Auswertung von Zimmermanns Computerdaten, aus denen sein Kontakt zu Frau Schmitt hervorgehen würde, und an Beierleins Aussage, der Zimmermann in der Karolinenstraße gesehen hatte.

Schreiber sah zu Schmitt hinüber. »Also, wo waren Sie gestern Abend zwischen 22 und 1:30 Uhr?«

Schmitt sah zu seinem Anwalt, der ihm zunickte. »Da war ich auch schon im ›Café Luitpold‹, so wie heute Morgen. Wir sind da jeden Freitag. Sie können meine Freunde und die Bedienungen fragen.«

»Werden wir. Wann haben Sie das Lokal verlassen?«

»Ich habe nicht auf die Uhr geschaut. Aber ich schätze, es war etwa halb zwölf.«

»Wohin sind Sie dann gegangen?«

»Nach Hause zu meiner Frau. Sie kann's bezeugen.«

Schreiber lächelte kurz Thiele zu, um sich mit ernstem Blick sogleich wieder an Schmitt zu wenden. »Ganz schön geschwollen, Ihre Nase. Hat bestimmt stark geblutet. Würde mich nicht wundern, wenn da einige Tropfen auf dem Boden gelandet wären …«

Schmitt verzog keine Miene. Der Anwalt lächelte siegessicher. Mit Pokerface studierte Thiele ihre beiden Gegenüber.

»Wir werden Ihnen die Anwesenheit am Tatort nachweisen«, fuhr Schreiber unbeirrt fort. »Sie wären somit zumindest ein wichtiger Zeuge und sollten besser jetzt reden. Ansonsten würden Sie eine Mordermittlung behindern, und das ist eine ernste Sache. Wenn Sie jedoch weiterhin schweigen, werten wir das als ein Geständnis.«

Schmitt sah zum Anwalt.

»Dann werten Sie mal schön«, sagte der. »Von unserer Seite wär's das. Sind wir dann fertig?«

»Wohl kaum«, sagte Schreiber ruhig. »Herr Schmitt wird natürlich erkennungsdienstlich erfasst. Das Programm dürfte Ihnen ja bekannt sein: Fotos, Fingerabdrücke, DNA-Probe – das Übliche eben. Und über Nacht wird er in Anbetracht der Schwere der Straftat selbstverständlich in Polizeigewahrsam verbleiben. Morgen früh reden wir dann mit dem Ermittlungsrichter. Noch Fragen?«

Wieder verbiss Thiele sich ein Grinsen.

»Hast du gesehen? Der Schmitt hatte noch die Abdrücke von meinen Schuhen auf seinem Hemd. Cool, was?«, gluckste Schreiber, als sie alleine im Büro waren, während Schmitt bei den Kollegen im Kommissariat 3 die routinemäßigen Prozeduren über sich ergehen ließ.

Thiele nickte abwesend lächelnd. »Ist der Anwalt wirklich so doof?«, fragte sie nach einigen Sekunden.

»Nicht unbedingt«, sagte Schreiber und gestikulierte mit seiner Tasse. »Er pokert nur hoch. Was die blutende Nase und die möglichen Tropfspuren am Tatort angehen, lässt er es einfach darauf ankommen und hofft, dass wir nichts finden. Ebenso, was das ›Café Luitpold‹ betrifft. Er glaubt wahrscheinlich, dass sich niemand an die genaue Uhrzeit, zu der Schmitt gegangen ist, erinnern kann. Wenn seine Rechnung aufgeht, könnte es tatsächlich schwer werden, Schmitt anzuklagen.« Er trank den letzten Schluck und hielt die leere Tasse mit beiden Händen umfasst.

»Und was ist mit dem Messer?«, fragte sie. »Schmitt muss ihm doch gesagt haben, dass er es am Tatort zurückgelassen hat.«

»Vielleicht hat er Handschuhe getragen.«

»Hm«, machte sie nur, drehte sich auf dem Schreibtischstuhl hin und her und tippte sich beim Nachdenken mit dem Kaffeelöffel auf die Nasenspitze.

Schreiber beneidete den Löffel.

»Oder er weiß gar nicht, dass ein Messer hinterlassen wurde, weil er es wirklich nicht war. Aber warum sagt er dann nicht einfach die Wahrheit?«, gab sie zu bedenken.

»Tja, Schnegge. Er war trotzdem am Tatort. Deshalb könnte er Angst haben, unschuldig verurteilt zu werden. Hat es alles schon gegeben.«

»Stimmt auch wieder«, sagte sie und verschränkte die Arme.

Schweigend nickten beide vor sich hin.

Nach ein paar Sekunden sah sie zu ihm hoch. »Diesen Christopher Resch müssten wir uns heute eigentlich auch noch krallen«, sagte sie. »Der war ja immerhin mit dem Opfer zur Tatzeit verabredet und hatte wahrscheinlich auch ein Motiv.«

Er rümpfte die Nase und wiegte den Kopf hin und her. »Ich weiß nicht. Fände ich ermittlungstaktisch nicht so gut. Heute müssen wir immerhin noch den ganzen Papierkram zu Schmitt erledigen und dem Müller vorlegen, unserem jungen, dynamischen Staatsanwalt. Der muss ja für morgen früh den Termin mit dem Ermittlungsrichter klarmachen. Sonntagvormittag – der wird sich freuen. Es muss also alles hundertprozentig passen. Wir sollten uns Resch daher lieber morgen Nachmittag schnappen. Falls sich der Verdacht gegen ihn erhärtet und er das gleiche Programm durchlaufen muss wie der Schmitt, wird es unkomplizierter, weil am Montag wieder alle arbeiten.«

Anerkennend zog sie die Augenbrauen hoch und spitzte die Lippen. »Respekt, Tiger«, lobte sie sein organisatorisches Talent. »So machen wir's. Hätte ich nicht besser sagen können.«

»Gut, Schnegge«, sagte er grinsend, erhob sich und stellte seine Tasse zurück neben die Kaffeemaschine. »Und weil ich die gute Idee hatte, darf ich jetzt auch zum ›Luitpold‹ fahren, um Schmitts Alibi zu überprüfen. Du kannst ja schon mal zusammen mit Sibylle mit dem Papierkram anfangen«, fügte er süffisant hinzu und steuerte schon die Bürotür an.

Sie lächelte ihm lahm nach, als er sie öffnete und auf den Flur verschwand.

Schreiber schlug die Autotür zu und verriegelte piepsend das Fahrzeug. Im Stechschritt lief er den Gehweg vor dem Hotel ›Bamberger Hof‹ entlang in Richtung ›Café Luitpold‹. Vor dem Lokal saßen die Gäste an Bistrotischchen und beobachteten das Kommen und Gehen am Schönleinsplatz. Schreiber nickte im Vorbeigehen einigen zu, die er flüchtig kannte, und betrat das großräumige Café durch die beiden Schwingtüren mit Glasfenstern.

Drinnen begann sich die Bar zu füllen. In einigen Stunden würde hier bei lauter Musik, Cocktails und Bier eifrig geflirtet werden. Sehen und gesehen werden, wie jede Samstagnacht im ›Luitpold‹.

Schreiber sah sich in dem hohen Raum um. Barocke Kronleuchter an der prachtvollen Stuckdecke weit über seinem Kopf tauchten ihn in ein schummriges Licht. Auf einem erhöhten Bereich rechts von ihm saßen plaudernde und essende Gäste und schauten gelegentlich durch die große Glasfront nach draußen, um möglichst früh Neuankömmlinge zu mustern. Die Bedienungen, meist Studentinnen in einheitlichen schwarzen T-Shirts, wuselten geschäftig umher. Schreiber hätte beinahe einer das Tablett heruntergestoßen, als er die Bar ansteuerte.

Dort angekommen schwang er sich auf einen Hocker, zeigte dem erstaunten jungen Barkeeper, der gerade einige Pilsgläser neben der Zapfanlage platzierte, seinen Dienstausweis und stellte sich freundlich vor.

»Herr …?«

»… Mario«, sagte der kleine Mann, mit den kurzen schwarzen Locken.

»Herr Mario – Haben Sie gestern Abend auch hier gearbeitet?«

»Ja«, nickte er.

»Ihr Kollege da hinten auch?«

Schreiber wies mit der Nase auf den zweiten Barkeeper, einige Schritte neben Mario. Der große, bullige Mann mit dem struppigen blonden Haar mit pfundweise Gel darin war so ziemlich das genaue Gegenteil seines Mitarbeiters. Er stellte gerade zwei Mädchen bunte Longdrinks mit Strohhalmen, Schirmchen und Früchten auf den Tresen.

»Ja, der auch. – Sven! Kommst du mal?«, rief Mario ihm zu.

Sven gehorchte aufs Wort, trat neben seinen Kollegen und nickte Schreiber zu.

Der tauschte seinen Dienstausweis gegen ein Foto von Schmitt, das er vor seiner Abfahrt noch im Kommissariat 3 abgeholt hatte, und hielt es den beiden unter die Nasen.

»Der war gestern hier«, sagte Mario, ohne dass Schreiber überhaupt fragen musste.

»Ja«, bestätigte Sven.

»Das ging ja schnell, meine Herren!«, wunderte sich Schreiber. »Sind Sie sich sicher?«

»Ja, klar«, sagte Mario. »Der ist jeden Freitag hier – mit seinen zwei Kumpels.«

Sven nickte.

»Wissen Sie auch, wann er gegangen ist?«, fragte Schreiber.

Mario blies überlegend die Backen auf und kratzte sich hinterm Ohr.

Sven sah nachdenklich ans andere Ende der Bar. Schließlich hob er den Zeigefinger. »Das müsste so um viertel vor elf gewesen sein – plusminus fünf Minuten«, sagte er bestimmt.

Mario sah auch zum Ende der Bar, nickte verstehend

und zeigte mit dem Finger auf seinen Kollegen. »Ah ja! Stimmt!«, bestätigte er.

Schreiber hob staunend die Brauen. »Ungefähr viertel vor elf«, wiederholte er. »Das ist eine ziemlich genaue Angabe. Sind Sie sich da sicher?«

Die beiden Barkeeper sahen sich gegenseitig an, weil sie nicht wussten, wer es dem Polizisten erklären sollte. Schließlich tat es Sven.

»Also, das ist ganz einfach«, sagte er. »Da hinten am Ende der Bar sitzt immer der Max, und zwar jede Nacht, bis auf Sonntag. Er ist ein Stammgast, Durchschnittstyp, Mitte dreißig, immer auf der Suche nach Frauenkontakten. Stellt sich aber ein bisschen dumm an. Jedenfalls beobachtet er gerne den Mann vom Foto und seine zwei Kumpels, wenn die freitags an der Bar rumflirten. Man merkt ihm dann an, dass er neidisch ist – manchmal haben die drei ja auch Frauen abgeschleppt. Wie auch immer, Max war gestern noch nicht da, als der Typ vom Foto gezahlt hat und gegangen ist. Seine beiden Kumpels sind noch geblieben und haben sich zu zwei Frauen an den Tisch da drüben gesetzt.« Er wies mit der Nase in die Richtung.

»Verstehe«, sagte Schreiber. »Und Max ist erst später gekommen.«

»Genau«, bestätigte Sven mit einem Nicken. »Vielleicht zehn oder zwanzig Minuten, nachdem der Mann gegangen ist.« Er sah Bestätigung suchend zu Mario.

»Stimmt. Das müsste hinkommen«, sagte der. »Jedenfalls war er definitiv schon weg, als Max kam – und der taucht immer um die gleiche Zeit hier auf: um elf. Da kann man die Uhr danach stellen. Wir haben schon Witze drüber gemacht.«

Schreiber lächelte zufrieden. Vom ›Café Luitpold‹ bis zu Zimmermanns Wohnung lief man zirka fünf bis zehn Minuten. Schmitt konnte also um elf bei Zimmermann gewesen sein. In jedem Fall hatte er nicht, wie er behauptete, die Bar erst um etwa 23:20 Uhr verlassen. Gut!

Ein lautes, tiefes Bellen drang vom Kunigundendamm herauf und weckte Schreiber. Er rieb sich die Augen und blinzelte müde zur Digitaluhr auf dem Schreibtisch in der Wohnzimmerecke. 22:30 leuchtete es grün. Vor etwa eineinhalb Stunden war er sofort auf dem Sofa eingeschlafen, nachdem er vollkommen erschöpft nach Hause gekommen war und hungrig zwei Wurstbrote und eine Tomate verputzt hatte.

Im Turbotempo hatte er vorher im Kommissariat, zusammen mit Thiele und Sibylle, die Erkenntnisse gegen Schmitt akribisch dokumentiert und sie Staatsanwalt Müller vorgelegt. Der hatte sich, trotzdem er einen Teil seines Wochenendes opfern musste, zufrieden gezeigt und für Sonntagvormittag einen Termin beim Ermittlungsrichter vereinbart.

Schreiber erhob sich, schlurfte zum Fenster und sah hinunter auf die Straße, wo ein älterer Herr und eine Dame gerade zwei große Hunde weiterzerrten, die sich offenbar nicht riechen konnten. Dahinter schimmerte die Oberfläche des Main-Donau-Kanals verträumt im Mondlicht.

Er dachte an den Fall. Marcel Zimmermann hatte auch so mancher nicht riechen können. Er hatte Frauen respektlos ausgenutzt und sich so Feinde gemacht. Schreiber konnte Schönlinge und Playboy-Typen nicht leiden und musste sich insgeheim eingestehen, dass ihn die Geschichte weniger berührte als die Morde, die sich vor eineinhalb Jahren im Hain ereignet hatten. Damals hatte es Studentinnen getroffen, zukünftige Lehrerinnen, unschuldige Menschen – einfach so aus dem Leben gerissen.

Doch auch Marcel Zimmermann war brutal ermordet worden. Hatte er das verdient, nur weil er nicht so perfekt war wie diese jungen Frauen? Nein. Ganz bestimmt nicht. Niemand verdiente das. Schreiber nahm sich vor, all seine Kraft in den Fall zu stecken und ihn zu behandeln, als wäre es sein letzter, so wie er im Grunde mit jedem Mord umgehen müsste.

Er ging zum alten Wohnzimmertisch, schnappte sich die Mineralwasserflasche, die neben dem leeren Teller stand, und begab sich damit zurück ans Fenster. Er lehnte sich an den Rahmen, trank und blickte über den Fluss zur Silhouette Bambergs.

In Gedanken ging er den Fall noch mal durch. Für den ersten Tag einer Ermittlung war schon recht viel passiert. Sie hatten einen Verdächtigen dingfest gemacht. Wenn sich herausstellte, dass er Spuren am Tatort hinterlassen hatte, würde er spätestens dann als ›dringend tatverdächtig‹ eingestuft werden. Doch wenn man die Hinweise auf weitere Feinde des Opfers bedachte, hatten sie fast schon zu viel des Guten. Da war noch der Mann, den der Pizzabote gesehen hatte – Christopher Resch wahrscheinlich. Fände man auch von ihm Spuren am Tatort, hätten sie einen Mörder zu viel. Und egal, welcher der beiden Männer letztendlich angeklagt würde, ein Anwalt konnte immer Zweifel säen, indem er jeweils dem anderen die Schuld zuschieben würde.

Der Fall konnte sich noch kompliziert gestalten. Sie mussten gründlich sein. Schreiber führte sich die Zeitabläufe vor Augen: Zimmermann hatte um 23:20 Uhr die Pizza bestellt und Resch die SMS geschickt. Hatte der sich an die vereinbarte Zeit gehalten, war er um etwa 23:45 Uhr bei Zimmermann gewesen. Der Pizzabote konnte jedoch nicht sagen, ob Resch aus der Haustür gekommen war. Auch an Blutflecken auf dessen Kleidung konnte er sich nicht erinnern. Hatte Resch nur geklingelt, ohne eingelassen worden zu sein, weil Zimmermann schon tot in seiner Diele lag?

Der Mörder hätte die Tat leicht zwischen 23:20 Uhr und Reschs Eintreffen durchführen und anschließend verschwinden können. Insofern war der jähzornige Schmitt schon ein heißerer Kandidat. Bestimmt war er es gewesen, der um 23 Uhr auf Zimmermann losgegangen war. Eine spätere Messerattacke könnte sich dann in etwa so abgespielt haben, wie Thiele es im Kommissariat erörtert hatte.

Er musste lächeln, als er an sie dachte. Wie gerne würde er jetzt mit Pete tauschen, mit dem sie wahrscheinlich gerade in diesem Augenblick gemütlich vor dem Fernseher kuschelte.

Er schüttelte sich, ließ seine verspannte Nackenmuskulatur durch Hin- und Herkippen des Kopfes laut knacken und zwang sich, wieder an den Fall zu denken.

Waren sich in der Tatnacht Resch und Schmitt vielleicht sogar begegnet? Am liebsten wäre er gleich zu Resch gefahren, um ihn zu verhören. Doch er würde sich beherrschen und bis Sonntagnachmittag warten und ihn dann, wie vereinbart, zusammen mit Thiele aufsuchen. »Wenn du zwei Hasen fangen willst, fängst du keinen«, mahnte er sich zur Ruhe und überlegte weiter.

Da war noch Zimmermanns Verabredung für die gestrige Nacht – offenbar die vierte ›Cheaterzdate‹-Frau, seine neueste Affäre und Geldquelle. Wahrscheinlich eine wichtige Zeugin oder sogar die Täterin.

Schreiber nahm einen großen Schluck Wasser und nagte an der Unterlippe. Er fühlte sich aufgekratzt und hatte das Bedürfnis, noch irgendetwas zur Klärung des Falles beizutragen.

Das Gothic-Mädchen, das in der ›Soda Bar‹ Zimmermann geschlagen hatte, kam ihm als nächstes in den Sinn. Einen Fausthieb hatte sie ihm verpasst. »Wie eine Furie«, hatte Beierlein sie beschrieben. Wozu mochte so eine noch fähig sein? Oder gab es Männer in ihrem Umfeld, die die Tat begangen haben konnten? Gerne hätte Schreiber sofort mit ihr gesprochen. Aber von ihr hatten sie bislang nur eine grobe Beschreibung und wussten, dass sie Judith hieß.

Noch einmal sah er auf die Schreibtischuhr: 22:10. »Was soll's«, murmelte er, ging in den Gang, holte das Telefon und drückte eine Taste für den Kurzwahlspeicher.

»Jau?«, kam es aus der Leitung.

»Aurich! Wie geht's deinen Girls?«, fragte Schreiber und ging mit dem Hörer am Ohr zurück ans Fenster.

»Passt schon. Gisela liegt zu Hause im Bett, und Maja kümmert sich um sie. – Und selbst? Habe gehört, es gibt einen Mordfall …«

»Jau. Wir haben auch schon einen Verdächtigen.«

»Respekt!«

»Na ja – ich weiß nicht. Da könnte noch einiges im Busch sein. Ich erzähl's dir später. – Was machst du denn heute noch mit dem angebrochenen Abend?«

»Ich bin gerade unterwegs in die ›Blues Bar‹.«

Schreiber konnte Aurichs Schritte auf der Sandstraße und die Stimmen von Nachtschwärmern im Hintergrund hören.

Die ›Blues Bar‹ inmitten Bambergs berühmter Kneipenmeile war die Stammkneipe der beiden Freunde.

Fast täglich gab es dort Live-Musik im heimeligen Rahmen.

»Gisela hat mir das quasi verordnet«, erklärte Aurich. »Sie sagte, ich könne heute eh nicht viel mit ihr anfangen. Außerdem wolle sie nicht, dass ich ihretwegen meine Stammkneipe und meine Kumpels vernachlässige.«

»Das hat sie gesagt?«

»Jau.«

»Hast du ein Glück! Sag mal, wollen wir nicht einen kleinen Abstecher nach Zapfendorf zu ›La Nuit Obscure‹ machen?«

»Zum Gruft-Schwoof? Ist das dein Ernst?«

»Jau.«

»Schreiber, was soll der Quatsch? Du bist 41! Womöglich willst du dir vorher noch die Zunge piercen und die Lippen schwarz anmalen!«

»Erkläre ich dir unterwegs. Also, was ist jetzt? Kommst du nun mit? Wir können ja hinterher noch einen Absacker in der ›Blues Bar‹ nehmen.«

»Sag mal, kann es sein, dass du besoffen bist?«

Um 23:20 Uhr parkte Schreiber einige hundert Meter vom ›Top Act‹ entfernt an der Hauptstraße durch Zapfendorf. In der Nähe des Hauses, wo regelmäßig Konzerte stattfanden und an diesem Samstag die berühmte ›La Nuit Obscure‹ stieg, hatte man um diese Zeit keine Chance mehr auf einen Stellplatz für sein Fahrzeug. ›La Nuit Obscure‹ war ein Pflichttermin für alle, die sich zur Gothic-Szene zählten – meist Jugendliche, aber auch solche jenseits der dreißig, die während der Woche vielleicht unauffällig sein mochten, aber am Wochenende ihr zweites Ich auslebten: als Vamps, Sado-Maso-Freaks oder sonst was. Oft nahmen sie weite Anfahrten in Kauf, um im ›Top Act‹ ihresgleichen zu treffen und mit ihnen zusammen die Nacht zum Tag zu machen.

Schreiber und Aurich stiegen aus und liefen die Hauptstraße entlang.

»Also, Judith heißt sie. Richtig?«, fragte Aurich noch einmal nach.

»Richtig«, bestätigte Schreiber, dem es tatsächlich gelungen war, seinen Kollegen zum Mitkommen zu überreden – unter der Auflage, dass sie hinterher noch zusammen in die ›Blues Bar‹ gehen würden. Auf der Fahrt hatte er Aurich den Fall geschildert und ihm erklärt, was es mit dem Gothic-Mädchen auf sich hatte.

Rechts vor ihnen tauchte das große Haus auf. Sie drückten sich durch die schwere Eingangstür unter dem ›Top Act‹-Schild. Gleich dahinter saß ein schlanker glatzköpfiger Mann mit zahlreichen Piercings in Ohren, Brauen, Nase und Unterlippe. Auf einem Tischchen neben ihm standen die Kasse – eine einfache, selbstgebastelte Holzbox – und ein Stempelkissen. Von der nach oben führenden Treppe drang das dumpfe Hämmern der Bässe herunter.

»Hallo«, sagte Schreiber und hielt Glatze seinen Dienstausweis unter die Nase. »Wir suchen eine Judith. Halblanges schwarzes Haar mit einer weißen Strähne drin.«

»Ist das so 'ne ganz Scharfe?«

»Exakt.«

»Kenn' ich nicht«, kam es knapp.

»Komiker«, brummte Schreiber.

»Aber mal im Ernst. Worum geht's denn?«, fragte der Mann neugierig.

»Würden wir ihr gerne selbst sagen.«

Der Mann schlug die Beine übereinander und zuckte

beiläufig die Schultern. »Ich kenne auch nicht jeden Gast beim Namen«, erklärte er. »Und eure Beschreibung passt hier auf viele. Schaut euch meinetwegen ein bisschen um. Aber macht nicht so viel Wirbel, damit ihr nicht unser Publikum vergrault.«

Die Polizisten nickten und machten sich auf den Weg nach oben.

Auf der Treppe schoben sie sich an zwei Männern in langen schwarzen Mänteln vorbei. Beide waren weiß geschminkt und hatten schwarze Lippen.

»He, das sind doch Bullen!«, rief der eine frech.

»Beiß mich bloß nicht, Grusel-Heini«, murmelte Schreiber, ohne anzuhalten, hörte aber noch, wie die zwei hinter ihm in schallendes Gelächter ausbrachen.

»Hat der echt ›Grusel-Heini‹ gesagt?«, gluckste der eine.

Die Musik wurde nach oben lauter und sogar ohrenbetäubend, als sie den Ort des Geschehens durch eine große Flügeltür betraten. Es lief gerade ein Techno-artiges Stück, das für eine volle Tanzfläche sorgte.

Uzn, uzn, uzn, uzn, uzn, uzn …

There is much killing to be done …

Sie blieben im Eingangsbereich stehen und ließen ihre Blicke durch den Raum schweifen. Ein bulliger DJ mit schwarzem Irokesen-Schnitt und Killer-Nieten-Halsband nickte den hämmernden Rhythmus hinter seinem erhöhten Mischpult mit. Eine Empore auf dunklen Holzträgern umrahmte die Tanzfläche. Viele sahen von oben dem bunten Treiben zu. Unten tanzende, schwitzende Nachtschwärmer mit erhobenen Armen – durch die Bank Exoten, Gestalten wie frisch aus Horror- oder Fantasy-Filmen. Andere, in Lack und Leder, sahen aus, als kämen sie gerade vom Sado-Maso Abend im Swinger-Club.

Uzn, uzn, uzn, uzn, uzn …
You are a slave, a slave of my pain.
You are my whore, a meaningless asshole …

Tattoos zierten nackte Haut. Keiner hatte an Schminke gespart. Schwarz war die angesagteste Farbe. Piercings waren so verbreitet, dass Schreiber davon überzeugt war, dass die Mehrzahl der Gäste wohl niemals in den Urlaub fliegen könnte, weil die Metalldetektoren am Flughafen verrückt spielen würden. Doch was spielte das hier schon für eine Rolle? Hauptsache, man war auffällig, schrill und vor allem sexy.

Viele waren zu aufreizend für Schreibers Geschmack. »Meine Nike dürfte ich hier aber nicht erwischen!«, brüllte er Aurich ins Ohr.

»Zum Glück habe ich Jungs«, antwortete sein Kollege, der Vater zweier Söhne war.

Sie wühlten sich durch die Menge und hielten Ausschau nach dem passenden Mädchen. Immer, wenn sie eine sahen, auf die die Beschreibung zutraf, riefen sie ihr einfach »Judith?!« zu. Wenn sie den Kopf schüttelten oder sich nicht umdrehten, gingen die Beamten einfach weiter. So arbeiteten sie sich zur Bühne durch, auf der zwei Schaufensterpuppen zu einer skurrilen sadomasochistischen Szene arrangiert waren. Er, in schwarzem Latex, drohte ihr mit einer siebenschwänzigen Peitsche. Sie wiederum war im blutbefleckten Brautkleid mit schräg nach oben gestreckten Armen an ein Andreaskreuz gefesselt.

»Künstlerisch wertvoll«, kommentierte Aurich mit anerkennend vorgeschobener Unterlippe.

»Aber hallo!«, stimmte ihm sein Freund zu, riss aber seinen Blick sogleich von der Szene los, um weiter nach Judith zu suchen.

Irgendwann wollten sie schon aufgeben, als Aurich

Schreiber anrempelte und auf ein tanzendes Mädchen zeigte, das ihren schlanken Körper aufreizend vor einem jungen Mann räkelte. Sie trug ein schwarzes Latex-Oberteil, das fast wie ein Badeanzug aussah, schwarze Strapse und rote Schuhe, er ein graues Seidenhemd und eine dunkle Jeans mit zahllosen Löchern. Sein halblanges schwarzes Haar war mit etwas Gel nach hinten gestrichen. Er hatte eine weiße Strähne wie das Mädchen. Beide ließen neckisch ihre gepiercten Zungen umeinander kreisen und wirkten dabei wie zwei Giftschlangen beim Liebesspiel.

Statt zu ihnen zu gehen, tanzte Schreiber in ihre Richtung, um nicht noch mehr aufzufallen, als er es ohnehin schon in seinen Durchschnittsklamotten tat. Er war froh, dass er wenigstens seine schwarze Schildmütze trug und – vor allem – dass nicht wieder Techno lief, jetzt, da er sich ins Getümmel stürzte. Aurich musste trotzdem schmunzeln, als er ihm dabei zusah.

»Judith?!«, brüllte Schreiber ihr zu, als ihre Zunge gerade einmal nicht mit der ihres Gegenübers verknotet war.

Mit offenem Mund musterte sie den Mann, der in seiner braunen Lederjacke und der Jeans reichlich deplatziert wirkte – richtig opamäßig. Nach einigen Sekunden grinste sie Schreiber fröhlich an. »Stimmt!«, rief sie gut gelaunt. »Und was bist du für ein Süßer?«

Sie kniff Schreiber in die Wange, dass es ihm wehtat. Mit schmerzverzerrtem Gesicht zog er den Kopf zwischen die Schultern.

Der Tanzpartner des Mädchens lachte dreckig.

»Marcel ist tot?«, fragte Judith überrascht, strich sich nervös eine Strähne aus dem Gesicht und schaute sich in der Bar um, so als hoffte sie irgendwo eine versteckte Kamera zu entdecken. »Das gibt's doch gar nicht«, sagte sie dann nur und sah ungläubig zwischen Schreiber und Aurich hin und her.

Sie brauchte nicht mehr zu brüllen, weil sie sich zum Reden in den etwas ruhigeren Nebenraum zurückgezogen hatten. Judiths Tanzpartner musste außer Hörweite warten. Er lehnte einige Meter entfernt am Tresen, trank einen Bier-Mix aus einem grünen Fläschchen und warf den Polizisten skeptische Blicke zu.

»Sie hatten Streit mit ihm und haben ihn in der ›Soda Bar‹ geschlagen«, kam Schreiber schonungslos zur Sache.

Sie zuckte zusammen, fasste sich aber schnell. »Ach, deswegen kommt ihr zu mir«, sagte sie, verächtlich die Nase rümpfend. »Aber wenn man euch eh schon alles erzählt hat, dann wisst ihr ja sicher auch, dass Marcel noch quicklebendig war, als ich gegangen bin.«

»Aber jetzt ist er tot, und Sie scheinen darüber nicht besonders traurig zu sein«, stellte Schreiber fest.

Sie legte den Kopf schief und blickte Schreiber prüfend an, wobei sie ihre ungepiercte Braue hochzog. Dann zuckte sie beiläufig die Achseln.

»Na ja, ich kannte ihn ja kaum«, erklärte sie im Plauderton. »Auch wenn wir mal zusammen in der Kiste waren. Zugegeben: Ich war ganz schön sauer auf ihn, weil er mich danach links liegen gelassen hat. Ich mache nämlich nicht einfach so mit jedem rum – habe meinen Stolz. Auch wenn es für euch vielleicht nicht so aussieht«, warf sie schnippisch ein. »Aber nachdem ich ihm eine verpasst hatte, war der Fall für mich erledigt. Im Nachhinein ist mir klar geworden, dass er sowieso nicht zu mir gepasst hätte.« Sie machte mit dem Arm eine ausladende Geste. »All dass hier hat ihn doch im Grunde gar nicht interessiert. Er hat nur so getan, als ob, um mich rumzukriegen. Hat mich über ›La Nuit Obscure‹ ausgefragt, wollte dann aber nicht mitkommen. Aber für mich ist das nun mal meine Welt.«

Schreiber wies mit der Nase über ihre Schulter in Richtung ihres Tanzpartners, der ungeduldig auf seinem Barhocker herumrutschte und immer wieder kleine Schlucke aus seinem Fläschchen nahm. »Und in Ihrer Welt haben Sie ja auch schon wieder einen neuen Freund gefunden«, sagte er. »Oder hatten Sie den schon, als Sie mit Marcel in der Kiste waren?«

Sie warf den Kopf zurück und lachte schallend wie eine junge Hexe. Ihr Zungen-Piercing blitzte auf. Die Zähne erschienen neben den schwarzen Lippen leuchtend weiß.

Sie drehte sich zu ihrem Tanzpartner um. »He, Julian!«, rief sie hinüber. »Der glaubt, dass du mein Freund bist!«

»Hä, hä!«, lachte der nur und prostete Schreiber und Aurich zu.

»Auf der Tanzfläche sah es zumindest so aus«, knurrte Schreiber ungeduldig, als sie sich ihm wieder zuwandte und dabei immer noch grinste.

»Julian ist mein Bruder«, erklärte sie. »Zwillingsbruder, um genau zu sein. Das auf der Tanzfläche ist nur Spaß gewesen und auch ein bisschen Show, okay?«

Die Polizisten blickten skeptisch zu Julian und konnten tatsächlich eine Familienähnlichkeit feststellen, obwohl er wie Judith stark geschminkt war.

»Seltsame Show«, kommentierte Schreiber trocken und sah Judith fest in die Augen. »Wo waren Sie gestern Abend?«

»Gestern Abend? Das ist einfach«, antwortete sie und stützte sich mit dem Ellbogen auf die Bar. »Wir waren bei Claudia. DVDs gucken. Die wohnt in Hallstadt, genau wie wir, gleich ein paar Häuser weiter.«

»Und wer war alles dabei?«

»Na, Claudia eben, Julian und ich. Und am Anfang war da noch Claudias Mutter. Aber die ist irgendwann ins Bett gegangen, weil sie sich ein bisschen krank fühlte.«

»Wann?«

»So um zehn.«

»Was für Filme haben Sie angesehen?«

»Alle drei Teile von ›Matrix‹.«

Sie atmete tief durch und sah Schreiber beschwörend an. »Hör mal. Dass ich Marcel eine reingehauen habe, gebe ich ja zu. Aber das war's auch schon. Ich habe ihn doch nicht umgebracht. Okay?«

Aurich rempelte Schreiber an, um ihn auf ein kleines, pummeliges Mädchen aufmerksam zu machen, das gerade den Nebenraum betrat und zielstrebig Julian ansteuerte. Sie hatte einen lila Bubikopf und trug einen schwarzen Latex-Rock mit einem dazu passendem Oberteil, aus dem ihr üppiger Busen jeden Augenblick herauszuhüpfen drohte.

»Da kommt ja Claudia!«, rief Judith, als sie das Mädchen auch bemerkte. »Fragt sie doch gleich selbst. Die wird euch alles bestätigen.«

Schreiber nickte Aurich schnell zu und sagte zu Judith: »Sie warten hier.«

»Jaja«, tat sie genervt und verdrehte die Augen.

Die Polizisten gingen zu Julian. Bei dem war Claudia schon angekommen und schmiegte sich an ihn. Sie stellte sich auf Zehenspitzen und streckte ihm provokant die Zunge entgegen. Der ließ sich nicht lange bitten und biss zärtlich hinein.

»Oh Mann«, murmelte Schreiber Aurich zu und rief dann: »Tschuldigung! Polizei. Wir hätten ein paar Fragen. Würden Sie bitte ein Stück zur Seite treten?« Mit gezücktem Ausweis schob er sich zwischen Claudia und Judiths Bruder.

»He!«, motzte sie und sah Hilfe suchend zu Julian.

Der blies nur mit gespielter Langeweile die Backen auf und breitete unschuldig die Hände aus.

»Na, kommen Sie schon«, beschwichtigte Schreiber und manövrierte Claudia mit sanfter Gewalt von Julian weg. »Nur ein paar Fragen.«

Hinter ihm trat Aurich vor Julian. »Na, dann wollen wir mal ...«, sagte der Beamte.

Julian schaute hinüber zu Judith, zwinkerte ihr zu und warf ein Küsschen hinüber.

»Würden Sie bitte mich ansehen?«, zischte Aurich streng.

»Die waren's nie«, sagte Aurich zu Schreiber, als sie einige Minuten später alleine am Tresen lehnten. Die drei Gothics hatten sich wieder ins Party-Getümmel gestürzt, nachdem sie den Polizisten ihre Personalien hinterlassen hatten.

Schreiber nickte und winkte beiläufig ab, als ein Barkeeper eine Bestellung aufnehmen wollte. Der junge Mann verzog sich.

»Sie sagen alle das Gleiche aus«, fuhr Aurich fort. »Und es klang auch gar nicht wie einstudiert oder abgesprochen. Und überhaupt wäre das Ganze 'ne Nummer zu groß für die. Sie müssten ja dann alle unter einer Decke stecken. Zwei Neunzehn- und eine Achtzehnjährige, die alle noch bei den Eltern wohnen. Und die sollen sich zu einem Mord verschworen haben? Nie im Leben!«

»Sehe ich genau so«, stimmte Schreiber zu. »Auch dass ich sie widerspruchslos mit meinem Handy fotografieren durfte. Es hat denen ja sogar noch Spaß gemacht, sich in Pose zu schmeißen. Nein, nein. Das sind nur ein paar harmlose Kids, die gerne 'ne Show abziehen und sich freuen, wenn sich alte Omas vor ihnen erschrecken. Aber trotzdem gut, dass wir sie gefunden haben. Wir wissen jetzt, wer Zimmermann am Tag vor seiner Ermordung geschlagen hat, und werden noch mal ihre Alibis durchleuchten. Dann kann später auch kein Anwalt versuchen, den Verdacht auf sie zu lenken.«

Aurich sah sich im Nebenraum um, der sich jetzt auch immer mehr mit Nachtschwärmern füllte. »Was für Figuren. Ich schätze, ich bin jetzt reif für ein Bier in der guten alten ›Blues Bar‹.«

»Worauf du einen lassen kannst«, sagte Schreiber und sah auf die Uhr. »Bis viertel nach eins sind wir da. Lohnt sich noch – ist ja Samstag.«

»Außerdem hast du's versprochen«, erinnerte ihn sein Freund.

»Exakt«. Schreiber zeigte mit dem Finger auf ihn. »Lass uns hier abhauen.«

Sie drängten sich durch die Gäste, deren Geruch nach Schweiß, aber auch nach schweren Parfüms ihnen in die Nasen stieg, und verließen den Nebenraum.

Vor der Treppe fiel Schreibers Blick auf ein knutschendes Pärchen. Ein junger Mann lehnte mit dem Rücken an der Wand und knetete mit den Händen eifrig den Po seiner Partnerin, die sich an ihm festgesaugt hatte wie ein Wels an der Scheibe eines Aquariums.

Schreiber musste lächelnd an seine eigene Jugend zurückdenken. Seine Augen glitten von den schwarzen Stöckelschuhen des Mädchens über ihre schlanken bestrumpften Beine nach oben. Der Po unter dem engen Minirock war perfekt. Schreiber musste sich neidisch eingestehen, dass er ihn vielleicht auch gerne einmal geknetet hätte.

»Ein Arschgeweih. Warum überrascht mich das nicht?«, murmelte er Aurich verächtlich zu, als er die junge Frau weiter studierte und dabei die Tätowierung an ihrem unteren Rücken entdeckte. »Ist doch voll billig, so was. Also, meiner Nike würde ich das niemals …« Er zuckte zusammen, als sein Blick den Nacken des Mädchens erreichte. Sie hatte ihre dunklen Haare zu einem Knoten zusammengesteckt, so dass man ihren hübschen, elfenartigen Hals und die kleinen Ohren gut sehen konnte. Schreiber hätte diese Ohren überall auf der Welt erkannt, jedoch nie gedacht, dass er sie je an einem Ort wie diesem sehen würde.

Der junge Mann löste sich nach Luft ringend vom Kuss des Mädchens und bemerkte seine Beobachter. »Warum glotzt der denn so?« fragte er seine Freundin verwundert und wies mit dem Kinn zu Schreiber.

Sie schaute über die Schulter und riss erschrocken den Mund auf. »Papa?«

Schreibers Augen verengten sich zu Schlitzen.

»Und? War die Kleine heute brav?«, fragte Thiele und stellte mit der Fernbedienung den Fernseher leiser. Der Krimi wurde mal wieder durch einen Werbeblock unterbrochen. Sie schnappte sich ein Glas Rotwein vom Wohnzimmertisch und nahm einen Schluck.

»Oh ja! Sehr!«, bestätigte Pete, der am anderen Ende des Sofas saß. Auf seinem Schoß hatte er ihre Füße, die er bei ihren gemeinsamen Krimi-Abenden immer massieren musste. Jetzt, als Werbung lief, tat er dies wieder konzentrierter, was ihm seine Frau mit einem wohligen Brummen zollte. Als er an ihrem kleinen Zeh zog, schloss sie die Augen und ließ ihren Kopf langsam in ein Kissen an der Lehne sinken. Dabei stellte sie das Glas zurück und hätte beinahe die Tischplatte verfehlt, so entspannt war sie.

»Wir haben ausgiebig gefrühstückt und waren später mit Ramon am Spielplatz im Domgrund«, erzählte Pete.

Ramon, der weißbraune Basset Hound, dessen lange Ohren alle Rekorde brachen, gab ein fragendes Wimmern von sich, als er seinen Namen hörte. Zu faul aufzustehen hob er nur kurz den Kopf und sah in Richtung seines Herrchens. Als er merkte, dass falscher Alarm war, ließ er sich wieder matt auf die Seite sacken. Er lag zwischen Fernseher und Sofa auf dem dicken beigen Wohnzimmerteppich.

»Sie war den ganzen Tag echt lieb«, lobte Pete seine Tochter in Abwesenheit. »Nur mit ihrem Gerede von der Schule hat sie mich manchmal genervt. Die freut sich so drauf! Ich habe natürlich mitgespielt, wenn sie schon so motiviert ist.«

»Jetzt tu doch nicht so komisch«, sagte sie. »Nach ein paar Tagen machst du den Job doch wieder ganz gerne. Oder würdest du lieber Mörder fangen? Dann können wir ja tauschen.«

Sie öffnete halb die Augen und sah, wie er nachdenklich auf den Bildschirm schaute. Ihr Mann war Schreiber ähnlich, besonders im Profil. In Momenten wie diesem fragte sie sich insgeheim, ob sie ihre professionelle Distanz zu ihrem Kollegen nur wahren konnte, weil sie sowieso schon einen wie ihn zu Hause in der Panzerleite hatte. Doch sie verwarf den Gedanken jedes Mal schnell. Schreiber war einzigartig. Und Pete natürlich auch.

»Hast ja wahrscheinlich Recht«, gab dieser zu, schnappte sich sein Pilsglas und prostete ihr zu.

»Ich will dich nicht länger mit meinem Gejammer nerven. Du hast mir noch immer nicht gesagt, wie das mit dem Brand in Walsdorf war«, wechselte er das Thema.

Sie erzählte ihm die Geschichte. Um sie besonders auszuschmücken, war sie zu müde. »Na ja. So richtig in Lebensgefahr waren wir eigentlich nie«, spielte sie am Schluss alles etwas herunter. »Mir tut nur der David und seine Band Leid. Ihre ganzen Sachen sind futsch.«

Pete wiegte den Kopf hin und her, ohne seinen Blick vom Fernseher zu nehmen. »Ist nicht billig, so was.«

Einige Minuten ließ sich das Ehepaar von den schnellen stummen Werbebildern berieseln.

»Das dauert ja wieder ewig«, brummte Pete. »Und überhaupt: Wer soll denn die ganzen Autos kaufen? Und vor allem: womit?«

Als Kommentar streichelte Thiele ihn am Bauch, indem sie einen Fuß auf- und abwippte.

Es folgte ein Werbespott für Versicherungen, der ein spielendes Mädchen in Louisas Alter zeigte.

»Sie werden viel zu schnell erwachsen«, seufzte Pete melancholisch.

Thiele sah ihn an, entzog ihre Füße sanft seinen Händen und setzte sich auf. Als er sie fragend anblickte, packte sie ihn an den Ohren uns schmatze ihn zärtlich auf den Mund. Dann nahm sie noch einen Schluck Wein und erhob sich.

»Ich sehe noch mal nach ihr«, sagte sie und ging nach oben.

Im Kinderzimmer kniete sie sich neben Louisas Bett und deckte das Mädchen, das sich im Schlaf freigestrampelt hatte, richtig zu. Ein paar Sekunden beobachtete sie die gelben Delfine, die an den blauen

Wänden ihre Runden drehten. Dann knipste sie die Kinderlampe auf dem Fensterbrett aus, so dass der Raum nur noch von Licht, das durch die halb offene Tür hereinfiel, diffus erhellt wurde. Sie betrachtete träumend das engelhafte Gesicht ihrer kleinen Tochter. Wie friedlich und zerbrechlich sie ihr vorkam!

Einem plötzlichen Drang folgend grub Thiele ihre Nase gleich unter Louisas Ohr in deren Hals und inhalierte tief den Geruch des Kindes. »Sorry, aber das habe ich jetzt einfach gebraucht«, flüsterte sie, als die Kleine im Schlaf ein protestierendes Brummen von sich gab.

»Ich mach' sie platt! Ich mach' sie einfach platt!«, fluchte Schreiber zum wiederholten Mal, schüttelte fassungslos den Kopf und starrte wütend auf die im Scheinwerferlicht vorbeiziehenden Mittelstreifen der Straße. Er war so aufgeregt, dass er auf dem Rückweg nach Bamberg Aurich ans Steuer ließ.

»Jetzt nerv nicht«, bremste der ihn, ohne seinen Blick von der Fahrbahn zu nehmen. »Du müsstest doch wissen, dass man so was nicht einmal im Spaß sagen sollte. Außerdem würdest du deiner Tochter ja sowieso nie was tun.«

»Die meine ich doch gar nicht«, zischte Schreiber. »Ich rede von meiner Ex, der Karin! Schreibt die doch der Nike tatsächlich so einen Wisch aus, dass sie nach 22 Uhr in der Disko bleiben darf. Mannomannomann!«

»Na ja. Ist die nicht schon sechzehn? Da kann man doch durchaus …«

»Ach, hör doch auf!«, unterbrach ihn Schreiber wirsch und feuerte die flache Hand aufs Armaturenbrett, so dass Aurich zusammenzuckte. »Sie hätte mich ja wenigstens auch fragen können! Ich hätte wahrscheinlich ja sogar zugestimmt! Aber so was ganz ohne mein Wissen zu entscheiden, einfach über meinen Kopf hinweg? Das geht ja wohl überhaupt nicht. Ich bin immerhin noch der Vater!«

»Hast ja Recht!«, hob Aurich an. »Aber jetzt lass deine Wut nicht an mir aus, okay?«

Schreiber knurrte nur verächtlich, verschränkte die Arme und sah aus dem Seitenfenster. Nach einigen Sekunden gab er ein entschuldigendes Grunzen von sich.

»Und das mit dem Arschgeweih hätte ich ja wohl auch wissen müssen, oder?«, fragte er rhetorisch. Fassungslos schüttelte er den Kopf. »Eine Tätowierung! Ohne mein Wissen! Noch dazu ein Arschgeweih! Ich fass' es nicht. Ich fasse es einfach nicht!«

»Stimmt. Das hätte Karin dir aber schon sagen müssen«, stimmte Aurich ihm zu. Er wollte eigentlich noch etwas sagen wie ›also, ich wäre da auch sauer‹, verkniff es sich aber, weil er fand, dass sein Freund auch so schon genug in Fahrt war.

»Und auch, wie sie sonst ausgesehen hat!«, motzte der schon weiter. »Total nuttig! Soll sie sich doch gleich auf den Straßenstrich stellen! Dass Karin sie so überhaupt aus dem Haus gelassen hat! Na, der werd' ich was erzählen!«

»Na ja. Das fand ich jetzt aber wirklich nicht so schlimm«, sagte Aurich vorsichtig. »Die jungen Mädchen wollen halt ein bisschen sexy aussehen. Sei doch froh, dass sie sich ein wenig rausputzt! Wäre es dir lieber, wenn sie unbeachtet in der Ecke rumstünde wie so ein Mauerblümchen?«

»Ja, ja! Deine Tochter ist es ja nicht!« schimpfte Schreiber unbeirrt weiter. »Und das Beste war ja wohl der Typ! Dieser Lukas, oder wie er hieß! Schwarze Lippen und ein Augenbrauen-Piercing! Und dann dieses bleiche, geschminkte Gesicht! Was für ein nasses Handtuch! Und mit so einem macht mein kleines Mädchen rum! Wie die an ihm dranhing! Und wer weiß, was die sonst noch alles machen …«

»Aber für den kann deine Ex-Frau nichts«, lenkte Aurich ein. »Wenn sie deiner Tochter den Umgang mit ihm verbietet, werden sich die beiden erst recht treffen. So was weiß ich von Gisela. Die kennt sich da aus. Außerdem war der doch gar nicht mal so übel.«

»Häh?«, machte Schreiber mit angewidert gerümpfter Nase. »Der Typ? Spinnst du?«

»Im Ernst!«

Aurich sah ihn kurz an und konzentrierte sich wieder auf die Fahrbahn.

»Er hat sich freundlich vorgestellt, obwohl er gemerkt hat, wie skeptisch du warst. Er hat brav Cola getrunken, weil er noch fahren muss. Und er geht immerhin aufs Gymnasium. Was hat er gesagt? Zwei Klassen über deiner Tochter, oder?«

»Hm.«

»Na, siehst du. Das ist doch was. Und schlecht ausgesehen hat er auch nicht.«

»Ja! Wie Graf Dracula!«, spottete Schreiber.

»Na und? So laufen doch viele rum in dem Laden«, tat Aurich seine Skepsis ab. »Was soll sich deine Kleine denn deiner Meinung nach für einen suchen, häh? Wäre dir so ein versiffter Punk lieber, der in irgendeiner Fußgängerzone Leute anschnorrt? Oder einer von diesen Rappern mit schiefer Baseballmütze und dicker Goldkette, dessen Hose so weit runterhängt, dass man meinen könnte, er hätte sie vollgeschissen? Oder darf's vielleicht ein Skinhead mit Bomberjacke und Springerstiefeln sein?«

»Tsh«, machte Schreiber nur und sah wieder aus dem Seitenfenster.

»Na, also«, sagte Aurich und machte mit der Hand eine bestätigende Geste. »Reg dich ab.«

Minuten verstrichen. Schreiber starrte auf den vorbeiziehenden Seitenstreifen. Wehmütig dachte er an die Zeit, in der seine Nike noch als kleines Mädchen auf einer Schaukel auf einem der Spielplätze am Kunigundendamm gesessen hatte und sich von ihm anschubsen ließ. Ihr fröhliches Kinderlachen klang noch in seinen Ohren, als sei es erst gestern gewesen.

»Weißt du, was dein Problem ist?«, riss Aurichs Stimme ihn irgendwann aus seinen Gedanken. »Du siehst deine Nike immer noch als kleines Mädchen auf einer Schaukel auf dem Spielplatz.«

»What's wrong with him?«, fragte Sam, der Barkeeper der ›Blues Bar‹, leise, als Lucy vom braunen Fass auf dem Tresen ein Pils zapfte. Er sprach mit allen in seiner Muttersprache, weil deren Englisch besser war als sein Deutsch.

Lucy, die junge Bedienung mit dem blonden Pferdeschwanz, schielte zur Seite ans Ende der Bar, wo Schreiber mit gesenktem Kopf saß und dumpf in seinen leeren Glaskrug starrte. An der Decke über ihm hing ein Kontrabass. Das Foto in einem Glasrahmen zwischen den zwei Fenstern hinter ihm passte gut zu seiner Stimmung: Es zeigte das melancholische Gesicht eines schwarzen Musikers, der Mundharmonika spielte.

»I have no idea«, flüsterte Lucy schulterzuckend und brachte den vollen Krug zu Schreiber.

Mit einem freundlichen »Zum Wohl!« tauschte sie ihn gegen seinen leeren und machte mit ihrem Kugelschreiber den zweiten Strich auf den Bierdeckel.

»Danke, Lucy«, murmelte Schreiber und rang sich ein müdes Lächeln ab, als er seine Finger um das dicke Glas legte, an dem etwas weißer Schaum von der Krone herunterlief. Genau, wie er es mochte.

Er sah zur Seite. Gleich neben ihm diskutierte Aurich mit Grämer und Erwig über die Zukunft der *B. Bulls.*

»Wir sind heute noch mal rausgefahren«, sagte der glatzköpfige Erwig gerade. Mit seiner üblichen schwarzen Kleidung erinnerte er Schreiber ein wenig an den gepiercten Mann an der Kasse vom ›Top Act‹. »Da war nicht einmal mehr eine Schraube zu retten. Alles nur ein riesiger, verkohlter Haufen Dreck! Schrott!«

Schreiber hörte ihm kaum zu. Auch die Rockmusik, die aus dem vordersten der drei Räume drang, wo immer die Künstler auftraten, wusste er nicht richtig zu schätzen, obwohl sie durchaus nach seinem Geschmack war. Heute spielte die junge Bamberger Band *Snob*. Sie hatten eine Sängerin, deren Rock-Röhre Schreiber normalerweise freudige Schauer über den Rücken jagte. Nicht heute.

Er ließ seinen Blick über die Bar gleiten, an der nur die üblichen Bamberger Nachtschwärmer saßen, die er schon seit Ewigkeiten kannte. Durch die Tür, die in den mittleren Raum führte, konnte er sehen, wie die Gäste sich drängten. Einige tanzten gut gelaunt. Dass es in der ›Blues Bar‹ keine Tanzfläche gab, hatte noch nie jemanden gestört. *Snob* spielte gerade ›Stairway to Heaven‹ von *Led Zeppelin*. Schreiber nickte ein paar Takte mit, um sogleich wieder trübsinnig in sein Glas zu starren.

»He, Schreiber!«, sagte Aurich und klopfte ihm kumpelhaft auf die Schulter. »Was hältst du davon, dass wir Montagabend alle vier ins Musikhaus fahren und uns nach neuen Instrumenten umsehen?«

Schreiber sah lustlos hoch und rümpfte die Nase. »Ich weiß nicht so recht«, druckste er herum. »Ich bin zur Zeit knapp bei Kasse.«

»Na und?«, wollte Aurich seine Zweifel abtun. »Wer ist das nicht? Wir haben doch alle Frauen oder Ex-Frauen und Kinder. Aber wir kratzen schon ein paar Mäuse zusammen. Es muss doch irgendwie weitergehen mit den *B. Bulls*.«

Schreiber blies die Backen auf und wiegte den Kopf hin und her. Aurich und die Jungs sahen ihn erwartungsvoll an.

»Ja, und? Was ist jetzt?«, fragte Grämer ungeduldig.

»Ach, ich weiß nicht so recht«, wiederholte Schreiber. »Vielleicht war das mit dem Feuer ja auch irgendwie eine Art Zeichen. Ich meine: Glaubt ihr nicht auch manchmal, wir werden allmählich zu alt für das alles?«

Die drei Freunde zuckten zusammen und tauschten verwunderte Blicke.

»Was redest du denn für einen Quatsch, Mann?«, begann Erwig, der sich als erster gefangen hatte. »Wir sind Hobby-Musiker. Das ist alles. So was kannst du in jedem Alter machen!«

»Hm«, machte Schreiber nur und sah fast apathisch in seinen Glaskrug, an dem er sich mit beiden Händen festhielt.

Erwig sah Hilfe suchend zwischen Grämer und Aurich hin und her. Grämer hob den Zeigefinger und wollte Schreiber etwas sagen. Doch Aurich drückte ihm den Arm nach unten.

»Vergiss es«, sagte er. »Der ist heute schlecht drauf.«

Diese Erklärung genügte ihnen vorerst. Sie sprachen weiter über neue Instrumente, während Schreiber nur stumm daneben saß und sich aus dem Gespräch heraushielt.

»Was hat er denn eigentlich?«, fragte Erwig irgendwann, bemüht, nicht zu laut zu reden.

Schreiber hörte es trotzdem. »Meine Süße treibt's mit Graf Dracula«, murmelte er schwach.

Aurich unterdrückte ein schadenfrohes Schmunzeln.

Rudolph Schmitt hatte Kopfschmerzen. Im Halbschlaf wälzte er sich unruhig hin und her und tastete irgendwann zur Seite. Immer wenn seine Hand die Wärme seiner Frau spürte, half ihm das wieder einzuschlafen. Doch als die Hand jetzt nur ins Leere griff, erwachte er vollends. Erst nach und nach wurde ihm bewusst, wo er sich eigentlich befand. Brummend setzte er sich im unbequemen Gefängnisbett auf und lehnte sich mit dem Rücken gegen die kalte Wand. Er rieb sich stöhnend die Schläfen seines pochenden Schädels und sah sich um.

Die trostlose, karge Umgebung seiner Zelle konnte er im Dunkel der Nacht mehr erahnen als erkennen. Vielleicht auch besser so, dachte er missmutig. Angewidert blickte er in die Ecke, wo sich neben dem Klo schemenhaft ein winziges Tischchen nebst Stuhl abzeichnete. Nur ein Teil des Linoleumbodens und ein Eck seines Betts waren diffus vom Mondlicht erhellt.

Sein Blick wanderte zum Fenster. Hinter den Gitterstäben schien der Mond verträumt am nächtlichen Himmel. Er war beinahe voll, und die Wolken zogen schnell an ihm vorüber. Schmitt konnte ihn bestaunen, ohne aus dem Bett aufstehen zu müssen. Plötzlich kam dem Häftling die ganze Situation auf absurde Weise romantisch vor: Er sehnte sich nach seiner Frau, die er noch vor kurzem geschlagen hatte, und betrachtete dabei aus einer Gefängniszelle den Mond. Schwach entwich dem Mann ein verächtlicher Seufzer. Doch weil es ihn beruhigte, hielt er seinen Blick weiter auf den Himmelskörper.

Momente seines bisherigen Lebens zogen zum Greifen nah an seinem geistigen Auge vorüber. Bilder aus den ersten Jahren seiner Ehe: das fröhlich strahlende Gesicht seiner Frau, lachende Freunde, Feste, die Vorfreude auf das erste Kind. Doch dann die Ungeduld, die schleichenden Zweifel, die zur quälenden Unsicherheit wuchsen und schließlich zur Gewissheit wurden. Er sah den Arzt noch vor sich sitzen: Keine Kinder – zumindest nicht auf dem üblichen Weg. Gewissheit – erlösend und qualvoll zugleich.

Schmitt seufzte tief, als er an seinen ersten Aussetzer dachte. Nach der Hiobsbotschaft des Arztes hatte er sich wie ein Besessener in die Arbeit gestürzt und war Diskussionen über mögliche Alternativen ausgewichen, hatte seine Frau erst vertröstet, war dann aber immer aggressiver geworden. Geschlagen hatte er sie letztendlich wegen irgendeiner Nichtigkeit. Er wusste nicht einmal mehr, was genau es gewesen war, nur, dass er sich hinterher am liebsten die Hand abgehackt hätte. Dennoch hatte er es irgendwann wieder getan. Und dann noch einmal. Und noch einmal. Was war nur los mit ihm?

Matt ließ er den Kopf gegen die Wand sinken. Diese unerträglichen Schmerzen! Eine Träne lief ihm über die Wange, als ihm klar wurde, dass er seine Fehler nie wieder würde gutmachen können – nie wieder. Ob sie noch eine Chance gehabt hätten, bevor dieser Scheißkerl aufgetaucht ist und sie ihm endgültig weggenommen hat? Wahrscheinlich nicht. Schon allein die Tatsache, dass sie sich überhaupt mit ihm eingelassen hatte, zeigte wohl, dass zu diesem Zeitpunkt schon längst alles verloren gewesen war.

Schmitt schniefte und rümpfte das Kinn, als ihn diese Erkenntnis wie ein Keulenhieb traf. Er nickte einsichtig vor sich hin. Ja, es wäre sowieso vorbei gewesen. Wahrscheinlich hatte er schon nach seinem ersten Aussetzer irgendeine unsichtbare Tür für immer zugeschlagen. Jetzt war seine Ehe im Grunde nur noch ein Trümmerhaufen. Und daran war auch dieser Dreckskerl nicht schuld, dieser kleine Gigolo. Dennoch: Er hatte bekommen, was er verdient hatte.

Auf seinem alten Drahtesel rollte Schreiber durch die Sandstraße, in der noch einige Studenten herumstreunten. Nach dem zweiten Bier hatte er gezahlt und sich bei den protestierenden Jungs entschuldigt. Er müsse schließlich am nächsten Tag arbeiten, und es war immerhin schon Viertel nach zwei. Selbst die beiden Blondinen, die noch zu den *B. Bulls* gestoßen waren, hatten ihn nicht mehr halten können.

»Überleg dir das noch wegen Montag! Weißt schon: Musikhaus – Instrumente anschauen!«, hatte Aurich ihm noch nachgerufen.

Der Fahrtwind und die Bewegung taten Schreiber gut. In der Langen Straße trieb sich noch allerlei Nachtvolk herum. Manch einer musste aufpassen, ihm nicht vor den Lenker zu torkeln.

Auf der Marienbrücke über dem Kanal hielt er. Einem spontanen Impuls folgend schob er sein Fahrrad über die Fahrbahn und stellte es auf der anderen Seite ab. Er lehnte sich bequem ans Geländer und bewunderte die nächste Brücke flussabwärts. Die neue Luitpoldbrücke, deren zwei wuchtige Stahlbögen den Kanal überspannten, verlieh Bamberg ein gewisses

Großstadtflair. Ihr Anblick beruhigte ihn ein wenig.

Was war das nur für ein seltsames Wochenende? Freitagnacht in der Kleberstraße: Pizzaboten, Wüteriche und irgendwo ein Mörder. Und ganz in der Nähe auf dem Lande: brennende Musikinstrumente, eine Scheune in Flammen, verletzte Menschen und zwei Kriminelle, die in einem alten, rostigen Auto in den Tod rasten. Samstagnacht – ›La Nuit Obscure‹ in Zapfendorf: Bruder und Schwester, die aussehen wie Figuren aus einem Fantasy-Film und sich in aller Öffentlichkeit gaben, als wären sie ein Paar. Und dann das absolute Highlight: seine Tochter Nike, die süße kleine Prinzessin, die zu einem Vamp mutiert war und sich diesem nassen Handtuch an den Hals warf.

Schreiber verstand die Welt nicht mehr. Er fühlte sich müde, erschöpft und alt. »Tsh«, machte er schwach und fragte sich, ob das schon alles für dieses Wochenende war. Wahrscheinlich nicht. Er hatte das ungute Gefühl, dass sich noch weitere seltsame Dinge ereignen würden.

Claudia schlug schwungvoll die Autotür zu und beugte sich hinunter zum offenen Seitenfenster auf der Fahrerseite.

»Kommst du dann noch?«, raunte sie Julian verführerisch zu.

Obwohl sie fast die ganze Nacht getanzt hatte, konnte er noch immer ihr süßlich-verlockendes Parfüm riechen. Der Duft stieg ihm von ihren üppigen Brüsten entgegen, die sie ihm beinahe ins Gesicht drückte. Auch sonst wirkte seine pummelige Freundin mit ihrem lila Bubikopf und den schwarzen Latex-Sachen sehr sexy – auf die für sie typische freche Art.

»Ich glaube nicht«, antwortete Julian trotzdem. »Ich

bin schon total platt«, argumentierte er lahm, obwohl er als einziger der drei noch nüchtern war.

Auf dem Beifahrersitz döste seine Zwillingsschwester erschöpft vor sich hin.

»Och, bitte«, bettelte Claudia und zog eine beleidigte Schnute. Sie steckte ihren Kopf ins Fenster und küsste ihn lange und innig. Julian erwiderte den Kuss und liebkoste dabei mit einer Hand ihren Busen. Claudia entwich ein wohliges Gurren.

Als die beiden gar nicht mehr aufhören wollten, räusperte sich Judith geräuschvoll und trommelte mit ihren schwarzen Fingernägeln ungeduldig auf dem Handschuhfach herum.

Mit sanfter Gewalt trennte sich Julian von Claudia, atmete gespielt gelangweilt durch und lächelte ihr dann gönnerisch zu. »Mal sehen«, sagte er versöhnlich. »Leg dich schon mal hin, okay?«

Sie grinste zufrieden, winkte Judith zu und stakste mit schwingenden Hüften etwas wackelig auf ihre Haustür zu.

Julian bewunderte noch ein wenig ihren Po, zwinkerte dann Judith zu und fuhr weiter. Schon nach hundert Metern bog er in eine kleine Auffahrt, wo er per Funksignal das Garagentor öffnete und den Wagen abstellte.

Die Geschwister stiegen aus und gingen in das einfache Wohnhaus in der Erlweinstraße, neben dem ein Holzzaun ein verschwindend kleines Gärtchen umgab. Ihre Eltern hatten sich längst schlafen gelegt, wie auch das restliche Hallstadt. Bald würde die Sonne aufgehen.

Die beiden teilten sich das Waschbecken im Badezimmer und schminkten sich ihre Gesichter ab. Judith kicherte dabei beschwippst vor sich hin.

»Du bist so schön«, murmelte Julian plötzlich, als er ihr zusah, wie sie sich die Haare sauber kämmte. Zärtlich schob er sie rücklings gegen die Badezimmertür und küsste sie. Judith ließ es sich gefallen. Julians Kuss verlor seine spielerische Leichtigkeit, wurde wilder, zwingender, fordernder. Er drückte sich fester an sie und begann schwer zu atmen. Er griff an ihren Po und fuhr an ihrer Hüfte hoch.

Doch kurz bevor er ihren Busen streicheln konnte, schob sie seine Hand weg und befreite sich mit einem protestierenden Brummen aus seiner Umarmung. »Jetzt lass das, Mann!«, zischte sie unleidig und machte einen Schritt seitwärts, bis sie gegen das Waschbecken stieß.

Er grinste nur geheimnisvoll. »He!«, sagte er. »Du willst es doch auch. Nur einmal, um unsere Liebe für immer zu besiegeln.«

Sie lehnte sich rücklings gegen das Becken, verdrehte die Augen und stieß demonstrativ genervt Luft aus. »Bitte nicht wieder die Leier, Bruderherz. Ich liebe dich ja auch. Und ich spiele gerne mit dir. Und ja – ich genieße das, okay? Aber das ist auch schon alles. Und wenn du damit nicht umgehen kannst, werde ich es in Zukunft eben sein lassen!«

Er funkelte sie böse an. »Ach, komm! Hör doch auf! Das glaubst du doch alles selbst nicht!«

»Nicht so laut«, mahnte sie. »Du weckst noch das ganze Haus auf!«

»Jaja, sorry«, lenkte er sofort ein und hob entschuldigend die Hand. Dann lächelte er beinahe mitleidig und trat an sie heran, bis seine Nasenspitze fast die ihre berührte. »Gib's doch einfach zu«, murmelte er verschwörerisch. »Du kannst mich nicht täuschen. Wie auch? Wo wir zwei doch schon von der ersten Sekunde unserer Existenz an zusammen waren. Vom Schicksal vorbestimmt – für die Ewigkeit verbunden. Ich kenne dich in- und auswendig. Es ist sinnlos, die Wahrheit zu leugnen. Wir zwei gehören zusammen. Keine Liebe zwischen Mann und Frau kann größer sein – keine. Das spürst du doch genauso wie ich. Hast du wirklich geglaubt, ich würde das nicht merken?«

Seine sonore Stimme lullte sie ein. Sein Blick ruhte wissend und bestimmt auf ihrem Gesicht. Seine Gedanken drangen regelrecht in sie. Du weißt, dass ich Recht habe, schienen ihr seine braunen Augen zu suggerieren. Julian legte den Kopf schräg und inhalierte gierig ihren Geruch. Die Mischung aus altem Haarlack, Parfüm, einer süßlichen Alkoholfahne und dem ihr eigenen, unverkennbaren Duft betäubte seine Sinne. Er schob sich noch ein Stückchen näher an sie heran.

Judith fühlte sich plötzlich furchtbar müde. Ihre Lider wurden schwer. Sie tastete hinter sich und klammerte sich gegen den Rand des Waschbeckens. Die Haarbürste, die sie noch gehalten hatte, fiel klappernd hinein.

»Warum kämpfst du dagegen an?«, flüsterte er beschwörend. »Lass dich einfach fallen, damit geschieht, was geschehen muss.« Als er seinen Unterleib zärtlich gegen ihren Bauch drückte, spürte sie seine Erektion.

»Du bist ja verrückt«, sagte sie auf seltsam liebvolle Art. »Komm, lass mich jetzt«, fügte sie schwach hinzu, schob ihn sanft von sich und schlurfte zur Tür.

Obwohl er in ihrer Stimme schon einen Anflug von Kapitulation hörte, gab er nach und ließ sie gehen.

4 Schläfer und Kartenspieler

14. September

Staatsanwalt Hans Müller hatte beim Haftrichter eine Untersuchungshaft erwirkt. Schmitt müsse zumindest bis Mittwochvormittag in Gewahrsam verbleiben. Dann lägen die Laborergebnisse vor, und man könne weitersehen. Bis dahin würde der Fall diskret behandelt.

Schmitt hatte große Besorgnis um sein Ansehen und seine berufliche Zukunft geäußert.

»Der war's«, sagte Müller zu Thiele und Schreiber. Er war zu einer Nachbesprechung mit ins Kommissariat gekommen, wo er jetzt lässig an einem der Fenster im Büro der Polizisten lehnte. Er trug einen dunkelblauen Anzug mit Weste und hatte kurze schwarze Locken, von denen ihm eine elegant in die Stirn fiel. Mit seiner sportlichen Figur sah er aus wie der Traum jeder Schwiegermutter. Nur war sein Hemd oben aufgeknöpft, und die Krawatte fehlte. Ihr dünnes Ende hing aus seiner Anzugtasche, weil er sich den lästigen Schlips gleich nach dem Termin mit dem Haftrichter vom Hals gerissen und eilig dort verstaut hatte.

Thiele und Schreiber lehnten mit verschränkten Armen ihm gegenüber an einem der Schreibtische.

»Klassische Sache, die eskaliert ist«, erklärte Müller. »Der Typ ermordet den Lover seiner Frau im Streit. Danach geht er nach Hause und erzählt ihr nur von der Schlägerei. Er traut sich nicht, sie einzuweihen, weil sie zurzeit sowieso ein angespanntes Verhältnis haben. Und am nächsten Tag hat sie sich auch prompt bei euch verplappert.«

»Hm«, machte Thiele, »einfach, aber plausibel. Machen wir den Sack zu.«

»So ist es«, pflichtete Müller ihr bei. »Wir lassen nichts mehr anbrennen. Auf die Laborergebnisse können wir uns nicht verlassen. Selbst wenn es Spuren von ihm gibt, kann er immer noch versuchen, sich damit herauszureden, dass sie nicht aus der Tatnacht stammen und er sich am Tag vorher mit Zimmermann geprügelt hat.«

»Es sei denn, wir können ihm die Tatwaffe zuordnen«, sagte Thiele.

Schreiber schüttelte den Kopf. »Glaube ich nicht. Dazu waren Schmitt und sein Anwalt zu selbstsicher.«

»Eben«, pflichtete Müller ihm bei und zeigte mit dem Finger auf ihn. »Schön, dass wir uns so einig sind. Also: Kratzen wir noch möglichst viel zusammen, damit wir vor Gericht einen wasserdichten Fall haben. Zeugen, die ihn zur fraglichen Zeit in der Nähe des Tatorts gesehen haben, wären natürlich optimal. Dieser andere Kerl, der mit den SMS, muss natürlich noch überprüft werden. Und auch diese Internet-Sache muss restlos durchleuchtet werden. Nicht, dass die Gegenseite beim Prozess noch eine Hand voll weiterer Verdächtiger aus dem Hut zaubert. Alles klar?«

Schreiber sprang hoch und stand stramm. »Sir! Jawohl, Sir!«, brüllte er und starrte geradeaus, ohne eine Miene zu verziehen.

Müller nahm grinsend seine Aktenmappe von der Fensterbank und erhob sich. »Ist der immer so?«, fragte er Thiele.

»Schlimmer«, sagte sie trocken und zwinkerte ihm zu.

Schreiber lächelte und stand wieder bequem, als Müller zur Tür ging und sie öffnete.

»Im Übrigen: gute, zügige Arbeit bis jetzt. Kompliment«, lobte er noch und nickte den Kommissaren freundlich zu, ehe er hinausging.

»Tja, unser dynamischer Sunny-Boy kann sich ja richtig freuen«, stellte Schreiber fest. Er ging zur Kaffeemaschine und schnappte sich die Tassen aus dem Regal. »Magst du auch einen?«

Sie nickte.

»Ich kann ihn verstehen«, sagte sie. »Wenn man bedenkt, was bei den Morden vor anderthalb Jahren für ein Aufschrei durch die Medien gegangen ist. Wir standen doch alle total unter Druck. Da kommt es doch jetzt gut in der Öffentlichkeit, wenn wir kurz nach einer Tat ein Ergebnis haben.«

»Du magst ihn ja bloß, weil er aussieht wie Superman«, brummte Schreiber, reichte ihr die Tasse und lehnte sich mit seiner gegenüber ans Fenster, wo vorher noch Müller gestanden hatte. Er prostete ihr zu und schlürfte von seinem Kaffee.

Sie musterte ihn und zog eine Braue hoch. »Sag mal, Tiger: Du hast heute aber schon deinen lustigen Tag, oder?«

Er sah in ihre schwarzbraunen Augen und überlegte. Sie hielt ihre Tasse umklammert und schmunzelte ihn an. Die Mittagssonne schien durchs Fenster und tauchte ihr Gesicht in ein warmes Orange. Sie ist so wunderschön, dachte er.

»Das ist meine Art, mit dem ganz normalen Wahnsinn umzugehen«, erklärte er und erzählte ihr von der vorherigen Nacht, in der er und Aurich nicht nur Judith, sondern auch seine Tochter Nike bei ›La Nuit Obscure‹ erwischt hatten.

»Oh Gott!«, rief Thiele mit gespielter Bestürzung und weit aufgerissenen Augen. »Meine Louisa ist ja erst acht. Aber wird sie das auch einmal machen?«

Schreiber wollte antworten, als ihm auffiel, wie sie sich ein Grinsen verbiss. Beleidigt stöhnte er auf.

»Komm schon, Tiger«, lachte sie und klapste ihm auf die Schulter. »Entspann dich. Du bist doch sonst nicht so. Wenn ich auch zugeben muss, dass du echt süß bist als eifersüchtiger Vater.«

Er lächelte lahm, musste sich aber eingestehen, dass sie wahrscheinlich Recht hatte.

Sie setzte sich an ihren Schreibtisch, lehnte sich bequem zurück und genoss einen großen Schluck aus ihrer Tasse.

Er nahm an seinem Schreibtisch genau gegenüber Platz und tat das Gleiche.

»Also gut«, sagte er, als er die Tasse absetzte. »Zeugen, die Schmitt gesehen haben. Schauen wir doch mal.« Er blätterte in den Dokumentationen, die der KDD in der Tatnacht erstellt hatte. Nach einigen Sekunden hielt er inne. »Hier: ein Herr Christian Gojowsky, 64, wohnt ein paar Häuser neben Zimmermann. Ihm ist eine Frau aufgefallen, als er noch mal mit seinem Dackel Gassi ging: groß, dunkle Locken, in einen Mantel gehüllt. Sie ist die Kleberstraße in Richtung Markusstraße gelaufen – irgendwann zwischen 23:30 und 0:15 Uhr.«

»Der Beschreibung nach ist sie wohl kaum aus der ›Fässla-Stub'n‹ gekommen. Da verkehren doch nur junge Dinger«, stellte Thiele fest. »Also …« Sie sah ihn auffordernd an.

»… könnte sie Zimmermanns ›Cheaterzdate‹-Verabredung gewesen sein«, schloss er nachdenklich den Satz. »Wäre möglich. Wenn es nicht gerade Schmitts Frau war, die bei Zimmermann war und der Schmitt sie da ertappen wollte …«

»Glaube ich nicht. Die ist doch blond. Außerdem hätte sie dann auch den Mord mitbekommen und nie und nimmer den Fehler gemacht, uns von der Schlägerei zu erzählen.«

Er nickte. »Stimmt. Also war die Dunkelhaarige Zimmermanns neues Date, und sie könnte Schmitt gesehen haben und, wer weiß, vielleicht sogar die Tat selbst, wenn sie in der Wohnung war.«

»Oder sie hat es sogar selbst getan!«

Schreiber nickte. »Genau. Aber wer sie ist, werden wir wohl erst wissen, wenn die Daten von Zimmermanns Computer ausgewertet wurden. Es sei denn, sie meldet sich schon vorher von sich aus.« Er kratzte sich überlegend die Stirn. »Nun gut. Aber falls sie doch nicht die ist, für die wir sie halten? Wo können wir noch Zeugen finden? Gehen wir's mal durch: Schmitt verlässt um etwa viertel vor elf das ›Luitpold‹ und läuft zu Zimmermanns Haus. Welchen Weg nimmt er?«

»Na ja«, antwortete sie. »Der direkte Weg in die Kleberstraße wäre über die Promenade und am ZOB vorbei. Das ginge ruckzuck.«

»Präzise, Schnegge, präzise«, sagte er und gestikulierte mit dem Kaffeelöffel. »Da haben wir doch schon einen Ansatzpunkt. An der Promenade standen garantiert ein paar Taxis rum und am ZOB vielleicht noch ein Bus von der Nachtlinie. Fahrer oder Fahrgäste könnten was gesehen haben.«

»Er könnte aber auch durch die Lange Straße gegangen sein und ist dann am Obstmarkt in die Fußgängerzone gebogen. Das wäre zwar ein kleiner Umweg, aber wer weiß? Er hatte schon was getrunken.«

»Gut möglich«, stimmte er zu. »In dem Fall hätten ihn vielleicht Gäste vom ›Easy Living‹ oder einer der anderen Bars sehen können …«

»... oder einer von den Pizzaverkäufern in ihren Straßenfenstern«, ergänzte sie.

Beide nickten einige Sekunden sinnierend vor sich hin.

»Gut«, sagte Schreiber. »Aber bevor wir anfangen, nehmen wir uns noch zusammen diesen Christopher Resch vor.«

»Ja«, sagte sie und sah auf ihre Armbanduhr. »Aber erst nach dem Mittagessen, wie ausgemacht.«

»Fährst du nach Hause?«

»Nöh. Pete und Louisa wollten spät aufstehen und brunchen, mit Pfannkuchen und Nuss-Nougat-Creme. Das haben die zwei sich gestern Abend noch in den Kopf gesetzt. Ich habe ihnen schon gesagt, dass ich nicht komme. Sonntags will ich lieber was Deftiges.«

Schreiber zuckte zusammen und schlug sich die Hand gegen die Stirn. »Ach du Schande!«, rief er. »Heute ist ja Sonntag, der vierzehnte! Der zweite Sonntag im Monat! Da bin ich immer bei meinen Eltern!« Mit gehetztem Blick sah er auf seine Armbanduhr. »Gott sei Dank! Dass schaffe ich noch!«

»Äh? Wollen wir nicht zusammen essen?«, fragte sie verwundert.

Er war schon aufgestanden und kratzte sich am Hinterkopf. »Na ja. Mutter macht sowieso immer zu viel. Und meine Eltern hast du ja auch schon mal kennen gelernt, oder?«

»Ja.«

»Magst du Rouladen?«

»Eggolsheim, Landkreis Forchheim. Das ist doch am Rande der Fränkischen, oder?«, fragte Thiele und genoss die im Seitenfenster vorbeiziehende fränkische Herbstlandschaft.

»Ja, klar«, nickte Schreiber, ohne seinen Blick von der Straße zu nehmen.

»Ich dachte, du bist ein waschechter Bamberger?«, hakte sie nach. Sie selbst war in Coburg aufgewachsen.

»Bin ich ja auch. Wir hatten früher eine Mietwohnung in der Lugbank. Da wohnte ich mit meinen Eltern und meiner großen Schwester, Susanne. Nach meinen ersten Jahren im Polizeidienst haben meine Eltern das Haus in Eggolsheim geerbt. Sie sind rausgezogen, weil sie im Alter in den eigenen vier Wänden auf dem Land wohnen wollten. Ich bin zurück in Bamberg geblieben. So einfach war das. Musste mir anfangs natürlich was Billigeres suchen.«

Sie sah ihn an. »Und deine Schwester?«

Er erwiderte kurz den Blick. »Wohnt heute in München, zusammen mit meinem Neffen und ihrem Mann. Sie ist Hotelfachfrau. Recht erfolgreich: Marke ›moderne Power-Frau‹.«

»Cool«, kommentierte sie. »Ich freue mich schon auf das Essen mit deinen Eltern. Und die sind ja auch voll nett.«

Schreiber lachte kurz auf. »Na ja. Wie man's nimmt«, bemerkte er spitz. »Du hast sie vor einigen Jahren nur kurz erlebt. War das nicht bei der Sandkerwa?«

»Genau«. Sie sah ihn verwundert an. »Aber wie sprichst du denn eigentlich von deinen Eltern?«

»War nicht so gemeint«, druckste er herum. »Sie sind im Grunde ja auch in Ordnung. Vor allem meine Mutter. Aber die kommt leider nicht viel zu Wort, weil mein Vater die ganze Zeit redet und dabei nie ein Blatt vor den Mund nimmt. Er war schon immer etwas schwierig. Und im Alter ist das nicht gerade besser geworden.«

Plötzlich winkte er ab. »Ach, was soll's. Du wirst sie ja gleich erleben.«

»Du musst dich wirklich nicht für deine Familie entschuldigen. Eltern können nun mal anstrengend sein. Das ist doch überall so.«

Einige Minuten verstrichen.

Irgendwann räusperte er sich. »Eine Sache solltest du vielleicht doch noch wissen«, sagte er. »Sie werden wahrscheinlich versuchen, uns zu verkuppeln. Allein, wie meine Mutter sich am Telefon gefreut hat, dass ich dich mitbringe! Das sagte schon alles. Aber denk dir nichts dabei. Seit meiner Scheidung haben sie Angst, dass ich keine mehr finde, und meinen, mich mit jeder Frau zusammenbringen zu müssen, mit der sie mich sehen – egal, wie sie aussieht.«

»Danke«, sagte sei sarkastisch.

Erst dadurch fiel ihm sein Fauxpas auf. Er wollte sich entschuldigen, lachte dann aber nur, woraufhin sie ihn auf den Arm boxte.

»Hach! Die feinen Pralinen!«, schwärmte Schreibers Mutter und schielte zum Sekretär, auf dem sie die Schachtel gut sichtbar platziert hatte. Thiele hatte sie noch in der Tankstelle besorgt. »Sie wissen, wie man mich verwöhnt«, fügte die schlanke Frau mit leicht vorwurfsvollem Seitenblick auf ihren Sohn hinzu.

Schreiber saß neben ihr am ordentlich gedeckten Sonntagstisch im Esszimmer und ließ es sich schmekken. Er zuckte nur brummig die Schultern und steckte sich eine Gabel Rotkraut in den Mund.

»Jetzt lasse ich Sie aber nicht unter drei Klößen gehen, Frau Sophie«, fügte seine Mutter hinzu. Ihr faltiges Gesicht hatte junge blaue Augen, in denen ein listiges Blitzen lag, wie bei einem Kind, das immer nur an den nächsten Streich denkt. Ihr schneeweißes Haar trug sie in einer sportlichen Kurzhaarfrisur mit Seitenscheitel. Sie hatte sich für den Besuch noch etwas hübsch gemacht und einen roten Rollkragenpullover angezogen, über dem eine modische Kette aus grünen Kunststoffperlen hing. Auch sonst wirkte sie nicht wie eine Frau, die schon steil auf die Siebzig zuging, wenn man von ihrer Haarfarbe absah: Ihre Bewegungsabläufe waren schwungvoll, als sie sich resolut einen großen Silberlöffel griff und Thiele einen dampfenden Kloß von der Platte in der Tischmitte auf deren Teller wuchtete.

»Danke, Frau Schreiber«, sagte Thiele freundlich. »Schmecken aber auch ganz hervorragend, Ihre Klöße!«

»Ach, das ist gar nicht weiter schwer«, winkte ihr Gegenüber ab und wurde ein bisschen rot.

»Kochen hat sie schon immer gut gekonnt, meine Johanna«, lobte Schreibers Vater, der neben Thiele saß.

Ihr war auf den ersten Blick die Familienähnlichkeit aufgefallen. Er sah aus wie eine dreißig Jahre ältere Version von Schreiber. Ein paar Falten mehr im Gesicht, oben auf dem Kopf weniger Haare – wenn auch nicht ganz kahl, und unten herum ein bisschen mehr Bauch. Ansonsten ganz der Sohn: groß, schlank, blauäugig und als Mann – wie Thiele fand – gewiss nicht zu verachten. Er trug einen Pullunder mit Karomuster, darunter ein frisch gebügeltes weißes Sonntagshemd.

»Sie werden lachen, Frau Sophie, aber unser David kann fei auch gut kochen«, fügte er noch hinzu, das fränkische ›fei‹ benutzend, um seine Aussage zu betonen. »Da ist er ganz emanzipiert. Freilich bringt er keine solchen Klöße wie seine Mutter hin, aber ansonsten hat er einiges drauf, wenn er es auch selten zeigt.«

»Soso«, sagte Thiele und schob sich schmunzelnd ein mit brauner Soße benetztes Stück Kloß in den Mund, wobei sie wissend zu Schreiber schielte, der nur leicht genervt die Augen verdrehte. Sie hatte sich spaßeshalber Bemerkungen über ihre Familie verkniffen, um zu sehen, ob die Schreibers tatsächlich die prophezeiten Verkupplungsversuche unternehmen würden.

»Hätten Sie ihm nicht zugetraut, was?«, redete Herr Schreiber weiter. »Er stopft aber auch immer nur irgend so ein Zeug in sich rein. Wie sagt man doch gleich? Junk Food! Genau – Junk Food. Na ja. Er ist halt einfach zu faul, für sich alleine was Ordentliches zu kochen, gell?« Er sah zu seinen Sohn, der gegenüber saß und gerade würgend schluckte.

»Na ja«, begann Schreiber. Weiter kam er nicht.

»Kochen Sie eigentlich gerne, Frau Sophie?«, fragte sein Vater schon.

»Ja. Aber bestimmt nicht so gut wie Ihre Frau und leider auch viel zu selten.« Sie hob ihr Glas mit hausgemachtem, naturtrübem Apfelsaft und prostete lächelnd in die Runde.

»Dann können Sie und unser David sich ja mal gegenseitig bekochen, was?«, sagte Herr Schreiber verschwörerisch und knuffte Thiele augenzwinkernd in die Seite.

Sie war froh, dass sie ihr Glas schon abgesetzt hatte.

»Na ja«, druckste sie herum und wollte nun doch die Karten auf den Tisch legen und von den Kochkünsten ihres Mannes Pete erzählen.

Doch Herr Schreiber war schneller. »Aber abgesehen davon, dass er zu selten vernünftig kocht, ist er ja ein ganz Korrekter«, fuhr er unbeirrt fort und fuchtelte mit der Gabel herum. »In der Schule war er auch immer fleißig. Wir hätten ihn vielleicht doch aufs

Gymnasium schicken sollen. Aber was soll's? Jetzt ist's zu spät. Hat keinen Wert, sich noch drüber aufzuregen. Und es ist ja auch so was aus ihm geworden: Kriminalhauptkommissar immerhin. Sollte man gar nicht meinen. Wenn man bedenkt, dass er sich in der Schule von den anderen Kindern immer nur rumschubsen ließ. Hätten Sie gedacht, dass ...«

»Vater. Ich sitze übrigens auch mit am Tisch«, unterbrach ihn Schreiber trocken. »Und ich bin inzwischen 41, falls du's schon bemerkt hast.«

»Also, Hubert ...«, begann Frau Schreiber.

»Ja ja«, winkte ihr Mann nur ab. »Man wird ja wohl ein bisschen von früher erzählen dürfen, oder?« Er gönnte sich den nächsten Bissen seiner Roulade.

Frau Schreiber nutzte die Pause, in der er den Mund zu voll hatte, um das Tischgespräch auf ein anderes Thema zu lenken. »In Walsdorf soll's vorgestern ja gebrannt haben, und gleich in der Nähe muss ein schwerer Autounfall passiert sein. Mit zwei Toten! Habt ihr davon gehört?«

»Jaja«, sagte Schreiber beiläufig. »Zwei Männer. Aber die habt ihr nicht gekannt.« Auf den Brand ging er nicht weiter ein. Er wollte nicht, dass seine Eltern ihn mit zahllosen Fragen löcherten oder mit übertriebener Besorgnis nervten. Sie wussten auch nicht, dass er dort mit den *B. Bulls* aufgetreten war, weil sie sich nicht sonderlich für sein Hobby interessierten. Themen wie seine Ernährung, eine neue Freundin oder ihre Enkeltochter Nike waren die üblichen Inhalte der Familiengespräche.

Thiele merkte, dass er nichts zu dem Feuer sagen wollte, und brummte nur zustimmend.

»Also, manchmal passieren aber auch Sachen«, stellte Frau Schreiber fest.

»Jedenfalls hat er sich als Kind immer zu viel gefallen lassen«, setzte ihr Mann seine Ausführungen fort. »Er ist einfach zu gutmütig. Kein Wunder, dass seine Ehe in die Brüche gegangen ist. Die Karin konnte doch mit ihm machen, was sie wollte!«

»Also, Hubert! Das gehört jetzt aber wirklich nicht hierher!«, hob seine Frau an.

Auch Schreiber fixierte ihn warnend.

»Stimmt ja«, lenkte er sofort ein. Wenn Frau und Sohn böse wurden, wusste er, dass er sich bremsen musste. »Jedenfalls ist unser David eine ganz treue Seele. Und die Mädchen waren ja früher total hinter ihm her! Hoh, hoh! Mein lieber Mann! Da waren ja welche dabei!« Er legte das Messer beiseite und wedelte mit der Hand, als ob er sie sich verbrannt hätte.

»Ich glaube nicht, dass meine Kollegin das jetzt wissen will«, zischte Schreiber und stach seine Gabel in einen der Klöße auf der Platte.

»Och, warum denn eigentlich nicht?«, sagte Thiele und grinste ihn frech an.

»Ach, Sie sind mir ja eine!«, rief Schreibers Mutter, errötete wieder und tupfte sich mit der Serviette den Mund.

»Hä, hä!«, lachte sein Vater, nahm einen Schluck Landbier aus einem Steinkrug und griff sich wieder sein Messer.

Schreiber bugsierte den Kloß auf seinen Teller, drückte ihn platt und säbelte dann an seiner Roulade. »Redet doch, was ihr wollt«, brummte er, ohne ihnen richtig böse zu sein. Er begann sich eher über sich selbst zu ärgern, dass er Sophie überhaupt mitgebracht hatte. Seine Eltern waren ganz offensichtlich verrückt nach ihr. Das hätte er wissen müssen. Es war nicht richtig, dass sie hier mit am Tisch saß wie eine zukünftige

Schwiegertochter. Sie machten sich nur unnötig Hoffnungen, wo es doch ohnehin schlimm genug war, dass er selbst zu einer platonischen Liebe zu ihr verdammt war. Er nahm sich vor, Thieles Ehe ins Gespräch zu bringen, sobald sich eine Gelegenheit ergeben würde.

»Einmal, da hatte er eine Freundin, die war zwei Jahre älter als er«, erzählte sein Vater glucksend. »Der David war damals sechzehn …«

Schreiber zog müde die Brauen hoch und nahm einen Schluck Apfelsaft. Sein Blick fiel auf ein Familienfoto auf der Kommode hinter seinem Vater. Es zeigte das braungebrannte Gesicht seiner Schwester Susanne und das ihres Mannes, wie die beiden Wange an Wange in die Kamera lächelten, im Hintergrund ein Palmenstrand. Nachdenklich musterte er das Bild. Seine Gedanken wanderten zum Mordfall.

»… Ihr Name war Chantal!«, sagte sein Vater. »Können Sie sich das vorstellen, Frau Sophie?«

Es ist im Grunde ein Bild wie jenes, was in der Mordnacht von Handy zu Handy verschickt wurde, dachte Schreiber. Zwei verliebte Gesichter – aber dennoch ganz anders. Warum? Schreiber grübelte abwesend und aß mechanisch weiter, langsam kauend, das Foto fixierend.

»Chantal!«, drang die Stimme seines Vaters wie durch eine Wattewand zu ihm durch. »Wer nennt denn bei uns in Franken seine Tochter so? Wissen Sie, wie dann alle zu dem Mädchen sagen?«

Schreiber saß regungslos und vergaß beinahe zu schlucken. Er zoomte das Bild regelrecht heran und sah seiner Schwester und seinem Schwager in die Augen.

»Schandall, sagen sie bei uns, Schandall! Wie klingt das denn?«, rief sein Vater und stimmte mit den anderen ein schallendes Gelächter an.

Schreiber lächelte abwesend mit und wusste plötzlich, was die beiden Bilder unterschied. Es war ganz einfach.

»Das war vielleicht eine, die Schandall! Mein lieber Schwan!« Sein Vater kam richtig in Fahrt. Er hatte sein Besteck neben den Teller gelegt und gestikulierte beim Erzählen mit den Händen. »Einmal, da sind Johanna und ich vom Fasching nach Hause gekommen ...«

Schreibers Mutter riss erschrocken den Mund auf und bedachte ihren Mann mit einem mahnenden Blick.

Thieles Mundwinkel sanken. Sie wusste nicht, ob sie das wirklich hören wollte.

Schreiber zuckte indes zusammen. Sein alter Herr war wieder einmal dabei, zielsicher das nächste Fettnäpfchen anzusteuern. Er setzte an, etwas zu sagen, als er merkte, wie die Stimme seines Vaters deutlich langsamer wurde und seine Augenlider zu flattern begannen.

»Wir sind zur Wohnungstür rein ...«, brachte er gerade so heraus und klang dabei wie ein leiernder Kassettenrekorder, dem obendrein die Batterien ausgehen, »... und haben schon in der Diele gehört ...« Die Worte waren nur noch ein schwaches Lallen. Unfähig, den Satz zu beenden, ließ er die Arme seitlich sacken und sank mit dem Kopf vornüber auf den Tisch. Er wäre mit dem Gesicht mitten in Rotkraut, Kloß und Roulade, die in brauner Soße schwammen, gelandet, wenn Schreiber den Teller nicht geistesgegenwärtig weggezogen hätte.

Mit einem »Um Gottes willen!« sprang Thiele auf und warf dabei ihren Stuhl um.

»Keine Panik«, versuchte Schreiber sie sofort zu beruhigen und machte mit den Händen eine beschwichtigende Geste.

»Ruhig, Frau Sophie. Nicht aufregen«, sagte seine Mutter wie zu einem Kind, das Angst beim Gewitter hat.

Thiele blickte die beiden verständnislos an. Als sie etwas sagen wollte, wurde sie durch ein Geräusch abgelenkt. Es kam von Herrn Schreiber. Er lag mit dem Kopf seitlich auf der Tischdecke und schnarchte laut vor sich hin.

»Unser Hubert leidet an Narkolepsie«, flüsterte Frau Schreiber, um ihren Mann nicht zu wecken.

Er lag immer noch mit dem Kopf auf dem Tisch, nur dass sie ihm inzwischen behutsam ein Kissen untergeschoben hatten. Er schlummerte wie ein Baby.

Thiele saß bei ihrem dritten Kloß, den sie gerade mit der Gabel zerdrückte und großzügig mit Soße überflutete.

»Man sagt auch Schlafkrankheit dazu«, ergänzte Schreiber und schenkte sich aus einer Glaskaraffe etwas Apfelsaft nach. »Das ist eine Schlafstörung, bei der der Schlaf-Wach-Rhythmus nicht richtig funktioniert. Mein Vater ist leider ein ganz extremer Fall. Er schläft manchmal spontan ein, von einer Sekunde auf die andere.«

»Das ist ja schrecklich«, sagte Thiele mitfühlend.

»Ja«, bestätigte Frau Schreiber. »Wissen Sie, es ist fast wie bei einem epileptischen Anfall. Das erste Mal ist ihm das beim Autofahren passiert. Das war vielleicht ein Schreck! Ich dachte schon, er hätte einen Herzinfarkt. Zum Glück standen wir gerade an einer Ampel. Seitdem darf er nicht mehr fahren, und ich muss ihn immer chauffieren, wenn er wo hin will.«

Thiele staunte über diese Krankheit, von der sie zum ersten Mal hörte.

»Na ja«, winkte Frau Schreiber ab. »Wir haben gelernt, damit umzugehen. Und ansonsten ist er ja gesund. Das ist die Hauptsache, gell?«

»Hm«, brummte Schreiber. »Aber um diese verdammte Narkolepsie beneide ich ihn wirklich nicht. Mit so was ist absolut nicht zu spaßen.« Als er sich das nächste Stück Kloß in den Mund steckte, murmelte er noch etwas vor sich hin. Es klang wie: »Wenn es auch manchmal ein Segen ist.«

»Also, David!« rief seine Mutter empört und versetzte ihm einen schwungvollen Klaps auf den Hinterkopf.

Schreibers Vater grunzte im Schlaf.

Thiele saß auf dem Beifahrersitz und studierte mit Schreiber ein Bild auf dessen Handy – Marcel Zimmermann und das hübsche Mädchen: Er sitzt auf einem Bürostuhl und hat sie auf seinen Schoß genommen, sie halten sich gegenseitig fest umschlungen und küssen sich.

»Es ist mir beim Essen klar geworden«, sagte Schreiber. »Die beiden sehen nicht in die Kamera.«

»Und?«, sagte Thiele. »Immerhin küssen sie sich.«

»Na ja. Glaubst du, sie haben das Bild mit Selbstauslöser gemacht?«

»Nein«, antwortete sie, ohne lange zu überlegen. »Die wussten gar nicht, dass sie fotografiert werden. Das sieht man doch.«

»Eben«, sagte er. »Irgendwer muss das Bild aber gemacht haben. Und zwar heimlich. Wie ein Spanner.«

Er legte den Kopf schräg und musterte die Umgebung der beiden Figuren, die vom Oberkörper aufwärts sichtbar waren: Im Hintergrund, in der Ecke eines Jugendzimmers, steht ein Bett vor einer Wand mit einigen Postern von Popstars. Daneben das Nachttischchen mit einer Lampe. Im Vordergrund war noch ein Teil einer Schreibtischplatte, auf der ein Laptop steht, zu sehen.

»Das Zimmer ist keines in Zimmermanns Wohnung. Wahrscheinlich das des Mädchens«, stellte er fest.

»So ein Schreibtisch steht doch oft am Fenster«, sagte sie und zeigte mit dem Finger auf das Display. »Der Fotograf könnte das Bild sogar von draußen, vor dem Haus aufgenommen haben.«

»Und dann gab er's an Marcel Zimmermann weiter? Es hätte ihm doch peinlich sein müssen, dass er heimlich fotografiert hat.«

»Es sei denn, Zimmermann wusste trotzdem, dass der andere Bilder machte, auch wenn es auf der Aufnahme nicht so aussieht.«

»Hm«, machte Schreiber. »Aber wozu das Ganze? Wollten sie das Mädchen damit irgendwie unter Druck setzen? Oder brauchten sie einfach einen Beweis für ihre Intimitäten, um ihn dann provokativ per Handy an Christopher Resch zu schicken?«

Einige Sekunden fixierten sie das Bild.

»Und wenn Resch selbst fotografiert hat?«, schlug Thiele vor. »Er könnte Zimmermann auch zuerst damit konfrontiert haben. Aber nein«, tat sie den Gedanken sofort ab. »Zimmermann hätte es Resch dann nicht per Mail zurückschicken brauchen. Der hätte auch so gewusst, worum es geht, wenn Zimmermann einfach den Namen des Mädchens genannt hätte.«

»Und überhaupt: Wieso sollte Resch seine Freundin mit einem anderen fotografieren, wenn er die beiden direkt zur Rede stellen könnte?« fragte Schreiber.

»Mir raucht schon der Kopf«, klagte sie.

»Mir auch«, stellte er fest. »Weil da nämlich was

oberfaul ist. Dem müssen wir auf den Grund gehen.«

Sie nickte.

»Mal sehen, was Resch zu dem Bild meint«, sagte er, steckte sein Handy ein und startete das Auto.

Das Klingeln der Kommissare an Reschs Wohnungstür am Mittleren Kaulberg blieb wieder unbeantwortet. Sie wollten schon gehen, als ein Pärchen mit Kinderwagen die Straße hochkam und der Mann vor ihnen einen Schlüsselbund zückte.

»Grüß Gott. Wir wollen zu den Herren aus der Studenten-WG«, sprach Thiele ihn höflich an. »Wissen Sie zufällig, wo die sind?«

»Wo der Russe ist, weiß ich nicht«, berichtete der Mann ohne Umschweife. »Aber den Resch und den Schneider haben wir vor ein paar Stunden Richtung Austraße laufen sehen. Die gehen sonntags manchmal ins ›Müller‹ frühstücken«, erklärte er beiläufig, sperrte auf und hielt die Tür offen. »So um diese Zeit kommen sie meistens wieder.«

Schreiber half der Frau mit dem Kinderwagen an den Stufen vor der Haustür. Sich bedankend verschwand die Familie im Haus.

Die Kommissare entschieden, eine Weile zu warten. Mit verschränkten Armen lehnten sie an der Hauswand.

Nach einigen Minuten räusperte sich Thiele und knuffte Schreiber in die Seite. »Und, Tiger? Was war denn jetzt mit dieser Chantal? Erzähl doch mal!«

»Ach, nix weiter«, tat er die Frage ab. »Ich war mit sechzehn ein paar Monate mit ihr zusammen. Das war alles. Ich hab' sie schon mindestens zwanzig Jahre nicht mehr gesehen. Die wohnt gar nicht mehr in Bamberg, glaube ich.«

Er blickte sie kurz an und sah dann angestrengt die Straße hinunter.

»So, so. Das war alles«, wiederholte sie bedeutungsschwanger. »Und? Wie war sie so?«

Er fixierte weiter die Straße, brummte nur und wiegte den Kopf hin und her.

Sie schielte zu ihm hoch und meinte die Andeutung eines seligen Lächelns in seinen Zügen zu erkennen. Ihre Augenbrauen zogen sich kritisch zusammen. Als sie seine Blessur am Kinn entdeckte, deren Färbung inzwischen eine Mischung aus Gelb und Türkis war, huschte ein listiges Schmunzeln über ihr Gesicht. »Tut das eigentlich weh?«, fragte sie und drückte mit dem Zeigefinger gegen den Fleck.

»Aua!«, rief er erschrocken und schlug ihre Hand weg. »Jetzt schon! Spinnst du?« Mit schmerzverzerrter Miene rieb er sich das Kinn.

»Sorry«, entschuldigte sie sich sofort, hob beide Hände und spielte die Unschuldige. Mehr schlecht als recht verbiss sie sich ein Lachen.

Er schüttelte fassungslos den Kopf und rammte seine Fäuste in die Jackentaschen.

Weitere Minuten verstrichen.

»Und wenn wir doch mal im ›Müller‹ nachsehen?«, fragte sie. »Mir tun allmählich die Füße weh.«

»Die müssten doch jeden Augenblick …« Er stockte und rempelte sie an. »Das könnten sie sein.«

Zwei junge Männer in dunklen Lederjacken kamen die Straße herauf. Der größere entsprach der Beschreibung des Pizzaboten. An seinem grünen T-Shirt, das durch die geöffnete Jacke zu sehen war, zeichnete sich deutlich seine kräftige Muskulatur ab. Um seinen Hals baumelte ein dickes Goldkettchen ohne Anhänger. Im struppigen schwarzen Haar glänzte etwas Gel.

Die beiden steuerten direkt auf das Haus zu und verlangsamten verwundert ihr Tempo, als sie merkten, dass man sie erwartete.

»Grüß Gott«, grüßte Schreiber auf die fränkische Art, als die Männer vor sie traten. »Ist einer von Ihnen Herr Resch?«

Skeptisch kniff der Große die Brauen zusammen, taute aber sofort etwas auf, weil Thiele ihn anlächelte.

»Ja, ich«, antwortete er. »Und wer sind Sie?«

Die Polizisten stellten sich vor.

»Wir hätten ein paar Fragen«, eröffnete Schreiber obligatorisch.

»Worum geht's überhaupt?«, kam es wie üblich zurück.

»Es geht um Herrn Marcel Zimmermann. Kennen Sie den?«

Resch lächelte irritiert. Sein kleiner braunhaariger Freund legte misstrauisch die Stirn in Falten.

»Äh, ja«, gab Resch zu. »Aber was ist denn los?«

»Er ist angegriffen worden. Wir müssen Sie bitten, zur Beantwortung der Fragen mitzukommen«, sagte Schreiber bestimmt.

»Halt, halt. Schön langsam!« Resch hob die Hand. »Was genau ist denn eigentlich los? Hat der mich angezeigt? Brauch' ich jetzt einen Anwalt, oder was?«

»Weshalb sollte er Sie anzeigen?«

»Ja, keine Ahnung!«, sagte Resch gereizt. »Sagen Sie's mir!«

»Herr Zimmermann wurde ermordet. Bitte machen Sie kein Aufsehen und kommen Sie mit. Einen Anwalt können Sie gerne rufen.«

Resch zuckte zusammen. Sein Freund öffnete den Mund, um etwas zu sagen.

Thiele schielte zur Erinnerung aufs Schildchen an der

Haustürklingel und kam ihm zuvor. »Herr Schneider?«

Er nickte.

»Mit Ihnen müssten wir ebenfalls reden. Würden Sie bitte auch mitkommen?«

Die beiden jungen Männer sahen sich an. Schneider grinste ungläubig.

Resch blies die Backen auf und kratzte sich am Hinterkopf.

»Sie können uns nicht einfach so mitnehmen«, versuchte er sich aus der Affäre zu ziehen.

»Können wir«, sagte Schreiber trocken. »Falls Sie einen Anwalt rufen, wird er Ihnen das bestätigen.«

»Das ist Polizeiterror!«, motzte sein Freund Schneider.

»Wir machen nur unsere Arbeit«, stellte Thiele sachlich fest.

»Ja, ja! Nur Ihre Arbeit!«, maulte Resch, der sich offenbar entschlossen hatte, zum Angriff überzugehen. »Da kann ich ja nur lachen! Und wenn wir uns weigern …«

Das Geräusch eines Fensters, das hinter ihm aufgerissen wurde, ließ ihn verstummen.

Die ältere Dame vom Vortag beugte sich heraus und musterte neugierig die Menschengruppe auf dem Gehweg. »Da schau her!«, rief sie freundlich. »Die Fraa vom Fernseh!«

Thiele winkte ihr lächelnd zu.

Resch sah irritiert zu ihr hoch und beugte sich dann zu Schneider hinunter. »Wenn ich einen Anwalt brauche, macht mein Alter voll Stress und dreht mir den Geldhahn zu«, flüstere er.

»Reden Sie jetzt bitte nicht mehr miteinander«, sagte Thiele. »Kommen Sie!«

Sie ging ein paar Schritte die Straße hinunter und wies mit der Hand die Richtung.

Widerwillig setzten sich die beiden Männer in Bewegung und trotten hinterher, gefolgt von Schreiber.

»Ja, wos isn do los?«, wunderte sich die Frau am Fenster.

»Nix weiter! Schön Dooch noch. Adela!«, rief Schreiber über die Schulter.

»Also, bitte. Schießen Sie los«, sagte Resch, lehnte sich bequem zurück und verschränkte die Hände im Schoß.

Sein Freund Schneider wartete in einem benachbarten Büro unter Aufsicht eines Polizeibeamten.

Thiele saß auf der anderen Seite des Schreibtischs und musterte Resch gespannt. Schreiber, neben ihr, sollte den Anfang machen. Er fixierte Resch mit seinem ›Wir wissen eh schon alles‹-Blick.

»Wie alt sind Sie, Herr Resch?« fragte er.

»Fünfundzwanzig.«

»Also ein Jahr jünger als Marcel Zimmermann. Woher kannten Sie ihn?«

»Vom Studium, also aus Vorlesungen, Kneipen, Studenten-Feten und so.«

»Waren Sie Freunde?«

»Kann man so nicht sagen. Wir haben uns zwei-, dreimal unterhalten. Ansonsten hatten wir nicht viel miteinander zu tun.«

»Sie wurden aber gestern um Mitternacht gesehen, wie Sie aus seinem Haus in der Kleberstraße kamen«, versuchte Schreiber es direkt. »Was haben Sie da gemacht? Und woher wussten Sie überhaupt, wo er wohnt, wenn Sie ihn angeblich kaum kannten?«

Resch verengte seine Augen zu Schlitzen und sah

überlegend zur Seite. Er sah aus, als ob er abwägte, das Gesagte einfach abzustreiten.

Plötzlich hob er den Zeigefinger. »Moment mal«, sagte er und beugte sich vor. »Meinen Sie diesen Pizzaboten?«

Eins zu Null für uns, dachte Schreiber, froh, dass er Resch schnell zur Sache gebracht hatte und eine Gegenüberstellung erst mal warten konnte. Thiele schielte schmunzelnd zu ihm hinüber.

»Also, wenn der sagt, dass er mich gesehen hat, wie ich aus dem Haus gekommen bin, dann lügt er«, verteidigte sich Resch.

»Wieso sollte er das tun?«, fragte Schreiber.

»Keine Ahnung. Aber er lügt! Holen Sie ihn doch her. Der soll mir hier ins Gesicht sagen, dass er mich aus dem Haus kommen sah!«

Er pochte einige Male mit dem Finger auf die Tischplatte.

»Wollen Sie einen Zeugen bedrohen?«, fragte Thiele.

»Ich kann es nicht leiden, wenn man Lügen über mich erzählt!«, rief Resch, lehnte sich zurück, verschränkte die Arme und kniff wie ein trotziges Kind die Lippen zusammen.

»Was haben Sie denn vor dem Haus gemacht?«, fragte Schreiber beschwichtigend.

»Geklingelt«, kam es schnell zurück. »Das ist ja wohl nicht verboten, oder? Aber ich war garantiert nicht im Gebäude.«

»Gut. Jetzt haben Sie aber immer noch nicht erklärt, weshalb Sie eigentlich wussten, wo er wohnt, obwohl Sie nicht befreundet waren.«

»Ich war mal auf einer Fete bei ihm, 'ne typische Studenten-Fete eben. Da lädt man nicht nur gute Freunde ein, und viele Gäste schleppen noch irgendwen an.«

»Und wie war das bei Ihnen?«

»Michael hat mich dahin mitgenommen – also Herr Schneider, mein Mitbewohner. Sie können ihn ja fragen.«

»Werden wir«, versprach Schreiber. »Und warum haben Sie gestern Nacht bei Herrn Zimmermann geläutet?«

»Um etwas mit ihm zu besprechen.«

»Die Sache mit der MMS und der Bilddatei?«

Er nickte. »Ja, wenn Sie eh schon alles wissen ...«, murmelte er.

»Wer ist das Mädchen auf dem Bild?«

Er sah zum Fenster hinaus und legte die Stirn in Falten. Dann blickte er zwischen den Kommissaren hin und her. Schließlich beugte er sich vor, verschränkte beschwörend die Hände auf dem Schreibtisch und fixierte Schreiber. »Melanie. Sie ist meine Freundin.«

»Ihr Freundin. Aha. Sie bekommen also ein Bild, auf dem Ihre Freundin zu sehen ist, wie sie Marcel Zimmermann küsst, aufs Handy geschickt. Dazu den folgenden Text: ›Komm 23 Uhr 45 vorbei. Dann klären wir das endgültig‹«, zitierte Schreiber die SMS auswendig. »Ihre Antwort: ›OK. Bin mal gespannt.‹ Das klingt ja fast wie eine Drohung. Kurz danach ist Herr Zimmermann tot. Erklären Sie uns das, Herr Resch!«, hob Schreiber an.

Überlegend sah Resch auf seine Hände, die er nervös knetete. Nach einigen Sekunden hob er langsam den Kopf und schaute Schreiber entschlossen in die Augen.

»Hören Sie«, begann er bedächtig. »Ich weiß, wie das jetzt aussieht. Aber ich habe Marcel nun mal nichts getan, und ich sage Ihnen jetzt einfach, wie's war. Ich habe vorgestern Nacht im ›Stöhrenkeller‹ mit meinen zwei Mitbewohnern Karten gespielt – Skat. Das machen wir freitags öfters, und es gibt auch massig Zeugen. Fragen Sie meinetwegen den Wirt oder die Bedienung, die Heike. Irgendwann kriegte ich dann diese SMS. Die anderen haben noch gemotzt, weil ich beim Spielen auf mein Handy gesehen habe.«

»Wann war das?«, fragte Schreiber etwas ruhiger.

»Ungefähr um viertel nach elf. Ich habe mich natürlich gewundert, was das sollte. Deshalb bin ich raus vor die Kneipe und habe erst mal versucht, Melanie zu erreichen. Sie ist mit ihrer Mutter noch auf Mallorca. Deswegen war wohl nur die Mailbox dran. Ich habe nichts draufgesprochen – was auch? Man muss jemanden direkt zur Rede stellen. Deshalb wollte ich dann lieber bis Sonntagabend warten – da kommt sie nämlich wieder. Und gestern Nacht sollte mir erst mal Marcel die Sache erklären. Ich habe ihm also 'ne Mail geschickt, dass ich vorbeikommen würde. Als ich bei ihm geklingelt habe, hat aber niemand geantwortet. Ich habe sogar Sturm geläutet. Nix. Da bin ich wieder gegangen. Das war alles. Ich war nicht im Haus.«

»Waren Sie nicht wütend auf Zimmermann?«

»Na klar«, gab er unverblümt zu. »Ist doch logisch. Erst schickt er mir diese Mail, mit dem Bild, auf dem er meine Freundin küsst, und später versetzt er mich dann noch. Ich kam mir natürlich total verarscht vor.«

»Also, ich wäre auch schon wegen der MMS wütend genug gewesen«, stellte Schreiber fest. »Wer sagt uns, dass Sie nicht doch in der Wohnung waren und es ihm heimgezahlt haben?«

»Na ich!«, schoss Resch zurück. »Haben Sie mir denn nicht zugehört? Außerdem habe ich ihm ja hinterher sogar noch eine Mail geschickt, in der ich ihn gefragt habe, was das sollte.«

»Wann: ›hinterher‹? Nach dem Mord?«, provozierte Schreiber.

»Nein, verdammt noch mal!«, polterte er und feuerte die flache Hand auf den Tisch. »Ich meine später auf der Straße. Überprüfen Sie's doch! Ich kann Ihnen sogar noch wortwörtlich den Text sagen. Ich habe geschrieben: ›Wo warst du, du Arsch?‹ Wieso sollte ich jemandem eine SMS schicken, den ich vorher umgebracht habe? Häh?«

»Um sich unverdächtig zu machen«, hob Schreiber wieder an. »Ich kaufe Ihnen das alles nämlich nicht ab. Wieso stand in Zimmermanns SMS ›dann klären wir das endgültig‹? Was meinte er denn mit ›endgültig‹? Da war doch vorher schon was im Busch. Sie waren doch schon länger im Streit! Geben Sie's doch zu!« Schreiber zeigte mit einem Kugelschreiber auf Resch, so als wollte er ihn damit erschießen.

Der schüttelte nur verächtlich lächelnd den Kopf und sah zu Boden.

»Und?«, fragte Schreiber knapp.

»Ich habe Ihnen gesagt, wie's war. Glauben Sie's, oder lassen Sie's.«

Schreiber lehnte sich zurück und sah zu Thiele.

»Gut«, sagte sie beschwichtigend und beugte sich vor. »Sagen wir mal, wir glauben Ihnen. Also, gehen wir alles noch einmal durch. Wann haben Sie den ›Stöhrenkeller‹ verlassen?«

Er verdrehte genervt die Augen, antwortete dann aber. »So um halb zwölf.«

»Waren Ihre Freunde nicht böse, dass Sie nicht weiterspielten?«

»Nein. Wir hören immer etwa um diese Zeit auf und gehen noch runter in die Stadt: Sandstraße oder Lange Straße. Ein bisschen um die Häuser ziehen.«

»Und vorgestern?«

»Die sind ins ›Calimeros‹ – sehen was an Mädels unterwegs war.«

»Gut. Sie und Ihre beiden Mitspieler sind also aus dem ›Stöhrenkeller‹ raus und den Stephansberg runter? Wie?«

»Na, zu Fuß. Wir haben uns später bei der Ampel am Obstmarkt getrennt. Ich habe ihnen gesagt, dass ich noch was klären müsste und dann nachkäme.«

»Haben Ihre Freunde sich nicht gewundert, was das sollte?«

»Klar. Ich sagte ihnen, ich würde es ihnen später erklären. Dann bin ich zu Marcel, wo ich, wie gesagt, nur geklingelt habe. Keiner öffnete. Also lief ich wieder zurück. Auf dem Weg durch die Fußgängerzone habe ich die zweite SMS geschickt. Und im ›Calimeros‹ traf ich wieder die anderen. Denen habe ich nach ein paar Bier die ganze Geschichte erzählt, über Marcel geschimpft und sie gefragt, ob sie was wüssten. War aber nicht so. Sie meinten nur, der sei ein alter Drecksack, der alles vögelt, was rumläuft, und dass ich Melanie absägen sollte, falls hinter dem Bild mehr steckt.«

»Wann waren Sie im ›Calimeros‹?«

»So um zehn nach zwölf, ungefähr.«

»Das müssten die anderen Gäste oder die Bedienungen ja dann auch bezeugen können.«

Er nickte.

»Wenn die auf die Uhr gesehen haben.«

»Warum können Sie sich noch so gut an die Zeit erinnern?«

»Weil ich vor Marcels Haustür ständig auf die Uhr geschaut habe, wütend, wie ich war. Ich fragte mich, wie lange ich noch Sturm klingeln sollte. Etwa um Mitternacht habe ich's dann aufgegeben.«

Einige Sekunden verstrichen. Thiele lehnte sich zurück und nickte Schreiber zu, der wieder übernahm.

»Dieses Foto von Ihrer Freundin und Zimmermann«, begann er in versöhnlichem Ton. »Wo ist das?«

»In Melanies Zimmer. Sie wohnt mit ihren Eltern am Paradiesweg.«

»Haben Sie das Bild vor diesem Abend schon einmal gesehen?«

»Natürlich nicht. Sonst hätte es mich doch auch nicht so eifersüchtig gemacht«, gab er zu. »Ich wollte einfach wissen, was das sollte.«

»Hm«, brummte Schreiber verstehend. »Wer könnte das Bild gemacht haben?«

»Na ja. So wie es aussieht, ist vom Garten aus fotografiert worden«, murmelte sein Gegenüber. »Theoretisch könnte da jeder hineingehen. Am einfachsten hätten es natürlich Melanies Eltern.« Er kratzte sich am Ohr und blickte grübelnd zur Seite.

Schreiber und Thiele schielten einander skeptisch an. Eltern, die ums eigene Haus schleichen und heimlich durchs Fenster ihrer Tochter fotografieren? Die Kommissare verkniffen sich einen Kommentar und warteten, ob Resch noch etwas einfiele.

»Gregor käme auch in Frage«, stellte der fest und sah wieder zu Schreiber hoch. »Der wohnt ein paar Häuser weiter bei seiner Mutter. Er studiert auch BWL. Der hängt öfters mal bei Melanie rum. Sie kennen sich schon ewig, weil beide seit ihrer Kindheit dort oben leben. Melanie glaubt, dass er gerne mehr als nur ein guter Freund wäre.«

Die Kommissare stutzten.

»Und Sie? Sind Sie mit ihm befreundet?«, fragte Schreiber.

»Weniger. Im Studium verkehrt er mehr mit Typen aus seiner Bamberger Schulzeit. Ich treffe ihn meistens bei Melanie, wenn ich sie besuche. Er zieht sich dann nach ein paar höflichen Plaudereien zurück, weil er merkt, dass er das fünfte Rad am Wagen ist. Aber der könnte das Foto geschossen haben, so oft, wie der dort ist. Und auch wie er sonst drauf ist.«

»Wie meinen Sie das?«

Er breitete die Arme aus und suchte nach Worten. »Wie soll ich sagen? Er kommt mir eben so ein bisschen verklemmt vor. Mehr die Marke ›stiller Spannertyp‹.«

»Sie sind also nicht eifersüchtig auf ihn?«

»Auf den? Wirklich nicht. Melanie meint, er wäre fast wie ein großer Bruder für sie. Und ...«, er wiegte den Kopf hin und her und druckste etwas herum, »... um ehrlich zu sein: Ich habe ihm vor dem ›Stöhrenkeller‹ mal unter vier Augen auf den Zahn gefühlt. Habe den Arm um ihn gelegt, ihn ein bisschen an mich gedrückt und ihm zugeraunt, wie Scheiße ich es fände, wenn er meine Freundin anmacht. Der ist nur rot geworden und hat mir versichert, dass alles cool wäre.«

»Verstehe«, sagte Schreiber nickend. »Wie alt ist dieser Gregor?«

»So alt wie ich: fünfundzwanzig.«

»Und Melanie?«

»Neunzehn«, sagte er verlegen grinsend. »Okay, sie ist etwas jünger, aber solange sie volljährig ist ... Ich habe sie vor vier Monaten in der Fußgängerzone kennen gelernt und konnte ihr einfach nicht widerstehen.« Das verlegene Grinsen wich einem süffisanten Lächeln.

Thiele mochte es nicht.

»Wie kann Gregor von Kindheit auf mit ihr befreundet sein, wenn er doch sechs Jahre älter ist?«, fragte Schreiber.

Resch schüttelte den Kopf.

»Ich habe nicht gesagt, dass sie schon so lange Freunde sind. Er kennt sie nur von klein auf. Melanie hat mir erzählt, dass ihre Freundschaft erst begann, als sie dreizehn war. Da hat er ihr nämlich Nachhilfe in Mathe gegeben.«

Schreiber atmete tief durch und tippte mit seinem Kugelschreiber auf der Schreibtischplatte herum.

Thiele sah in ungeduldig an, als erwartete sie noch eine wichtige Frage.

»Mach du«, sagte er nur, als er ihren Blick bemerkte.

»Herr Resch«, begann sie und sah ihm fest in die Augen. »Dieser Gregor, kannte der auch Marcel Zimmermann?«

»Lassen Sie mich kurz überlegen«, bat er und starrte ein paar Sekunden mit offenem Mund in die Ferne. Schließlich nickte er. »Ja. Der war damals auch auf der Party in Marcels Wohnung.«

Die Kommissare sahen sich an.

Unter dem üblichen Protest ließ Resch die erkennungsdienstliche Erfassung über sich ergehen. Schreiber und Thiele verhörten derweil seinen Mitbewohner Michael Schneider, der die Aussagen seines Freundes bestätigte. Anschließend schickten sie ihn nach Hause – alleine. »Herr Resch muss noch bleiben, bis einiges geklärt ist«, sagten sie, ehe sie ihn hinausführen ließen.

»Und? Was meinst du?«, fragte Schreiber, als er mit Thiele alleine im Büro war.

»Es klang, ehrlich gesagt, nicht wie abgesprochen«, gab sie zu, stand auf und ging zur Kaffeemaschine, wo sie zwei Tassen einschenkte. »Keine gleichen Formulierungen. Keine zu genauen Zeitangaben. Würde mich nicht überraschen, wenn wir in den Kneipen Zeugen fänden, die alles bestätigen können.«

»Dann sind wir uns ja mal wieder einig, Schnegge«, pflichtete er ihr bei, sah auf die Uhr und streckte sich stöhnend, ohne sich vom Stuhl zu erheben. »Überprüfen wir's noch heute. Wenn alles genauso war, wie die behaupten, hätten wir nur ein sehr kleines Zeitfenster, in dem Resch die Tat begangen haben könnte – zu klein wahrscheinlich. Und wenn der wirklich um zirka zehn nach zwölf im ›Calimeros‹ war und sich keiner der anderen Gäste an irgendwelche Blutflecken an seiner Kleidung oder den Händen erinnert und auch sonst keinem irgendwas Komisches aufgefallen ist, sehe ich eigentlich nicht, wie er der Täter sein könnte.«

Sie reichte ihm seine Tasse, die er mit einem dankbaren Nicken entgegennahm, ging ans Fenster und blickte übers abendliche Bamberg, auf das man von den Büros im dritten Stock der Polizeiinspektion in der Schildstraße eine gute Aussicht hatte. Friedlich und verträumt lag die Stadt vor ihr. Nur einige Sonntagsfahrer waren auf der Starkenfeldstraße unterwegs. Gemächlich schlichen sie den Pfisterberg hinauf oder hinunter. Sie nahm einen kräftigen Schluck Kaffee und brummte wohlig.

»Exakt, Tiger, exakt«, machte sie ihn nach. »Sind wir froh, dass wir schon den Schmitt geschnappt haben.«

»Ich weiß nicht«, sagte er nur und drehte sich nachdenklich mit dem Stuhl hin und her.

»Ich hab bei dem Fall so ein komisches Gefühl.«

»Na ja«, begann sie. »Um ehrlich zu sein, geht's mir da ähnlich. Würde mich nicht wundern, wenn da noch einiges auftaucht. Wir haben ja noch nicht einmal die Laborergebnisse. Das mit dem Foto ist noch nicht geklärt, und dieser Gregor, der könnte ja wohl auch ein ganz heißer Kandidat sein.«

»Präzise, Schnegge, präzise«, murmelte Schreiber.

Christopher Resch war fassungslos, als man ihm eröffnete, dass er bis zum Ablauf des nächsten Tages festgehalten werden durfte, während seine Angaben überprüft werden. Er verzichtete aber weiterhin auf das Hinzuziehen eines Anwalts.

Thiele erklärte sich freiwillig bereit, mit Sibylle den Papierkram zu erledigen, während Schreiber mit Reschs Foto das ›Calimeros‹ und den ›Stöhrenkeller‹ abgrasen sollte.

Im ›Calimeros‹ konnten sich die Barkeeper an Resch erinnern, weil er mit seinen Freunden direkt am Tresen gesessen war. Er sei zwischen Mitternacht und 0:30 Uhr gekommen. Genauer konnten sie die Zeit seines Eintreffens nicht nennen. Irgendetwas Seltsames war ihnen nicht aufgefallen, nur dass er den anderen etwas auf seinem Handy gezeigt und dabei ein wenig herumgeschimpft habe.

Der ›Stöhrenkeller‹ hatte sonntags Ruhetag. Doch Schreiber hatte Glück und traf die jungen Wirtsleute an, die wohl irgendetwas zu tun hatten. Auf sein Klopfen hin ließen sie ihn ein.

Als Schreiber kurz nach 19 Uhr die leere Gaststätte betrat, kamen Jugenderinnerungen in ihm hoch. Das Lokal in einem alten Fachwerkhaus am Oberen Stephansberg war früher seine Stammkneipe gewesen, in der Zeit, bevor es den Besitzer wechselte und renoviert wurde – Schreiber nannte diese Jahre gerne seine ›wilde Zeit‹.

Der damalige Wirt war bekannt für seine exzentrische Art gewesen. Er hieß Linser mit Nachnamen und wurde von allen seinen Gästen auch so genannt. Regelmäßig traktierte er seine Kundschaft mit selbstverfassten Gedichten, die er aus Jahresplanern oder von Bierdeckeln vorlas. Darüber hinaus geriet der Linser häufig am Tresen mit irgendwem aneinander und schrie dann seine ganze Kneipe zusammen. Alle waren sich einig, dass, auch wenn er das Herz am rechten Fleck trug, bei ihm eine Schraube locker war. Aber trotzdem – oder vielleicht gerade deswegen – gingen sie immer wieder in seine Kneipe. In Schreibers damaliger Clique galt man als Weichei, wenn man nicht wenigstens einmal vom Linser Hausverbot erhalten hatte. Eine Zeit lang war es sogar eine Art Volkssport gewesen, das Hausverbot zu provozieren, da jeder wusste, dass es ohnehin nie lange galt.

Der Linser war schon Anfang der Neunziger gestorben. Nach Schreibers Meinung hatte Bamberg mit ihm einen seiner besten Wirte verloren – schön schräg eben. Die Aufteilung seiner ehemaligen Kneipe war noch genauso wie zu Schreibers Jugend.

Die Gaststube verlief U-förmig um den Tresen. Dort erfuhr der Kommissar vom Wirt und der Bedienung, dass Reschs Skatrunde tatsächlich um etwa 23:30 Uhr gegangen war. Die beiden konnten die Zeit recht gut eingrenzen. Weil am fraglichen Abend um 0 Uhr ein Stammgast Geburtstag feierte, hatten sie ab 23:40 Uhr ständig auf die Uhr gesehen, um rechtzeitig den Sekt bereitzuhalten. Zu der Zeit seien die Skatbrüder schon weg gewesen.

Zurück im Kommissariat besprach Schreiber mit Thiele noch einmal die Vorgehensweise im Fall des Verdächtigen Resch. Sie wurden sich schnell einig, dass er als Täter kaum noch in Frage kam, und riefen Staatsanwalt Müller an, der das ebenso sah.

Sonntagnacht durfte Resch unter der Auflage, sich zur Verfügung zu halten, nach Hause gehen.

Ein Telefongespräch mit dem Chef, dem Ersten Kriminalhauptkommissar Konrad Laut, war der Abschluss des Arbeitwochenendes für die Kommissare. Laut lobte ihren Einsatz und kündigte für Montagmorgen eine Besprechung des Falles mit allen Mitarbeitern des Kommissariats an. Auch wenn schon ein Verdächtiger in Untersuchungshaft saß, müsse man wohl aufgrund des hohen Spurenaufkommens eine Ermittlungskommission zusammenstellen.

Schreiber stand mit dem Hörer am Ohr vor dem Wohnzimmerfenster und sah über den Kunigundendamm. Das tat er fast immer beim Telefonieren, weil er sich bei der schönen Aussicht besser auf das Gespräch konzentrieren konnte. Es tutete am anderen Ende.

»Ja?«

»Hallo, Süße.«

Ein genervtes Raunzen kam aus der Leitung. »Du sollst mich doch nicht immer so nennen!«, schimpfte Nike.

»Ja, ja!«, tat er ihren Protest ab. »Ich habe aber Einen gut bei dir, weil ich dich wegen der Tätowierung nicht gleich übers Knie gelegt habe. Schon vergessen?«

»Haa, haa, haa«, machte sie gedehnt. »Davon wäre mein Tattoo auch nicht wieder weg gewesen. Außerdem kannst du ja eh keiner Fliege was zuleide tun. Und mir erst recht nicht.«

»Hm. Aber du musst zugeben, dass ich einigermaßen cool geblieben bin, als ich dich in Zapfendorf ertappt habe. Wenn ich dagegen so an dein Gesicht denke …«

»Hallo? Schon mal daran gedacht, dass es total peinlich ist, wenn der liebe Herr Papa plötzlich in der Disco auftaucht wie so ein Anstandswauwau?«

»Okay, okay. Friede, ja?«

»Hm.«

»Eigentlich wollte ich ja nur mal hören, ob du gut nach Hause gekommen bist.«

»Klar. Lukas ist doch kein Raser.«

»Habe ich auch nicht gesagt, aber man wird ja wohl noch mal fragen dürfen, oder? Also, sei nicht so empfindlich.«

»Hm. Soll ich dir mal die Mama geben?«

Er überlegte kurz. Eigentlich hatte er sich vorgenommen, ein ernstes Wörtchen mit Karin zu sprechen und darauf zu pochen, mehr in die Erziehung seiner Tochter mit einbezogen zu werden. Doch abgesehen davon, dass er zu müde zum Streiten war, musste er sich eingestehen, dass ein solches Gespräch wohl nicht viel bringen würde. Die beiden führten nun mal ihr eigenes Leben in Nürnberg, und Karin würde bestimmt auch nicht ständig bei ihm anrufen.

»Nein, danke. Passt schon«, sagte er deshalb nur. »Hör mal! Du musst mich mal wieder besuchen, okay?«

»Klar«, sagte Nike versöhnlich. »Ich wollte mit Lukas mal durch die Sandstraße ziehen und ihn ein paar alten Freundinnen aus meiner Bamberger Zeit vorstellen. Und in den ›Morph Club‹ wollen wir auch einmal gehen.«

Schreiber schluckte, als die Erinnerung an Graf Dracula in ihm aufblitzte. Er nahm all seine Kraft zusammen.

»Bring ihn doch einfach mit«, hörte er sich sagen. Hatte er überzeugend geklungen?

»Echt?«, kam es ungläubig zurück.

»Klar«, antwortete er geistesgegenwärtig schnell. »Wenn ihr mögt, könnt ihr schon nächstes Wochenende kommen.«

»Cool. Ich frag' gleich mal die Mama.«

»Gut. Rufst du die Woche zurück und sagst Bescheid?«

»Mach' ich! Bist echt super, Papa! Ciao!«

»Tschüss«, verabschiedete sich Schreiber.

»Süße«, fügte er noch hinzu, als er schon per Knopfdruck aufgelegt hatte. Für ein paar Sekunden schaute er nachdenklich den Hörer an. Schließlich gab er einen tiefen Seufzer von sich und murmelte: »Verdammt, bin ich gut.«

Er legte das Gerät aufs Fensterbrett und strich sich überlegend das Kinn, als er wieder über die Stadt blickte. Wie friedlich Bamberg vor ihm lag. Er dachte daran, wie er gestern Nacht nach der ›Blues Bar‹ noch auf der Marienbrücke gestanden hatte. Er hatte befürchtet, dass das Wochenende nach den dramatischen Ereignissen in den Nächten vom Freitag und Samstag noch weitere böse Überraschungen für ihn bereithalten würde.

Wenn er jetzt auf den Sonntag zurückblickte, musste er feststellen, dass das Schlimmste die Schlafattacke seines Vaters beim Mittagessen gewesen war. Ansonsten war zumindest der Tag recht normal verlaufen.

Und die Nacht? Er sah auf die Schreibtischuhr: 21:55. Perfekt. Er würde zu Hause bleiben und den Tag friedlich ausklingen lassen, mit einem gepflegten Pils und einem der Krimis, die sonntags immer gegen 22 Uhr ausgestrahlt wurden. Heute würde es für ihn keine Brände, verrückte Gothics oder sonst was geben.

Genau so machte er es. Den Krimi fand er wirklich spannend und sogar recht realistisch. Gegen Mitternacht ging er ins Bett und fiel in einen tiefen, traumlosen Schlaf.

Mit Tempo 190 raste der geräumige dunkle Kombi über die nächtliche Autobahn. Drinnen spürte man die hohe Geschwindigkeit kaum, normal für einen Wagen dieser Klasse. Das Geräusch des Motors war nicht mehr als ein sanftes, beruhigendes Brummen. Die Uhr am Armaturenbrett zeigte 0:25 Uhr.

Gunter Köppel saß am Steuer und konzentrierte sich auf die Fahrbahn. Obwohl er seine Frau und ihre gemeinsame Tochter Melanie nur vom Nürnberger Flughafen abgeholt hatte, trug er einen dunklen Markenanzug. Er war vorher noch aus gewesen, und dabei kleidete er sich stets elegant. Der Besitzer dreier Mode-Boutiquen meinte, er müsse schon aus beruflichen Gründen auch in seiner Freizeit immer repräsentativ gekleidet sein. Selbst seine Statur war eher die einer Schaufensterpuppe. Er hatte zwar einen kleinen Bauchansatz, aber immerhin war er schon neunundvierzig, und dafür war er ausgesprochen gut in Form. Auch war sein graumeliertes Haar noch recht dicht. Mit seinem perfekt sitzenden Seitenscheitel würde er für manche problemlos als James Bond-Darsteller durchgehen.

Seine Frau, Regine Köppel, die auf dem Beifahrersitz saß, trug ein sportlicheres Outfit. Sie hatte für die Rückreise aus Mallorca eine Jeans, bequeme Sneakers und einen grünen Wohlfühlpulli angezogen – alles recht unspektakulär, aber praktisch und selbstverständlich auch Markenware. Ihr Make-up ließ die attraktive Mittvierzigerin zehn Jahre jünger wirken; sie hatte es auf der Reise noch mehrmals kontrolliert und aufgefrischt. Stumm saß sie neben ihrem Mann und döste vor sich hin, den Kopf an die Nackenstütze gelehnt. Die nächtliche Autofahrt machte sie noch müder, als sie es ohnehin schon war.

Vom Rücksitz kamen in regelmäßigen Abständen piepsende Geräusche. Dort lümmelte Tochter Melanie und drückte mit dem Daumen auf ihrem Handy herum, das sie eben erst wieder eingeschaltet hatte. Das Licht des Displays tauchte ihr eigentlich braungebranntes Gesicht in ein kaltes Blau. Acht Anrufe in Abwesenheit – zwei von ihrer besten Freundin Jacqueline, zwei von Gregor und gleich vier von Christopher. Alle drei hatten auf die Mailbox gesprochen:

»He! Jackie hier! Montag gehen wir doch Kaffee trinken, oder? Will schließlich alles über die coolsten Clubs auf Malle wissen!«, kam es gut gelaunt von Jacqueline.

»Hallo! Ich hoffe, du hast dir keinen Sonnenbrand geholt! Melde dich, wenn du wieder da bist! Bis dann!«, ertönte Gregors Stimme vertraut.

Ein Lächeln huschte über Melanies hübsches Gesicht. Es verschwand jedoch schnell, als sie Christophers Nachricht abhörte.

Er klang verärgert, aber auch besorgt. »He!«, grüßte er knapp. »Ruf an, sobald du da bist. Auch wenn's mitten in der Nacht ist. Wir müssten da einiges klären.« Die letzten Worte hatten einen mahnenden Unterton und klangen fast wie eine Drohung.

Sie checkte die eingegangenen Kurzmitteilungen. Auch hier waren sowohl Jacqueline als auch die beiden Männer vertreten. Von ihrer Freundin und Gregor gab es nicht viel Neues. Beide betonten nur noch einmal, wie sehr sie sich auf sie freuten.

Mit ernster Miene fixierte sie Christophers Nachricht. »Ist wirklich dringend. Also melde dich, verdammt!«

Sie ließ das Handy sinken und starrte zwischen den Schultern ihrer Eltern durch die Windschutzscheibe auf die vom Aufblendlicht erhellte Fahrbahn. Überlegend nagte sie an der Unterlippe: Nicht ein freundliches Wort von ihm. Obwohl sie doch eine Woche weg gewesen war, nicht ein Hinweis, dass er sich auf sie freute. Ahnte er schon etwas? Aber wenn sie sich recht erinnerte, war er eigentlich nie so richtig charmant zu ihr gewesen. Er hatte sie einfach mit seiner direkten, bestimmenden Art im Sturm erobert. Damals hatte ihr das noch gefallen. Aber jetzt hatte sich einiges geändert. Schon vor dem Urlaub hatte es in ihrer Beziehung gekriselt, weil er angefangen hatte, ihr mit seinem Macho-Gehabe auf die Nerven zu gehen. Sollte er ruhig sauer auf sie sein. Vielleicht hatte er ja das mit Marcel herausgefunden. Darauf kam es jetzt auch nicht mehr an. Im Gegenteil – es konnte sogar so einiges leichter machen, was erledigt werden musste, worauf sie andererseits aber sowieso nicht sonderlich viel Lust hatte.

Sie schickte ihm eine SMS. »Zu spät heute. Melde mich morgen«, schrieb sie nur und schaltete dann resolut ihr Handy aus. Anrufen würde sie ihn heute Nacht ganz bestimmt nicht mehr. Sollte der Macho ruhig ein wenig schmoren.

Es wird schon nicht gleich jemand gestorben sein, dachte sie, legte entspannt ihren Kopf zurück und schloss die Augen.

5 Freunde und Familie

15. September

Ein lautes Klopfen am Fenster riss Melanie aus dem Schlaf. Sie blinzelte müde und erkannte Christopher, der grimmig vom Garten aus in ihr Zimmer spähte, die Handkanten gegen die Scheibe gepresst.

»Mach schon auf!«, rief er ungeduldig, als er merkte, dass sie endlich wach war. Er machte ein Zeichen, dass er ums Haus gehen würde, und verschwand.

Melanie schlupfte noch etwas tapsig in eine rote Jogging-Hose, die sie von der Lehne ihres Schreibtischstuhls nahm. Eines der großen weißen T-Shirts, in denen sie immer schlief, behielt sie einfach an, als sie durch die Wohnung zur Haustür lief. Dort angekommen, atmete sie noch einmal tief durch, ehe sie sie entschlossen aufriss.

»Was soll denn die Scheiße?«, zischte Resch aggressiv zur Begrüßung. »Warum hast du dich gestern nicht mehr gemeldet?«

Ohne eine Antwort abzuwarten schob er sich an ihr vorbei ins Haus. Seine dunkle Lederjacke streifte kühl ihren nackten Unterarm, so dass sie Gänsehaut bekam. Den schwarzen Motorradhelm unterm Arm, stiefelte er zielstrebig durch die großräumige Diele ums Eck in Richtung ihres Zimmers und fluchte dabei vor sich hin – nur halblaut und darauf bedacht, die Eltern des Mädchens nicht zu wecken.

Sie schloss die Tür und warf einen ängstlichen Blick die Treppe hoch. Nachdem sie sich vergewissert hatte, dass oben noch alles ruhig war, folgte sie ihm.

»Sag mal: Geht's noch?«, schoss sie zurück, als sie alleine auf ihrem Zimmer waren, wo er angespannt auf- und abtigerte. Sie verstellte ihm den Weg und stemmte die Fäuste auf die Hüften. »Es ist halb sechs Uhr morgens!«

»Ich konnte nicht mehr schlafen, denn ich bin, gelinde gesagt, ein klein wenig geladen«, fauchte er sie durch die Zähne an. »Und überhaupt: Du scheinst dich ja nicht besonders nach mir gesehnt zu haben«, fügte er sarkastisch hinzu.

Nach Worten suchend sah sie nur zur Seite und machte eine hilflose Geste. »Hör mal«, begann sie zögerlich.

»Marcel Zimmermann«, sagte er plötzlich trocken und lauerte mit schräg gelegtem Kopf auf ihre Reaktion.

»Was?«, versuchte sie unbeholfen Zeit zu gewinnen.

»Na ja, den kennst du doch, oder?«

Sie schwieg.

»Und?«, hakte er nach.

Wieder war sie für einige Sekunden still. Sie fragte sich, warum sie ihm eigentlich noch auswich, wo er ihr doch quasi eine Steilvorlage gab, ihm das zu sagen, was sie sich eigentlich schon während des ganzen Urlaubs zurecht gelegt hatte. Seine Art, sich wie ein Lehrer zu geben, der einen Schüler beim Rauchen ertappt hatte, machte sie aggressiv. Was bildete der sich überhaupt ein, sich bei ihr zu Hause so aufzuführen? Sie ging in den Angriff über.

»Also gut«, begann sie schnippisch. »Ich hab' ein bisschen mit ihm rumgemacht, falls du das hören wolltest. Aber das spielt jetzt eh keine Rolle mehr, weil ich sowieso schon länger mit dir reden wollte.«

Als er leicht zusammenzuckte und sie ungläubig anstarrte, tat er ihr mit einem Mal fast Leid. Erst jetzt fiel ihr auf, wie schlecht er aussah: übernächtigt und abgespannt, ganz bleich mit Ringen unter den Augen.

»Okay?«, fügte sie sanfter hinzu und legte ihre Hand auf seinen Unterarm.

Er zog ihn ruckartig weg, so als habe sie eine ansteckende Krankheit. Dann ließ er sich matt auf ihren Schreibtischstuhl sinken. »Nein«, sagte er tonlos. »Gar nichts ist okay. Du machst gerade mit mir Schluss.«

»Na ja«, druckste sie erst herum und setzte sich ihm gegenüber auf die Bettkante. Dann fasste sie sich ein Herz und begann: »Hör mal. Ich hatte im Urlaub ein wenig Zeit zum Nachdenken ...«

Mit einem verächtlichen Schnauben unterbrach er sie. »Ach? ›Nachdenken‹ heißt das jetzt?«, fragte er, abfällig lächelnd. »Sag's doch wenigstens frei heraus, wenn du einen anderen hast, und rede nicht so einen Mist.«

Sie faltete die Hände und sah überlegend zur Seite.

»Verarschen kann ich mich selbst, verdammt noch mal!«, rief er plötzlich und donnerte die Faust auf die Schreibtischplatte.

Erschrocken fuhr sie zusammen. »Spinnst du? Du weckst noch das ganze Haus auf«, zischte sie.

»Also, was ist jetzt? Habe ich recht, oder was?« bohrte er ungeduldig weiter.

Sein erneutes Geschimpfe ließ ihr Mitleid mit ihm schwinden. Sein Problem, wenn er sich von ihr in seiner Macho-Ehre gekränkt fühlte. Noch waren sie bei ihr zu Hause in ihrem Zimmer, und sie würde sich das nicht länger gefallen lassen. Sie stand auf und ging neben dem Bett zwei Schritte rückwärts.

»Gut«, sagte sie und breitete die Arme aus. »Reden wir nicht mehr drum herum. Ich habe im Urlaub wirklich jemanden kennen gelernt. Okay? Was willst du jetzt tun? Mich verprügeln, wie du es fast schon einmal gemacht hast? Dadurch würdest du mich auch nicht wiederkriegen.« Sie hob die Arme seitlich, ließ sie wieder fallen und blieb wartend stehen, wo sie war.

Düster starrte er sie an, den Mund zu einem trotzigen Schlitz zusammengekniffen. Die Zornesröte stieg ihm ins Gesicht, als er sich langsam erhob. Erst die Sache mit Marcel Zimmermann – und jetzt das. So war noch keine Frau mit ihm umgegangen.

»Was bildest du dir ein?«, knurrte er und machte bedrohlich zwei Schritte auf sie zu. »Du glaubst doch nicht ernsthaft, dass ich dich nach all der Scheiße noch will?«, sagte er und beugte sich zu ihrem Gesicht, bis er es fast mit der Nase berührte.

Erst jetzt merkte sie, dass er nach Alkohol roch. Ihr Herz begann zu rasen. »Fass mich bloß nicht an!«, sagte sie schnell.

Er richtete sich wieder auf und sah mit angewidert gerümpfter Nase auf sie hinab, so als ob sie stinke. Dann ging er fast lässig zur Tür, wo er sich noch einmal umdrehte und sie mit Todesverachtung anblickte. »Tsh«, machte er abfällig. »Mach doch, was du willst.« Er drückte die Klinke, zog die Tür auf und grinste seine frisch gebackene Ex-Freundin plötzlich seltsam süffisant an. »Na ja. Aber mit Marcel wirst du jetzt wohl leider nichts mehr anfangen können«, eröffnete er ihr sarkastisch, ohne weiter darauf einzugehen.

Sie öffnete verblüfft den Mund.

Er wollte schon gehen, als ihm noch etwas einfiel. »Ach ja. Und wo wir gerade so schön Klartext reden«, legte er noch nach. »Dein Gregor, der einen auf verständnisvollen Freund macht, ist ein perverser Spanner, der dich heimlich fotografiert, wenn du in der Gegend rumvögelst. Frag ihn doch mal. Ich konnte den Arsch eh nie leiden.« Damit verschwand er, ehe sie etwas fragen konnte.

Erster Kriminalhauptkommissar Konrad Laut saß im Besprechungsraum am Kopfende zweier aneinandergeschobener Tische und studierte die Unterlagen zum Fall Zimmermann. Er war so vertieft, dass er gar nicht merkte, wie ihm seine goldene Brille immer mehr in Richtung Nasenspitze rutschte. Der stämmige Mittfünfziger hatte sein dunkles Sakko bequem aufgeknöpft. Er blätterte um und fuhr sich mit der Hand durchs dichte graumelierte Haar, als die Tür sich öffnete und die ersten seiner Mitarbeiter hereinkamen.

Thiele und Schreiber trugen vorsichtig ihre randvollen Kaffeetassen. Sie platzierten sie nebeneinander, setzten sich und lehnten sich bequem zurück.

»Sekunde noch«, bat Kriminaloberkommissarin Julia Steinfels, die gleich hinter ihnen eintrat. Sie stellte ihre Kaffeetasse auf den Tisch und huschte dann zum Fensterbrett, wo sie sich ein hellblaues Gießkännchen schnappte und noch schnell zwei Kakteen und drei andere Grünpflanzen goss.

Laut zollte es mit einem beiläufigen Lächeln. Er wusste den grünen Daumen von Steinfels zu schätzen, da ihre Blumentöpfe, die sie im gesamten Kommissariat 1 verteilt hatte, den Räumen eine behaglichere Atmosphäre verliehen. Schließlich sollten seine Mitarbeiter sich wohl fühlen an ihrem Arbeitsplatz.

Steinfels nickte in die kleine Runde und nahm gleich neben ihm Platz.

Im Türrahmen stieß Aurich beinahe mit Kriminaloberkommissarin Tanja Schmoll zusammen. »Oops«, machte er und trat sofort einen Schritt rückwärts. »Bitte nach dir, Liebes«, säuselte er charmant und wies ihr mit der Hand den Vortritt. »Schickes Outfit. Neu?«, lobte er noch ihr dunkelblaues, eng anliegendes Kostüm.

»Ja«, erwiderte sie mit einem freundlichen Lächeln. »Danke fürs Kompliment.«

Die attraktive Brünette mit der dicken schwarzen Kunststoffbrille war bekannt für diese Art Kleidung, die ihr das Aussehen einer strengen, aber sexy Grundschullehrerin verlieh. Ein Bild, das durch ihre meist hochgesteckten Haare abgerundet wurde.

»Du kannst sagen, was du willst. Aber seit er mit Gisela zusammen ist, hat er sich echt positiv entwickelt«, raunte Thiele Schreiber zu, als sie Aurichs Kompliment an seine Kollegin mitbekam.

»Also, mir wird er fast schon unheimlich«, murmelte Schreiber. Er hatte das kleine Schauspiel mit eher wissenschaftlichem Interesse verfolgt. War sein bester Freund durch seine neue Beziehung zum Frauenversteher mutiert? Schreiber atmete innerlich auf, als er als einziger im Raum bemerkte, wie Aurich verstohlen auf Schmolls Po schielte, als sie vor ihm durch die Tür ging.

»Bin schon unterwegs!«, drang von draußen eine Stimme herein. Sie gehörte zu Kriminaloberkommissar Fritz Bayer, der nur wenige Sekunden später hereinkam und, wie alle anderen, eine Kaffeetasse balancierte.

»Morgen, allerseits«, grüßte er freundlich, ehe er sich zwischen Schmoll und Steinfels platzierte.

»Echt ungewohnt. Ohne den Pornobalken sieht er irgendwie nackt aus«, flüsterte Schreiber Thiele zu, da Bayer zur Überraschung aller am Morgen ohne seinen dicken Schnurrbart zur Arbeit erschienen war. Erst hatten die Kollegen vermutet, er habe irgendeine dumme

Wette verloren. In Wirklichkeit hatte seine Frau ihm erklärt, dass immer wieder Essensreste darin zurückblieben. Er hatte noch vor ihr, aber später auch vor den Kollegen herumgemotzt, warum sie ihm das nicht schon viel früher gesagt hatte.

»Aber besser als vorher allemal«, kommentierte Thiele. »Wenn er so weitermacht, wird noch ein richtig attraktives Kerlchen aus ihm«, fügte sie mit Blick auf sein restliches Outfit hinzu. Zwar trug Bayer eine moderne Jeans, aber sein knallbuntes Hawaiihemd mochte noch aus den Achtzigern stammen, ebenso wie seine Vokuhila-Frisur mit Mittelscheitel und hellen Strähnchen. An seinem Handgelenk strahlte eine seiner berühmten Uhren – die Kopie einer goldenen Markenuhr, deren zahllose Edelsteine Thiele geradezu blendeten.

»Kollegen«, eröffnete Laut wie immer die Sitzung. »Alle wissen schon, worum's geht. Vorneweg möchte ich mich bei den Kollegen Thiele und Schreiber für ihre außerplanmäßige Arbeit am Wochenende bedanken.«

Alle klopften auf der Tischplatte anerkennenden Beifall.

»Wie es derzeit aussieht, werden wir eine EKO zusammenstellen«, fuhr Laut fort. »Wenn die Kollegen dann bitte noch mal die bisherigen Ermittlungsergebnisse zusammenfassen …« Er sah zu Thiele und Schreiber.

»Mach du«, sagte Schreiber und nickte ihr zu.

Sie stand auf und stellte sich wie eine Lehrerin neben die große weiße Pinnwand, an der mit bunten Stecknadeln Fotos und Zettelchen befestigt waren: Oben, mittig, ein neueres Bild des Opfers Marcel Zimmermann, das aus einem seiner letzten Shootings stammte;

rechts daneben ein erkennungsdienstliches von Schmitt, über dem ein Zettel mit der Aufschrift »Cheaterzdate« hing; links von Zimmermann ein ebenfalls erkennungsdienstliches von Resch und darunter das seiner Freundin Melanie, auf dem sie Zimmermann küsst. Auf einem weiteren Zettelchen standen unter einem Fragezeichen die Worte »Cheaterzdate – große Frau, dunkle Locken.«

Thiele schilderte den bisherigen Verlauf der Ermittlungen. Die anderen hörten aufmerksam zu und kommentierten einige Stellen, wie erwartet, mit erstaunten Blicken. Bayer konnte es sich nicht verkneifen, über Schmitts Angriff auf Schreiber ein wenig zu witzeln, was ihm keiner richtig übel nahm, da ja nichts weiter passiert war. Als Thiele fertig war, nahm sie wieder Platz und schielte zu Schreiber, der das Wort übernahm.

»Ich denke, uns ist allen klar, dass hier noch einiges zu tun ist«, begann er. »Oberste Priorität hat natürlich die Suche nach möglichen Zeugen, die den Verdächtigen Schmitt zwischen dem ›Luitpold‹ und der Kleberstraße gesehen haben könnten. Deren Aussagen zusammen mit möglichen Spuren am Tatort dürften für eine Anklage reichen. Die Spurenanalyse müsste uns so gegen Mittwoch vorliegen. Zumindest ist heute Morgen alles nach Nürnberg beziehungsweise nach München rausgegangen. Wenn die Ergebnisse hier sind, werden wir hoffentlich auch die geheimnisvolle Dunkelhaarige finden.« Er deutete auf das Zettelchen. »Die käme natürlich auch für die Tat in Frage. Wenn sie Zimmermanns Verabredung war, hätte er für sie immerhin schon mal die Wohnungstür geöffnet. Wenn sie ihn allerdings nicht umgebracht hat, ist sie sehr wahrscheinlich eine wichtige Zeugin. Wer weiß? Vielleicht war sie ja sogar in der Wohnung, als der Schmitt kam, und hat alles mitbekommen. Damit hätten wir ihn. Aber selbst wenn er es nicht war und sich nur geprügelt hat, könnten wir ihn mit ihrer Aussage richtig unter Druck setzen. Wenn er dann die Schlägerei zugibt, wird er uns wohl auch erzählen, ob ihm was Verdächtiges aufgefallen ist.«

»Seine Aussage wäre natürlich mit Vorsicht zu genießen«, warf Steinfels ein, »weil er ja alles sagen würde, um sich zu entlasten.«

»Klar«, stimmte Schreiber zu. »Schon allein, damit der uns keine Märchen erzählen kann, müssen wir auch in alle anderen Richtungen lückenlos ermitteln, was wir natürlich ohnehin tun werden. Die Überprüfung der Alibis dieser Gothic-Clique steht zum Beispiel auch noch aus.«

Er deutete zur Pinnwand auf die Bilder von Judith, ihrem Bruder Julian und deren Freundin Claudia, die in Zapfendorf entstanden waren. Sie hingen etwas weiter vom Opfer entfernt.

»Diese Judith hatte definitiv ein Motiv, weil sie sich sexuell ausgenutzt und gedemütigt fühlte«, erklärte er, »auch wenn der Tathergang eher für einen Mann spricht und das Mädchen Aurich und mir eher harmlos vorkam.«

»Stimmt«, bestätigte Aurich. »Aber wir können uns natürlich irren. Und falls diese Grufties doch was damit zu tun haben, könnte es ja auch Judiths Zwillingsbruder gewesen sein«, ergänzte er und deutete mit seinem Kaffeelöffel auf Schreiber.

»So wie die sich in Zapfendorf aufgeführt haben, wäre ihr locker zuzutrauen, ihren Bruder zu so was anzustacheln.«

Auf die fragenden Blicke seiner Kollegen schilderte

Aurich den erotischen Tanz des Geschwisterpaars, bei dem sie sich immer wieder geküsst hatten.

»Die Eltern von Judith hätten auch ein Motiv«, stellte Schmoll fest, »falls sie irgendwie von der heißen Nacht ihrer Tochter und der anschließenden Abfuhr erfahren haben. Niemand will, dass sein Kind als Sexspielzeug missbraucht wird, auch wenn es schon volljährig ist.«

Alle nickten.

Schreiber nutzte die Pause, um einen großen Schluck Kaffee zu trinken. »Diese Internet-Geschichten müssen natürlich auch noch restlos durchleuchtet werden«, fuhr er fort, als er die Tasse absetzte. »Aber da kommen wir wohl erst ab Mittwoch weiter, wenn die Nürnberger mit Zimmermanns Computer fertig sind. Ansonsten wäre da noch der Verdächtige Resch. Das kleine Zeitfenster, das er für die Tat gehabt hätte, lässt es zwar extrem unwahrscheinlich erscheinen, dass er es war, aber wir müssen trotzdem an der Sache dranbleiben. Er war nun mal auch in der Nähe des Tatortes, was er sogar zugegeben hat. Und das Foto, das per Handy verschickt wurde, ist ein klarer Hinweis auf ihn und seine Freundin, diese Melanie Köppel. Wir wissen aber weder, wer das Bild gemacht hat, noch, wie es in Marcel Zimmermanns Hände kam. Wir werden also in jedem Fall im Umfeld dieses Pärchens ermitteln müssen. Das werden wohl Sophie und ich selbst übernehmen.«

Er sah fragend zu ihr.

»Unbedingt«, sagte sie bestimmt.

Schreiber lehnte sich zurück und gab den Kollegen Zeit, die Informationsfülle zu verdauen.

Laut nickte nachdenklich vor sich hin. »Hm«, machte er und tippte mit seinem goldenen Kugelschreiber auf dem Stapel Unterlagen herum. Schließlich sah er wieder zu Thiele und Schreiber. »Danke, Kollegen«, sagte er. »Und? Was habt ihr für einen Eindruck?«

Die beiden sahen sich an. In stiller Übereinkunft begann Thiele zu erzählen.

»Dem Schmitt wäre es in jedem Fall zuzutrauen«, sagte sie. »Aber trotzdem – es würde uns auch überhaupt nicht überraschen, wenn der Täter doch aus dem Umfeld von Melanie Köppel käme und der Schmitt nur zur falschen Zeit am falschen Ort war.«

»Das mit dem Foto stinkt einfach zu sehr«, erklärte Schreiber.

Laut nickte verständnisvoll. »Sehe ich genauso, Kollege Schreiber. Sehe ich genauso.«

Christopher Resch klingelte Sturm und stieg nervös vom einen Bein aufs andere. Hinter der Haustür ertönte das aufgeregte Kläffen eines großen Hundes. Unbeirrt hielt Resch seinen Daumen auf dem Knöpfchen, womit er das Tier hörbar zur Weißglut trieb.

»Aus, Wendy! Aus!« mischte sich irgendwann eine Männerstimme unter das Gebelle. Die Tür ging auf. Gregors braunes Haar war noch vom Schlaf zerwühlt. Der schlanke Mann trug einen grauen Jogging-Anzug.

»Sag mal, spinnst du?«, schimpfte er sofort los, ohne die Hand von der Klinke zu nehmen. Mit der anderen zerrte er seine Collie-Hündin am Halsband zurück. Sie knurrte Resch aggressiv an, bereit, ihm die Quittung für sein rüpelhaftes Verhalten zu geben. »Aus jetzt!« zischte ihr Gregor noch einmal zu, woraufhin sie einigermaßen Ruhe gab.

Unter seiner braunen Hornbrille funkelte er Resch böse an. »Was soll denn …«, begann er.

»Was ziehst du hier für eine Spanner-Scheiße ab, häh?«, unterbrach ihn Resch fauchend und zeigte mit dem Finger auf ihn, die andere Hand zur Faust geballt, seinem kleineren Gegenüber eine Lektion androhend. Nur der Hund, zu dem er respektvoll hinabschielte, hielt ihn auf sichere Distanz.

Die Alkoholfahne seines Besuchers roch Gregor trotzdem. In einer Mischung aus Ekel und Verständnislosigkeit kniff er kopfschüttelnd die Augen zusammen. »Spinnst du jetzt total?«, wiederholte er. »Was redest du denn …«

»Versuch nicht, mich zu verarschen«, unterbrach ihn Resch erneut. »Versuch nicht, mich zu verarschen, verdammt noch mal! Du hast doch Melanie und Marcel fotografiert, oder? Glaubst du, ich bin blöd?«

»Häh?«, machte Gregor nur ungläubig und zog an Wendys Halsband, weil sie, die Gefahr spürend, instinktiv weiterkläffte.

»Und dann hast du Marcel das Bild gegeben. Du Arsch! Jetzt glauben die Bullen, dass ich ihn platt gemacht habe! Du bist so ein Wichser!«, brüllte Christopher und hob die Faust, zuckte aber sofort zurück, als Wendy sich auf die Hinterbeine stellte und geifernd nach ihm schnappte.

»Was ist denn da los?«, kam eine Frauenstimme aus dem Haus.

»Nichts weiter!«, rief Gregor nach hinten, erstickte Wendys Knurren und wandte sich wieder an Resch. »Ich hab' keine Ahnung, wovon du redest«, zischte er. »Und es ist mir, ehrlich gesagt, auch scheißegal, solange du dich hier so aufführst.« Er sah noch einmal ins Haus und fuhr mit gesenkter Stimme fort. »Erklär es mir meinetwegen, wenn du dich beruhigt hast und wieder nüchtern bist. Aber bis dahin: Verpiss dich!«

Resch ließ die Arme fallen und trat einen Schritt rückwärts. Mit Todesverachtung grinste er Gregor an. »Wie mutig er doch plötzlich ist, unser Kleiner. Tsh! Du bist so ein Arsch. Ohne deinen Dreckskóter hättest du doch die Hosen voll!«

»Was willst du denn, Mann? Mir drohen? Ich hab' dir verdammt noch mal nichts getan!« Noch einmal sah er nach hinten.

Resch legte den Kopf schräg und musterte sein Gegenüber nachdenklich, während Wendy leise vor sich hin knurrte. »Du warst doch schon immer auf Melanie scharf«, stellte er mit analytischer Ruhe fest. »Machst vor ihr einen auf guten Freund und bist in Wirklichkeit total geil auf sie.«

Gregor zuckte nur beiläufig die Achseln. »Und wenn schon«, gab er zu. »Aber im Gegensatz zu dir liebe ich sie wenigstens wirklich. Also, versuch nicht, mich wie einen Perversen hinzustellen. Und jetzt hau schon ab«, schloss er fast schon gelangweilt und schlug die Tür zu.

»Wir sprechen uns noch!«, rief Resch ihm nach. Er blieb noch eine Weile stehen, ehe er zu seinem Motorrad ging. Als er seinen Helm vom Sitz nahm und aufstieg, sah er noch einmal zu Gregors Haus. Ein Vorhang schien sich zu bewegen.

»Du kleiner Pisser«, murmelte er. »Wie weit würdest du gehen?«

»Morgen, Frau Köppel!«

»Ah, Gregor! Komm rein!«, forderte Regine Köppel ihren Besuch freundlich auf.

Der junge Mann vor der Haustür lächelte etwas schüchtern, weil er nicht so recht wusste, wo er hinsehen sollte. Im Gegensatz zu ihm, der ein kurzärmliges, ordentlich gebügeltes rotes Hemd und Jeans trug, war sein Gegenüber nur in einen weißen Bademantel gehüllt. Zudem war Frau Köppel ungeschminkt, und ihr dunkelblondes Haar, das noch feucht war, hing ungeordnet herunter. Alles in Allem ein eher seltener Anblick.

»Oh, entschuldige«, sagte sie und zog, als sie zur Seite trat, den Bademantel über ihrem Dekolletee etwas zusammen. »Ich wollte dich nicht verlegen machen. Aber wir kennen uns doch schon lange genug, gell?«

»Ja«, lachte Gregor befreit auf, errötete aber trotzdem ein wenig. Obwohl Regine Köppel zwanzig Jahre älter als er sein mochte, war sie noch immer eine sehr schöne Frau, ganz wie ihre Tochter. In einer nervösen Geste schob er seine Brille mit der Fingerspitze nach oben und fuhr sich durch seinen kurzen braunen Scheitel. »Und? Wie war der Urlaub?«, fragte er höflich, als er in die Diele trat.

»Wunderbar! Danke!«, schwärmte sie sofort und schloss die Haustür. »Aber anstrengend! Melanie hat mich durch alle möglichen Clubs geschleift. Die hat vielleicht eine Ausdauer! Aber na ja«, winkte sie ab. »Im Grunde bin ich ja froh, dass ich sie noch einmal zu einem gemeinsamen Urlaub überreden konnte. In ihrem Alter gehen die meisten da schon längst ihre eigenen Wege.«

»Schön, dass Sie so viel Spaß hatten«, sagte Gregor nur, als sie gut gelaunt durch die Diele voran ging. Er verkniff sich einen weiteren Kommentar. Sie brauchte ja nicht zu wissen, dass Melanie den Urlaub als willkommene Gelegenheit gesehen hatte, um etwas Distanz in ihre angeschlagene Beziehung zu Christopher Resch zu bringen.

»Madame schläft noch, aber dich wird sie wohl empfangen«, sagte Frau Köppel und steuerte die Küchentür an. »Magst du einen Kaffee?«, rief sie noch beiläufig über die Schulter, ehe sie in der Küche verschwand.

»Nein, danke!«, lehnte er ab und lief durch den Gang zu Melanies Zimmertür.

»Komm rein!«, kam deren Stimme von drinnen, noch bevor er klopfen konnte.

Als er hineinging, saß sie aufrecht in ihrem Bett. Ihr Handy lag vor ihr auf der nachtblauen Decke, auf der die Sterne gelb leuchteten. In ihrer Mitte der Mond, dessen Gesicht freundlich lächelte.

»He!«, sagte Gregor mit dem vertrauten Unterton eines langjährigen Freundes. »Sag mal: Der Christopher war eben bei mir und ...«

Ihr seltsamer Blick ließ ihn stocken. Irgendetwas stimmte nicht.

»Ich wollte dich sowieso gerade anrufen, weil ich nicht mehr einschlafen konnte«, sagte sie tonlos.

»Wieso?«, fragte er. »Ist es wegen Christopher? Der hat mich gerade total blöd angemacht. Ich habe mich schon gewundert.« Er ließ sich langsam auf der Bettkante nieder und sah sie besorgt an.

Sie schaute ihm plötzlich anklagend in die Augen. »Hast du ihm was von Marcel Zimmermann erzählt?«, fragte sie ohne Umschweife.

Er zuckte zusammen. »Natürlich nicht! Spinnst ihr jetzt alle, oder was?«, wehrte er sich sofort.

»Mir hat er irgendeinen Scheiß von einem Foto von dir und Marcel erzählt. Aber ich habe keines gemacht und ihm auch nichts erzählt. Und bisher habe ich ja wohl noch immer Wort gehalten, wenn ich dir was versprochen habe, oder?«, fügte er noch hinzu, als er merkte, wie ihr Blick weiter misstrauisch auf ihm haften blieb.

Nach einigen Sekunden seufzte sie tief und sah aus dem Fenster. Sie legte ihren Kopf in das Kissen, das an der Wand lehnte, und spielte nervös am Handy auf der Bettdecke herum.

»Aber was ist denn überhaupt los?«, wollte er wissen. »Wieso sagst du denn so einen Blödsinn?«

»Tsh«, machte sie bitter, »'ne ganze Menge ist los, 'ne ganze Menge.«

»Erzähl einfach der Reihe nach«, ermutigte er sie, streifte seine Sneakers ab und setzte sich im Schneidersitz vollends auf das Fußende des Betts. Den Rükken an der Wand sah er sie erwartungsvoll an.

Sie atmete noch einmal tief durch und versuchte ihre Gedanken zu ordnen. »Dass mit Christopher der Wurm drin war, hast du ja schon vor dem Urlaub mitgekriegt«, begann sie schließlich. »Als ich dann auf Mallorca jemanden kennen gelernt habe, ist mir endgültig klar geworden, dass ich mit ihm Schluss machen musste.«

»Und? Was Festes? Oder nur ein Urlaubsflirt?«

Überlegend schaute sie kurz an ihm vorbei in die Ferne. »Nur ein Flirt«, erklärte sie. »Ein paar schöne Erinnerungen, aber vor allem der Auslöser für meine Entscheidung. Na ja. Und Christopher war vorhin schon da. Er war aber schon total wütend, bevor ich etwas sagen konnte, und hat mich auf Marcel Zimmermann angesprochen.« Sie hielt inne und blickte ihn fragend an. »Hast du ihm echt nichts erzählt?«

»Jetzt mach mich nicht sauer«, wehrte er ab. »Ich lüg' dich doch nicht an.«

»Ich weiß ja. Aber irgendwie muss er nun mal draufgekommen sein. Woher soll er es denn haben?«

»Was weiß ich?« Er zuckte die Achseln. »Vielleicht hat ihn an dem Tag ja noch jemand anderes gesehen, oder du hast es einer Freundin erzählt. Jacqueline, zum Beispiel?«

Verlegen senkte sie den Blick auf ihr Handy und spielte daran herum.

»Na also! Frag doch lieber sie«, triumphierte Gregor. »Aber jetzt komm«, lenkte er sofort wieder ein und legte seine Hand ermutigend auf die Bettdecke über ihrem Fuß. »Erzähl doch einfach mal zu Ende, bevor wir uns hier nur sinnlos rumstreiten.«

Sie nickte. »Ich hab' dann mit ihm Schluss gemacht«, sagte sie. »Und da ist er richtig aggressiv geworden. Ich hab' sogar kurz gedacht, dass er mich schlagen will.«

Verächtlich lachte Gregor auf. »Was für ein Arsch. So was war doch wohl klar, oder? Was hast du denn Anderes von ihm erwartet?«

»Stimmt ja«, gab sie zu. »Aber dann tat er plötzlich so komisch. Er war irgendwie total schräg und hat noch ein paar blöde Bemerkungen gemacht.«

»Was denn für Bemerkungen?«

»Na, das mit dem Foto eben. Also, mehr indirekt – dass du ein perverser Spanner wärst, der mich heimlich fotografiert.« Sie sah ihn fragend an.

Er lächelte fast mitleidig und machte mit der Hand eine wegwerfende Geste. »Geschenkt. Der fängt doch an zu spinnen und reimt sich irgendwas zusammen. Und eifersüchtig, wie er ist, glaubt er's fast selbst. Hauptsache, er kann uns eins reinwürgen. Und was hat er noch gesagt?«

Ihr Blick wurde mit einem Mal düster. »Was total Gruseliges«, murmelte sie und sah auf ihre Hände, die leicht zu zittern begannen. »Er sagte, dass ich mit Marcel sowieso nichts mehr anfangen könne. Das hat mir voll Angst gemacht. Ich meine, wie kann er denn so was gemeint haben? Das klang ja so, als ob er Marcel krankenhausreif geschlagen hätte, oder als ob Marcel einen schlimmen Unfall hatte.« Nachdenklich hielt sie inne und fügte dann noch hinzu: »Nicht, dass er mir übermäßig Leid tun würde, aber …«

Sie erschrak, als sie wieder zu Gregor hoch sah. Sein Blick sprach Bände.

»Ach du Scheiße«, flüsterte er. »Weißt du, was er mir gesagt hat?«

»Sehen wir es uns doch noch einmal an«, begann Thiele. »Zimmermann prügelt sich um 23 Uhr an seiner Wohnungstür mit Schmitt. Der tritt per Fahrstuhl den Rückzug an …«

»… falls Schmitt nicht den leeren Fahrstuhl runtergeschickt hat, um Zimmermann oder mögliche Ohrenzeugen zu täuschen«, räumte Bayer ein, der sich während der ganzen Sitzung immer wieder mit dem Zeigefinger über die kahle Stelle zwischen Nase und Oberlippe fuhr.

Thiele nickte. »Stimmt. Aber gehen wir davon aus, dass es so war. – Weiter: Als Nächstes klebt sich Zimmermann ein Pflaster auf die Stirn und bestellt sich diese Pizza – für seine späte ›Cheaterzdate‹-Verabredung? Nun ja – aber dann bestellt er sich Resch in die Wohnung, um angeblich etwas wegen dessen Freundin zu klären. Und er schickt ihm dieses Foto.« Sie deutete auf die Pinnwand. »Er musste doch davon ausgehen, dass es Resch provozieren würde.« Sie breitete hilflos die Arme aus. »Ich meine: Das passt doch hinten und vorne nicht: Nach so einem Kampf müsste Zimmermann doch eigentlich froh gewesen sein, wenn alles vorbei war. Und als Model konnte er doch zufrieden sein, dass sein Gesicht nicht zu verbeult war. Ganz zu schweigen davon, dass er eine Frau bei sich hatte oder eine erwartete. Aber was macht er? Er holt sich kurz darauf einen eifersüchtigen Freund in die Wohnung. Was sollte das? Wollte er sich mit dem gleich weiterprügeln, oder was? Und selbst wenn er dafür verrückt genug gewesen wäre, so hätte er doch nie im Leben diese Pizza bestellt. Er hätte wissen müssen, dass sie ungefähr zur gleichen Zeit mit Resch eintreffen würde.« Sie lehnte sich zurück, nahm einen Schluck Kaffee und wartete.

Schweigend überlegte die Runde eine Weile. Irgendwann schien die Lösung plötzlich allen gleichzeitig einzufallen, so als ob ein unsichtbarer Knoten geplatzt wäre. Sie redeten wild durcheinander, wie kleine Kinder, die stolz sind, ein Rätsel gelöst zu haben und es unbedingt als erste erzählen wollen.

»Ist doch klar!«, rief Steinfels überzeugt. »Man muss nur eins uns eins zusammenzählen!«

»Eben, Pizza und Resch treffen gleichzeitig ein«, bestätigte Schmoll, die als einzige einigermaßen gelassen blieb. »Eins plus eins ergibt immer noch zwei.«

»So war es, aber hundertprozentig«, unterstrich Aurich und deutete mit dem Kaffeelöffel auf Bayer, der mit der Zunge schnalzte und nickte.

»Kollegen«, mahnte Laut, der trotz des ernsten Anlasses schmunzeln musste. »Ich denke, wir haben eine plausible Erklärung für eine offene Frage gefunden, auch wenn es erstmal nur eine Theorie ist.«

»Aber eine Gute«, bemerkte Aurich.

»Aber eine Gute«, wiederholte der Chef nickend und sah hinüber zu Thiele und Schreiber. »Wenn dann die Kollegen den Faden bitte weiterspinnen …«

»Nun gut«, begann Schreiber. »Wir gehen also davon aus, dass Zimmermann weder die Pizza bestellt noch die MMS verschickt hat, weil er zu diesem Zeitpunkt bereits tot war. Also muss es sein Mörder gewesen sein, was, wie wir eben feststellten, absolut Sinn ergäbe, da er gleich zwei Fliegen mit einer Klappe schlagen würde. Erstens: Er hätte einen perfekten Sündenbock, kurz nach dem Verbrechen am Tatort. Dem könnte er so alles in die Schuhe schieben. Zweitens: Es gäbe in dem Pizzaboten noch einen wunderbaren Zeugen, der genau zur richtigen Zeit am richtigen Ort wäre, um Reschs Anwesenheit zu bestätigen. Kurz: Der wahre Mörder liefert uns alles wie auf einem Silbertablett – Täter und Hauptbelastungszeugen.«

»Und mit dem Bild, das sich noch auf Zimmermanns Handy befindet, präsentiert er uns sogar noch ein erstklassiges Eifersuchtsmotiv«, räumte Thiele ein. »Wenn es sich wirklich so abgespielt hat, wäre das auch eine Erklärung für das blutige Messer am Tatort. Wir haben uns schon gefragt, warum es nach so einer offenbar vorsätzlichen Tat wie auf dem Präsentierteller dort zurückgelassen wurde. Was ist, wenn es bewusst dort platziert wurde, weil Reschs Fingerabdrücke drauf sind?«

»Würde mich nicht wundern«, sagte Bayer.

»Eben«, bestätigte Thiele. »Denn wenn unsere Theorie zutrifft, dann wollte der Täter nicht nur von sich ablenken, sondern, wie gesagt, Resch alles ganz gezielt in die Schuhe schieben. Und zwar genau ihm und keinem anderen!«

»Präzise, Schn... äh, Sophie, präzise«, bestätigte Schreiber und funkelte Aurich, der bis zu den Ohren grinste, mahnend an. Der Rest der Runde schmunzelte nur dezent.

»Das gibt's doch gar nicht! Das könnte er sein«, sagte Melanie fassungslos. Sie war ganz bleich geworden. Sie erhob sich vom Schreibtischstuhl und tigerte mit verschränkten Armen nervös im Zimmer auf und ab.

Gregor blieb auf seinem Stuhl vor dem Schreibtisch sitzen und starrte ungläubig auf die örtliche Tageszeitung, die aufgeschlagen vor ihm lag. Er las den Artikel zum dritten Mal. »Mord in der Kleberstraße«, lautete die Schlagzeile. Seine blauen Augen huschten jetzt nur noch oberflächlich über die Zeilen: … junger Mann … in seiner Wohnung tot aufgefunden … Polizei geht von einem Tötungsdelikt aus … Zeugen mit Hinweisen … sich melden …

»Wahnsinn, oder?«, murmelte Gregor und sah zu Melanie. »Ich habe mir erst nichts weiter gedacht. Christopher war ja noch total besoffen. Aber als du mir eben erzählt hast, was er zu dir noch gesagt hat … na ja. Und jetzt das.«

Überlegend senkte er den Blick auf die Zeitung. »Das wäre ja der Hammer! Ich meine, ich konnte ihn ja zugegebenermaßen nie richtig leiden, mit seinem Macho-Gehabe. Und auch wie er immer mit dir umgegangen ist. Aber Mord? Das ist doch Quatsch! Der bringt doch keinen um!«

Melanie blieb stehen und schüttelte den Kopf. »Ich weiß nicht. Eigentlich hast du ja Recht. Aber was kann er denn mit diesen blöden Bemerkungen sonst gemeint haben? Dass ich mit Marcel ›sowieso nichts mehr anfangen könnte‹? Und dass die Polizei glaubt, er hätte ›ihn platt‹ gemacht?«

Er zuckte die Schultern. »Keine Ahnung. Aber wenn das in der Zeitung tatsächlich Marcel ist und die Polizei Christopher verdächtigt, kann ich zumindest verstehen, weshalb er so durchdreht.«

»Oh Mann!« Sie raufte sich die Haare und ließ die Arme sinken. »Und was machen wir jetzt?«, fügte sie schwach hinzu.

»Vielleicht sollten wir Marcel einfach mal anrufen. Wenn er rangeht, ist alles in Ordnung. Und wir brauchen uns nicht weiter verrückt machen.«

»Ich ruf' den doch nicht mehr an!«

Sie starrte das Handy auf ihrer Bettdecke an, als wäre es ein giftiger Käfer.

Gregor sah nach unten. »Ja, klar, verstehe«, sagte er in einem entschuldigenden Tonfall. »Aber bevor wir uns hier den Kopf zerbrechen: Ich ruf' ihn einfach selbst an, okay?«

»Wir suchen also jemanden, der versucht, Christopher Resch einen Mord anzuhängen«, sagte Laut und verschränkte die Hände auf dem Stapel Unterlagen auf der Tischplatte. »Weil er ihm irgendwie im Weg ist, oder er einen Grund hat, ihn zu hassen. Nur dürfen wir eines dabei nicht vergessen: Christopher Resch steht zwar als Mordverdächtiger da, aber Marcel Zimmermann musste dafür sterben. Bei der perfiden Vorgehensweise ist es unwahrscheinlich, dass der Mörder ihn willkürlich als Opfer gewählt hat. Das heißt, er muss auch für den Mord an ihm ein starkes Motiv gehabt haben. Außerdem hätte er ja sonst gleich Christopher Resch töten können, wenn er ohnehin bereit ist, bis zum Äußersten zu gehen.«

Er ließ die Worte wirken.

»Wenn wir den Mörder, sagen wir einmal, wie einen Richter sehen«, begann Thiele, »dann hieße das quasi Knast für den einen und Todesstrafe für den anderen.«

»Es gibt noch eine Möglichkeit«, sagte Schreiber. »Todesstrafe für beide. Er könnte versuchen, auch Resch zu töten, und es hinterher wie einen Selbstmord aus Reue aussehen lassen. Im Manipulieren hat er ja Übung. In dem Fall würde er darauf zählen, dass die Ermittlungen schnell eingestellt werden. Resch könnte in Gefahr sein.«

Laut nickte. »Nun ja«, sagte er mit Blick auf Thiele und Schreiber. »In jedem Fall sollten wir auch überprüfen, ob Schmitt vielleicht sogar Resch kannte und ein Motiv hatte, ihm zu schaden. Wer weiß? Letztendlich dürfen wir nicht die Fakten außer Acht lassen. Und Schmitt ist nun mal der einzige, bei dem wir davon ausgehen, dass er direkt am Tatort war, also direkt vor Reschs Wohnungstür und nicht nur vor dem Haus.«

Alle murmelten Zustimmung.

»Natürlich müssen wir auch schauen, ob es irgendwelche Verbindungen zwischen Resch und Judiths Gothic-Clique gibt. Man weiß ja nie.« Der Chef pochte mit dem Zeigefinger auf die Unterlagen. »In jedem Fall aber spielt Reschs Freundin, diese Melanie Köppel, eine zentrale Rolle«, setzte er seine Zusammenfassung fort. »Falls unsere Sündenbock-Theorie zutrifft, dann muss der Mörder sie zumindest kennen, wenn er nicht sogar aus ihrem unmittelbaren Umfeld kommt – Familie, Freunde, Lehrer und so weiter. Gibt's schon irgendwelche Hinweise, wer das Foto von ihr und Zimmermann gemacht haben könnte?«

»Resch meint, es könnte ein gewisser Gregor gewesen sein«, antwortete Schreiber und deutete mit seinem Kugelschreiber auf das Vernehmungsprotokoll vor ihm. »Der wohnt gleich in der Nähe von Melanie Köppel und ist schon länger mit ihr befreundet. Resch behauptet allerdings, er wäre sogar hinter ihr her.«

»Gut«, sagte Laut. »Wenn er Recht hat, hätte der Mann schon einmal ein Motiv, sowohl Resch als auch Zimmermann aus dem Weg zu räumen. Und falls sich herausstellt, dass er tatsächlich das Bild gemacht hat, dann muss er sich aber warm anziehen.«

»Allerdings«, bestätigte Schreiber.

»Paradiesweg. Unsere Melanie Köppel scheint aus guten Verhältnissen zu kommen«, murmelte Thiele, als sie den Dienstwagen den Kaulberg hoch steuerte. »Bin mal auf das Haus gespannt.«

Schreiber brummte nur zustimmend und schaute nachdenklich aus dem Seitenfenster, vor dem gerade der Altbau vorbeizog, in dem Resch wohnte. Die ältere Dame im geblümten Hauskleid hatte wieder ihren Beobachtungsposten am Fenster eingenommen, wo sie sich mit den Ellbogen auf ein Kissen stützte. Sie genoss sichtlich die letzten warmen Tage des Jahres. Bald würde der Herbst endgültig Einzug halten und mit seinen ungemütlichen Temperaturen ihre Aufenthalte am Fenster verkürzen. Schreiber nickte ihr lächelnd zu, doch ehe sie ihn erkannte und reagieren konnte, waren sie schon zu weit die Straße hinaufgefahren.

Die Kommissare kamen gerade vom Gefängnis in der Sandstraße, wo sie Schmitt gefragt hatten, ob er Fotos von Zimmermann gemacht hatte oder hatte machen lassen. »Wieso sollte ich das tun? Ich wusste doch auch so, dass er meine Alte knallt!«, hatte der Verdächtige nur geknurrt. Die zwei Nächte in Untersuchungshaft hatten seine Laune nicht gerade verbessert. Mit dem Hinweis, er würde nur in Anwesenheit seines Anwalts weiterreden, hatte er sie mehr oder weniger aus seiner Zelle hinausgeworfen.

Schreiber und Thiele hatten vorher noch miteinander diskutiert, ob es ermittlungstaktisch überhaupt klug wäre, Schmitt indirekt auf das Bild anzusprechen. Falls er tatsächlich hinter der mutmaßlichen Täuschung steckte, würde er wahrscheinlich sowieso alles leugnen. Sie hatten sich mit dem Hintergedanken dafür entschieden, ihn der Lüge zu überführen, sollte sich später auf andere Weise herausstellen, dass er doch der Fotograf gewesen ist. Und diese Lüge wiederum würde den Verdacht gegen ihn erhärten.

Schreiber hängte den Arm aus dem Fenster, lehnte seinen Kopf mit geschlossenen Augen gegen die Nakkenstütze und ließ sich den Fahrtwind ins Gesicht streichen. Er versuchte sich zu entspannen. Wie Thiele konnte er es kaum erwarten, mit Melanie Köppel zu reden. Im Grunde waren alle im Kommissariat davon überzeugt, dass sie der Schlüssel zum Mordfall Zimmermann war.

Als das Auto die Brauereigaststätte ›Greifenklau‹ passierte, drifteten Schreibers Gedanken in seine Jugendzeit ab. Wehmütig erinnerte er sich an die lauen Sommerabende, an denen er unter den Kastanienbäumen im Biergarten mit seinen Schulkumpels Schafkopf gespielt hatte.

Seit er vierzig geworden war, verfiel er immer öfter in solch melancholische Momente, und der Verlust seiner alten E-Gitarre hatte bei ihm einen neuen Schub ausgelöst. Er fragte sich, ob alle Männer in seinem Alter so waren. Oder wohnte er einfach schon viel zu lange in Bamberg, wo ihn jeder Stein und jeder Grashalm an alte Zeiten erinnerte? Vielleicht brauchte er ja einen Tapetenwechsel und musste einfach weg von all dem. Die Vergangenheit hinter sich und sich irgendwohin versetzen lassen, um noch einmal ganz neu anfangen.

Weg aus der Altbauwohnung am Kunigundendamm, in der er schon während seiner Ehe gelebt hatte. Weg von der ›Blues Bar‹ und den *B. Bulls* – die Instrumente waren eh hinüber. Aber auch weg von der Polizeidirektion in der Schildstraße – und damit weg von der Frau, die er ›Schnegge‹ nannte.

Er öffnete die Augen und schielte zu ihr hinüber. Sie trug wieder mal ihre faule Frisur, den Pferdeschwanz. Wie eine Siebzehnjährige, dachte er. Würde er auch sie aufgeben können? Wie dumm doch seine Liebe zu ihr war, wo sie doch ohnehin nie zusammenkommen würden. Als er verstohlen ihr vertrautes Profil studierte, ärgerte er sich, dass es ihn plötzlich wieder warm durchflutete. Es ärgerte ihn noch viel mehr, als ihm klar wurde, dass er es genoss. Sie war seine ganz persönliche Sonne. Konnte es ohne Sonne überhaupt …

»Hier müsste es irgendwo sein«, holte ihn ihre Stimme zurück auf die Erde.

Sie ließen die Bruderwaldbrücke hinter sich und bogen nach links in den Paradiesweg, vorbei an der Rettungszentrale des Roten Kreuzes. Langsam rollten sie den asphaltierten Weg hinunter. Nach den ersten Häusern kamen einige Gärten mit Lauben, dann größere Häuser.

Schreiber pfiff durch die Zähne. »Nicht schlecht. Schätze, so was nennt sich dann schon ›Anwesen‹.«

Bald tauchte das Haus der Köppels vor ihnen auf. Das riesige verschachtelte Gebäude glich mit seinem flachen Dach eher einer wuchtigen Bunkeranlage. Es hatte eine Doppelgarage und war an den Seiten und nach hinten von einem weitläufigen Garten umgeben.

Die Kommissare hielten am Weg und stiegen aus. Sie schenkten all dem einige Bewunderung, ehe sie die schwere Haustür aus Kupfer ansteuerten.

»Sag' ich doch: gute Verhältnisse«, murmelte Thiele und läutete, woraufhin ein edles ›Ding-Dong‹ ertönte.

Es war Regine Köppel, die öffnete. Sie war perfekt geschminkt, trug eine gut sitzende Designer-Jeans und einen figurbetonten roten Damenpulli. Mit ihrem sorgfältig geföhnten, wallenden Haar wirkte sie auf ihre Besucher wie ein alterndes Top-Model. Auf den ersten Blick schien sich ihnen ihr ganzes Leben zu offenbaren: Das Leben einer wohlhabenden Frau. Ein Leben zwischen Fitnessstudios und Shopping-Touren, zwischen Konzertbesuchen und Vernissagen, Straßencafés und Urlaubsreisen. Ein Leben mit viel Zeit, einem Hausmädchen und einem Ehemann, der alles bezahlte.

Sie reagierte mit der üblichen Verwunderung, als sich die Beamten auswiesen, und erschrak sichtlich, als sie ihr mitteilten, dass es um ein Tötungsdelikt ging.

»Ein junger Mann?«, hakte sie ungläubig nach. »Und unsere Melanie soll den gekannt haben?«

»Ist sie hier?«, fragte Thiele.

»Ja … ja«, sagte sie irritiert. »Kommen Sie rein.«

Sie zog die Tür vollends auf und trat zur Seite. Dann ging sie voraus und rief »Melanie!« in Richtung des Jugendzimmers. Sie führte die Beamten in ein riesiges helles Wohnzimmer mit Glasschiebetüren zu einer Terrasse. Im Garten glitzerte blau ein Swimming-Pool in der Sonne. An den Wänden des Zimmers hingen großformatige abstrakte Gemälde, alles Originale mit leuchtend bunten Farbflächen. Auch ein Großbildfernseher und die luxuriöse Ausstattung des Raumes zeugten von Stil und Geld. Auf einem Gläserschränkchen standen einige Familienfotos, darunter viele von der Tochter, die sich, ihrer Schönheit wohl bewusst, immer wie ein Model gab. Selbst auf den Bildern, auf denen sie noch ein kleines Kind war, warf sie sich schon in Pose.

Frau Köppel wies einladend auf die schwarze Sitzgruppe. »Möchten Sie ein Wasser oder eine Tasse Kaffee?«

»Wasser, bitte«, erwiderten die beiden gleichzeitig und nahmen nebeneinander auf dem Sofa Platz.

»Melanie!«, rief sie noch einmal nach hinten, als sie sich zur Küche begab.

Das Öffnen einer Tür und Schritte waren zu vernehmen. »Was ist denn?«, kam es betont genervt.

»Kommst du mal?« hörten die Kommissare die Mutter sagen. »Ist Gregor noch da?«

»Nö. Ist schon weg. Ich wollte gerade in die Stadt, mich mit Jacqueline treffen.«

»Ruf sie an und sag ihr, dass es später wird«, kam es bestimmt von Frau Köppel. Von dem, was sie mit gesenkter Stimme hinzufügte, waren nur einige Wortfetzen zu verstehen. »Bitte nicht erschrecken, mein Schatz ... zwei Polizisten ... jemand umgebracht worden ... jemand, den du kennst.« Von ihrer Tochter kam nur ein fassungsloses »Was?« und ein »Ach du Scheiße!«, aber keine Gegenfrage, um wen es sich überhaupt handelte.

Als die beiden kurz später ins Wohnzimmer kamen, merkten die Polizisten dem Mädchen sofort an, dass sie zumindest ahnte, wer das Mordopfer war – wenn sie es nicht sogar schon wusste. Mit dem Blick eines Lausejungen, der zum Schuldirektor muss, ließ sie sich auf einem der Sessel nieder, während ihre Mutter ein Silbertablett mit zwei Gläsern vor den Kommissaren platzierte und sich in den Sessel gleich daneben setzte.

Die Beamten dankten ihr und stellten sich auch der Tochter vor.

»Frau Köppel, kennen Sie Herrn Marcel Zimmermann?«, begann Thiele mit Blick auf Melanie, die wie ihre Mutter perfekt geschminkt war. In ihrem roten Minirock mit einem dazu passenden schwarzen Top merkte man ihr an, dass sie gerade aus dem Haus gehen wollte. Ihr braunes Haar hatte sie zu einem Knoten zusammengebunden, wodurch sie ihren zarten hübschen Hals betonte.

»Ja«, sagte die junge Frau nach kurzem Zögern. »Der ist doch Student, oder?«

Thiele nickte.

»Und Sie?«, hakte Schreiber ein und sah dabei die Mutter an.

»Wie, ich?«, begann sie etwas unsicher und lächelte irritiert. »Aber ja. Könnte sein«, gab sie dann schnell zu. »Wenn mir jetzt auch zu dem Namen kein Gesicht einfällt. Die Melanie verkehrt ja fast nur unter Studenten. Mit den Jungs in ihrem Alter kann sie nicht so viel anfangen.«

»Ist Marcel der, der umgebracht worden ist?«, fragte Melanie, aus deren Gesicht sämtliche Urlaubsbräune gewichen war.

Thiele nickte ernst.

Melanie schlug die Hände vor den Mund. Ihre Mutter beugte sich vor und legte ihr beruhigend die Hand aufs Knie.

»Wie gut kannten Sie ihn?«, fragte Thiele.

Melanie verschränkte ihre zitternden Hände auf ihren Oberschenkeln und sah nervös auf die Tischplatte. »Na ja«, druckste sie herum. »Eigentlich nicht so gut. Mehr flüchtig. Wir haben uns ein paar Mal unterhalten und so«, brachte sie wenig überzeugend heraus.

»Kommen Sie schon, Frau Schmitt«, ermutigte sie

Thiele. »Es geht hier um Mord. Sie müssen uns wirklich alles sagen. Oder ist es Ihnen vor ihrer Mutter peinlich?« Sie blickte entschuldigend zur Mutter, die aber mit ihrem Blick sofort Verständnis signalisierte.

Melanie winkte verlegen lächelnd ab. »Nein, nein. Ist schon gut. Sie kann es ruhig hören. Es ist nur, weil ich zu der Zeit doch noch mit Christopher zusammen gewesen war.«

Bei der Erwähnung des Namens huschte der Anflug eines verächtlichen Lächelns über das Gesicht der Mutter. Sie zog erstaunt die Augenbrauen hoch und sah zwischen Melanie und den Kommissaren hin und her. Diese ließen sich nicht anmerken, wie überrascht sie waren, dass Melanie sich offenbar von Resch getrennt hatte.

»Und? Was war nun mit Herrn Zimmermann?«, fragte Thiele.

»Na ja. Wir hatten mal kurz was«, gestand Melanie. »An einem Nachmittag vor ein paar Wochen stand er plötzlich auf der Matte. Er sagte, er wollte nur mal vorbeischauen. Und da ist es eben passiert.« Sie schielte zur Mutter. »Ich habe es vor dir nicht erwähnt, weil es ja sowieso nichts Ernstes war und ich nicht wollte, dass du mich für irgend so eine kleine Schlampe hältst.«

»Na ja. Ein bisschen überrascht mich das jetzt schon«, gab sie zu, lächelte ihre Tochter ungläubig an und fuhr sich unsicher durchs Haar. »Damals warst du doch noch ganz verrückt nach Christopher. Aber wer von den Studenten war denn jetzt überhaupt dieser … äh, Marcel?« Sie stockte und sah Hilfe suchend zu den Kommissaren.

»Marcel Zimmermann«, bestätigte Schreiber.

Sie nickte dankend und schaute wieder zu ihrer Tochter. »Wenn der nur dieses eine Mal bei uns war, kenne ich ihn vielleicht doch nicht. Wie sieht er denn aus?«

Ehe Melanie antworten konnte, zog Schreiber das ominöse Foto aus der Jacke und legte es wortlos auf den Tisch.

Gregor stand mit den Händen in den Hosentaschen am Paradiesweg und musterte den zivilen Polizeiwagen. Er ahnte, dass es einer war. Wer sonst sollte an diesem Montagvormittag die Köppels besuchen? Er stand etwa fünfzehn Meter von dem Fahrzeug entfernt, weil er nicht aussehen wollte wie ein neugieriger Nachbar, der jedem nachspioniert.

Wendy schnüffelte an einer Hecke entlang und rannte ein Stück den Weg hinunter. Sie hatte sich schon längst wieder beruhigt. Als sie merkte, dass Herrchen ihr nicht folgte, drehte sie sich um und spähte ungeduldig in seine Richtung – die Ohren aufmerksam aufgestellt. Er stand ja noch immer da herum! Was war denn los mit ihm? Sie kläffte und vollführte schwanzwedelnd einige Hopser. Na los! Große Runde! Das ganze Programm, inklusive Stöckchen holen!

Gregor stieg unentschlossen von einem Bein aufs andere und überlegte. An der Unterlippe nagend sah er hinüber zum vertrauten Haus der Köppels, das ihm unter dem strahlend blauen Himmel plötzlich vorkam wie eine düstere Festung, in der streng geheime Gespräche geführt wurden. Wie lange die Melanie wohl befragten? Er konnte es nicht einschätzen. Vielleicht würden sie ja schon nach einer Viertelstunde wieder herauskommen. Und dann würden sie bestimmt auch mit ihm reden wollen. Klar – die befragten alle, die Marcel kannten. Also auch ihn. Wenn er dann nicht zu

Hause wäre, meinten die wohlmöglich, er hätte was zu verbergen oder sei vielleicht sogar abgehauen. Das sähe ja blöd aus. Nein – er würde der Polizei natürlich für Fragen zur Verfügung stehen, wie es sich gehörte.

Gregor sah zu Wendy, die schon wieder kläffte. Ihr Geschäft hatte sie zum Glück schon erledigt. Gregor pfiff schrill. Aber sie legte nur ungläubig den Kopf schief und zögerte. Wie? Das soll schon alles gewesen sein?

Na, komm schon, dachte Gregor. Er konnte doch später noch mal mit ihr raus, wenn die Polizei wieder weg war. Noch einmal pfiff er. »Na, komm schon!«, rief er jetzt laut.

Langsam setzte sich Wendy mit gesenktem Kopf in Bewegung und gab ein unleidiges Wimmern von sich. Erst als Gregor in die Hocke ging, beschleunigte sie ein wenig. Als sie schließlich bei ihm war, knuddelte er sie ordentlich durch, um sie ein wenig zu trösten.

»Und Sie sehen dieses Bild wirklich zum ersten Mal?« fragte Schreiber.

Mutter und Tochter nickten.

»Das gibt's doch gar nicht«, sagte Melanie fassungslos. »Das ist ja wohl das Letzte.« Sie wiegte ihren Oberkörper vor und zurück, knetete nervös ihre Hände im Schoß. Sie schien einen Wutanfall zu unterdrücken.

»Wer könnte das Bild denn gemacht haben?«, fragte Thiele.

»Gregor«, antwortete Melanie ohne Umschweife. »Der wohnt hier in der Nähe. Wir sind schon ewig befreundet, und ich fände es echt das Letzte, wenn der mich heimlich fotografiert.«

»Wieso kommen Sie dann so schnell auf ihn, wenn Sie das so überraschen würde?«

Melanie erzählte den Kommissaren von Reschs bissiger Andeutung, die er am Morgen gemacht hatte, nachdem sie ihm den Laufpass gegeben hatte. »Na ja«, fügte sie noch hinzu. »Erst dachte ich, der erzählt nur Quatsch, weil er gekränkt ist. Aber jetzt, wenn ich das Bild sehe … Er könnte nicht einmal Unrecht haben. Isabella, unser Hausmädchen, war an diesem Tag nicht da, und fremde Leute schleichen ja tagsüber nicht um unser Haus herum. Aber Gregor schaut öfters mal bei uns vorbei, fast täglich. Auch an dem Tag ist er noch gekommen, nachdem Marcel weg war. Und er ist es auch gewohnt, einfach in den Garten zu gehen, wenn er an der Haustür läutet und niemand öffnet. Also – das Bild müsste vom Garten aus gemacht worden sein, vor ungefähr zwei Monaten«, erklärte sie noch.

»Stimmt, durchs Fenster«, bestätigte ihre Mutter und sah zwischen den Beamten und ihrer Tochter hin und her. »Aber trotzdem würde es mich wundern, wenn Gregor das Foto gemacht hätte. Das passt nicht zu ihm. Er ist zwar mehr der ruhige Typ, aber deshalb gleich ein Spanner? Und überhaupt: Was hätte er denn davon?« Ihr Blick blieb an ihrer Tochter hängen. »Außerdem würde dein Christopher doch alles behaupten, um dir Gregor madig zu machen, vor allem wenn du mit ihm Schluss gemacht hast. Wahrscheinlich hat Christopher das Bild sogar selbst gemacht, oder einer seiner Freunde.«

Schreiber zeigte auf das Foto. »Hat es denn an der Haustür geklingelt, kurz bevor Sie sich da geküsst haben?«

Melanie überlegte mit offenem Mund und schüttelte den Kopf. »Es könnte sein, aber wenn, dann haben wir's nicht gehört, weil die Musik laut lief. Und mir ist auch niemand im Garten aufgefallen, als ich kurz nach dem Kuss die Rollos heruntergelassen habe. Zu blöd, dass unsere Überwachungskameras nicht liefen. Gregor ist erst aufgetaucht, nachdem Marcel schon gegangen war. Vielleicht zwanzig Minuten später. Er sagte, er hätte Marcel zufällig oben am Wiesengrund getroffen, und dass Marcel hätte heraushängen lassen, woher er gerade kam, und was wir gemacht hatten. So ein Arsch. Dann habe ich Gregor natürlich alles gebeichtet und ihn gebeten, niemandem was zu erzählen.« Sie hielt ein paar Sekunden inne und fügte resolut hinzu: »Aber, wie auch immer, ich werde Gregor in jedem Fall noch mal auf das Bild ansprechen.«

Die Kommissare stutzten und erinnerten sich daran, wie die Mutter Melanie gefragt hatte ob »Gregor noch da« sei.

»Sie haben ihn schon einmal gefragt, ob er Sie heimlich fotografiert?«, hakte Thiele ein.

»Na klar«, sagte Melanie. »Er war vorhin hier, als Christopher schon gegangen war. Da habe ich ihn natürlich gefragt, ob da was dran ist an Christophers Behauptung. Gregor hat es abgestritten und wäre fast richtig sauer geworden.«

Einige Sekunden verstrichen. Die Beamten sagten nichts. Sie spürten instinktiv, dass die beiden Frauen von sich aus weitererzählen würden.

»Da ist noch eine Sache, die Sie wissen sollten«, sagte Melanie irgendwann zögernd und erzählte von Reschs zweiter Äußerung, dass sie mit Marcel »wohl leider nichts mehr anfangen können« würde.

»Das klingt doch fast schon wie eine Art Geständnis, oder?«

Thiele und Schreiber sahen sich nur an.

»Verstehen Sie mich nicht falsch«, fügte das Mädchen eilig hinzu. »Ich will bestimmt niemanden anschwärzen, aber so was muss ich Ihnen doch sagen, nicht wahr?«

Thiele nickte. »Das haben Sie schon richtig gemacht. Würden Sie es Christopher denn zutrauen?«

»Nein«, sagte Melanie. – »Ja«, gleichzeitig ihre Mutter.

»Aber Mama ...« Melanie starrte sie ungläubig an.

»Ich sag' ja nicht, dass er es war«, verteidigte sie sich sofort. »Aber ich würde es ihm nun mal zutrauen. Ich gebe auch zu, dass ich seine prollige Macho-Art nie leiden konnte, und dass ich froh bin, dass du ihn abserviert hast, okay? Aber du musst auch zugeben, dass er total jähzornig werden konnte, vor allem wenn er eifersüchtig war. Oder etwa nicht?«

Sie sah Hilfe suchend zu den Beamten.

»Ich glaub' trotzdem nicht, dass er so was machen würde«, legte sich Melanie trotzig fest.

»Hätte Ihr Freund Gregor denn einen Grund, Marcel Zimmermann zu töten? Was meinen Sie?«, fragte Schreiber geradeheraus.

Melanie schielte mit einem wissenden Lächeln zu ihrer Mutter, ehe sie antwortete. »Na ja. Eigentlich nicht.«

Schreiber senkte den Kopf und sah sie stirnrunzelnd an. »Aber?«

»Er ist schon ein wenig verliebt in mich«, gestand Melanie. »Aber er akzeptiert unsere Freundschaft so, wie sie ist. Mama macht immer Witze, dass ich ihn sowieso irgendwann heiraten werde. Aber deswegen bringt er doch niemanden um, mit dem ich einmal kurz was hatte.«

Ihre Mutter unterstrich die Aussage mit einem Nikken.

Die Kommissare ließen sich Gregors Nachnamen

und Adresse geben. Er hieß Jagorus und wohnte Am Wiesengrund.

»Wer hätte denn Ihrer Meinung nach einen triftigen Grund gehabt, Marcel Zimmermann zu töten?«, fragte Schreiber und sah dabei auch die Mutter an.

Melanie kratze sich am Ohr und seufzte. »Er hatte in Bamberg einen ziemlich miesen Ruf bei den Frauen«, erklärte sie. »Weil er ganz schön in der Gegend rum…« Sie stockte, als ihre Mutter zusammenzuckte. »Na ja, Sie wissen schon«, erklärte sie dann. »Dagegen ist ja an sich nichts zu sagen. Jeder, wie er mag, solange sich beide Seiten einig sind. Aber Marcel spielte Frauen gerne die große Liebe vor, nur um ans Ziel zu kommen. Hinterher ließ er dich dann einfach fallen.« Sie druckste herum.

»War das bei Ihnen auch so?«, fragte Thiele sanft.

»Ehrlich gesagt: ja«, sagte sie und senkte den Kopf.

Ihre Mutter legte ihr tröstend die Hand auf die Schulter.

»Kennen Sie noch andere Frauen, mit denen er so umgesprungen ist?«, wollte Thiele wissen.

»Leider nur vom Sehen«, bedauerte Melanie.

»Hat Ihre Familie eigentlich Bekannte in der Karolinenstraße?« fragte Thiele indirekt nach Rudolph Schmitt. Gespannt studierte sie die Reaktion ihrer beiden Gegenüber.

Die Frauen sahen sich überrascht an.

»Äh, nein«, antwortete die Mutter. »Oder?« fügte sie mit zweifelndem Seitenblick auf ihre Tochter hinzu.

Die hob bedauernd die Schultern. »Ich wüsste jetzt niemanden«, bestätigte sie. »Warum?«

Thiele wiegte nur ausweichend den Kopf hin und her.

»Sie waren bis gestern Nacht in Urlaub auf Mallorca?«, fragte Schreiber. Als die Mutter erneut zusammenzuckte, hob er beschwichtigend die Hand. »Wir müssen das fragen. Das werden Sie doch sicher verstehen.«

Frau Köppel schluckte. »Aber ja«, antwortete sie und nannte auch gleich das Hotel und die genauen Termine der Flüge.

»Überprüfen Sie das ruhig.«

»Danke«, sagte Schreiber und fragte beiläufig. »Haben Sie jetzt eigentlich Marcel Zimmermann gekannt oder nicht?«

Sie machte einen langen Hals und studierte noch einmal das Bild, das noch immer auf der gläsernen Tischplatte lag.

Schreiber fischte ein Porträtfoto von Zimmermann heraus und legte es daneben. »Hier. Darauf ist er besser zu erkennen.«

Sie nickte. »Hm, kommt mir schon bekannt vor. Vom Sehen vielleicht. Ich bin ja recht viel in der Stadt unterwegs. Und die Uni hat doch auch ein paar Gebäude gleich neben der Fußgängerzone. Aber dass Melanie ihn kannte, wusste ich nicht.«

»Sind Sie sich sicher?«, hakte Schreiber nach und legte lächelnd den Kopf schräg.

Irritiert kniff sie die Augen zusammen. »Natürlich. Wieso sollte ich Sie denn anlügen?«

Schreiber ignorierte ihren Ärger. »Und Ihr Mann war nicht mit in Urlaub?«

»Nein. Der war hier und hat sich um die Geschäfte gekümmert. Wir haben drei Boutiquen. Da gibt's immer alle Hände voll zu tun.«

»Mit ihm müssten wir auch noch sprechen. Wo ist er denn?«

Herr Köppel lief mit dem schwungvollen, selbstbewussten Gang des stets beschäftigten und erfolgreichen Geschäftmanns über das Kopfsteinpflaster der Fußgängerzone und scheuchte ein paar Tauben auf, die ihm laut flatternd auswichen. In der einen Hand trug er eine Brötchentüte, in der anderen eine schwarze Aktentasche. Unter seinem Arm klemmte die örtliche Tageszeitung, die er sich in der Bäckerei gekauft hatte. Dass zu Hause die gleiche Zeitung lag, störte ihn nicht weiter. Die war schließlich für seine Frau.

Die Enden seines zeitlosen hellgrauen Trenchcoats flatterten hinter ihm her, als er zielstrebig die große Boutique ansteuerte und sie durch die Glasschiebetüren betrat. Drin schlug ihm der Geruch fabrikneuer Textilien entgegen. Obwohl Herr Köppel schon fast drei Jahrzehnte in dieser Branche war, genoss er ihn jeden Morgen aufs Neue: diesen unverwechselbaren Duft jungfräulicher Kleidung, ungetragen und sauber, fertig zum Verkauf. Das war seine Ware, die er mit einem sicheren Händchen für das, was ging, von den Großhändlern einkaufte. Sein Geschäft und der Garant seines Wohlstands.

Mit einem beiläufigen »Morgen!« huschte er an den Kassen vorbei und lief zum Fahrstuhl.

»Morgen!«, flöteten die beiden Verkäuferinnen zurück, gut gelaunt und doch voller Respekt vor ihrem Arbeitgeber.

Mit einem ›Bing‹ schlossen sich die Fahrstuhltüren, und der Chef verschwand nach oben. Im Büro warf er die Brötchentüte neben eine große Kaffeemaschine in der Ecke. Nachdem er die Zeitung auf den Schreibtisch neben die Tastatur seines Computers geklatscht hatte, hängte er den Trenchcoat ordentlich an einen rollbaren Kleiderständer neben einige Warenmuster. In der

Kaffee-Ecke nahm er ein Butterhörnchen aus der Tüte und platzierte es auf einem Tellerchen. Während sein doppelter Espresso aus einer der Düsen zischend in die Tasse gluckerte, stand er am Fenster und sah hinunter in die Fußgängerzone. Zufrieden stellte er fest, dass viel los war, wohl auch wegen des schönen Wetters.

Er schnappte sich Espresso und Hörnchen und frühstückte am Schreibtisch, ganz für sich alleine. Er mochte dieses allmorgendliche Ritual. Niemand, der ihn anquatschte, ein Moment, um noch einmal durchzuatmen und sich zu sammeln. Dann konnte der Tag kommen.

Als er nach der Zeitung griff, öffnete sich die Tür, und eine hübsche Mittdreißigerin steckte den Kopf herein. Es war Gabi, seine stellvertretende Geschäftsführerin.

»Morgen«, sagte sie nur, ohne einzutreten, weil sie sah, dass ihr Chef noch nicht fertig war. »Ich komme in zehn Minuten wieder.«

Herr Köppel, nickte kauend und machte sich daran, raschelnd die Zeitung auseinanderzufalten.

»Schon gehört?«, fragte Gabi noch. »In Bamberg hat es einen Mord gegeben. Gleich hier in der Nähe.«

Köppel hielt inne und schluckte seinen Bissen geräuschvoll hinunter.

»Ach? Jemand Bekanntes?«

»Keine Ahnung. Ein junger Mann in der Kleberstraße. Also, ich kenne da niemanden. Und du?«

Er überlegte kurz und schüttelte den Kopf. »Na ja. Shit happens«, stellte er beiläufig fest, als er die Zeitung aufschlug und die Nase hineinsteckte. »Ich war's jedenfalls nicht.«

Gabi grinste und zog die Tür zu.

»Wir werden uns in den nächsten Tagen noch einmal bei Ihnen melden. Und danke fürs Wasser«, sagte Thiele höflich.

»Ich fürchte nur, wir konnten Ihnen nicht viel helfen, oder?«, bedauerte Frau Köppel und legte die Hand an die Haustürklinke. Ihr Ärger über einige von Schreibers Fragen war verflogen.

»Alle Informationen sind wichtig«, sagte der. »Bitte rufen Sie sofort an, falls Ihnen noch etwas einfällt. Vor allem, wer außer Gregor das das Foto noch gemacht haben könnte.«

»Aber selbstverständlich«, versprach sie.

Als sie die Tür aufzog, stand eine dunkelhaarige Frau in Jeans und blauem T-Shirt auf der Matte. Sie hatte offenbar gerade läuten wollen und schaute die Kommissare verdutzt an.

»Ah, Isabella. Da sind Sie ja!«, sagte Frau Köppel und stellte sie als das Hausmädchen vor. »Isabella kommt aus Spanien«, erklärte sie noch, bevor sie die Kommissare als »Herrschaften von der Polizei« einführte.

Die kleine, kräftige Frau lächelte unsicher, reichte den Polizisten wie ein artiger Schuljunge die Hand und nickte Melanie, die neben ihrer Mutter stand, beiläufig zu.

Die Kommissare musterten Isabella. Schreiber schätzte sie auf Anfang dreißig. Als er über ihre Schulter nach draußen sah, fiel ihm ein älterer blauer Kleinwagen auf. Ein Mann saß darin, hängte den Ellbogen aus dem Fenster und schaute neugierig zur Personengruppe in der offenen Haustür.

»Hallo, Sie! Würden Sie bitte noch einen Moment warten?«, rief Schreiber ihm zu und wandte sich an Isabella. »Und das ist?«

»Pablo, mein Mann«, antwortete sie. »Aber was ist denn los? Ist eingebrochen worden?«

Frau Köppel wollte antworten, doch Schreiber fiel ihr ins Wort. »Wir müssten Isabella noch kurz entführen«, sagte er.

Isabella schaute ihre Arbeitgeberin fragend an.

Ein Anflug von Ärger huschte über deren Gesicht. »Äh, gewiss«, sagte sie dann aber nur und nickte Schreiber einsichtig zu.

Die Polizisten traten ins Freie und gingen mit Isabella zum Auto ihres Mannes.

Pablo stieg aus. »Was gibt's denn?«, fragte er und lehnte sich mit verschränkten Armen rücklings gegen sein Fahrzeug. Er hatte krauses dunkles Haar, einen dichten Dreitagebart und trug eine Jeansjacke, den Kragen hochgeschlagen. Sein lässiges Auftreten passte nicht zu dem verschmitzt-kindlichen Ausdruck in seinen dunklen Augen, die Gutmütigkeit ausstrahlten. Schreiber schätzte den mittelgroßen, stämmigen Mann etwa drei bis fünf Jahre jünger als seine Frau.

Während Schreiber sich auswies, drehte Thiele sich noch einmal zum Haus um. Melanie hatte sich schon zurückgezogen, aber ihre Mutter stand noch immer in der offenen Tür.

»Wie gesagt, wir melden uns«, rief Thiele ihr zu.

Frau Köppel verstand den Wink mit dem Zaunpfahl und verschwand mit einem irritierten Lächeln im Haus.

Die Polizisten erklärten dem Paar den Grund ihres Besuches.

Isabella und Pablo schauten sich überrascht an und wandten sich wieder an die Beamten.

»Zimmermann?«, fragte Pablo. »Kenn' ich nicht. Du?« Er sah hinunter zu seiner deutlich kleineren Frau.

Sie zog die Mundwinkel nach unten und verschränkte ebenfalls die Arme. Schließlich schüttelte sie den Kopf. »Ein Freund der Köppels?«, fragte sie mit einer tiefen, kehligen Stimme, wie man sie oft bei südländischen Frauen findet.

»Ach, wissen Sie was? Wir befragen Sie am besten beide gleichzeitig«, sagte Thiele freundlich, die Frage ignorierend. »Ich rede mit Ihnen, und mein Kollege redet mit Ihrem Mann.«

»Genau«, sagte Schreiber zu Pablo. »Dann halten wir Sie nicht unnötig auf, und Frau Köppel braucht auch nicht so lange zu warten.«

Thiele ging ein Stück den Weg hinunter, hielt und winkte Isabella, ihr zu folgen. »Kommen Sie bitte?«

Isabella schaute Pablo fragend an.

»Ja, Moment mal«, spielte der etwas unsicher den Beschützer. »Sind wir jetzt verdächtig, oder was?« Er breitete verständnislos die Handflächen vor Schreiber aus.

»Wie denn?«, fragte der achselzuckend und trat an Pablo heran. »Wenn Sie Marcel Zimmermann nicht einmal kannten?«

»Der bringt sie regelmäßig zu den Köppels und holt sie auch wieder ab«, sagte Schreiber und überprüfte sein Äußeres im Spiegelchen der Sonnenblende. »In der Tatnacht hat er angeblich mit Isabella ferngesehen. Sie haben übrigens einen fünfjährigen Sohn. Auf die Frage nach dem Alibi hat er recht cool reagiert.«

»Der Sohn?«

»Haa, haa. Jedenfalls fühlte er sich nicht angegriffen und wurde auch nicht nervös.«

»Isabella auch nicht«, sagte Thiele, stellte den Motor ab und wandte sich ihm zu. Sie waren nur ein paar hundert Meter zu Gregors Haus in den Wiesengrund gefahren. »Trotzdem – ich hatte bei ihr das Gefühl, dass sie uns irgendetwas verschweigt.«

»Hm«, machte Schreiber. »Vielleicht war dieser Pablo wirklich ein bisschen zu gelassen. Aber solange wir keine Verbindung zwischen ihnen und Zimmermann haben ... Was sagst du eigentlich zu Mutter und Tochter? Die hatten doch wohl beide was zu verbergen, oder?«

»Ich weiß nicht. Die Tochter war natürlich total verunsichert, weil sie einerseits die Sache mit Zimmermann ihrer Mutter nicht aufs Brot schmieren wollte. Und andererseits zweifelt sie an ihrem langjährigen Freund.«

»Das meine ich nicht«, sagte er, zog ein Päckchen Pfefferminz aus der Jacke und hielt es ihr hin. »Da war noch etwas, was unser höheres Töchterlein beschäftigt.«

Sie nahm eine Pastille heraus. »Ist mir nicht aufgefallen. Aber falls du Recht hast, fragt sich, wie wir das aus ihr herauskriegen. Solange wir nicht wissen, wonach wir suchen, können wir auch nicht die richtigen Hebel bei ihr ziehen.« Sie steckte sich das Pfefferminz in den Mund.

Schreiber fischte sich auch eines aus dem Tütchen und tat das gleiche. »Allerdings«, stimmte er zu. »Und die Mutter hat ja wohl eindeutig gezuckt, als wir ihr das Foto gezeigt haben, oder?«

Thiele schob die Unterlippe vor und schüttelte den Kopf. »Nö, hat sie nicht. Die war nur nervös. Immerhin haben wir sie wegen eines Mordes befragt.«

»Klar hat sie gezuckt. Das hat doch ein Blinder sehen können.«

»Hat sie nicht!«

»Hat sie doch!«

»Quatsch!«

»Gezuckt!«

»Nicht gezuckt!«, sagte sie und visierte verschmitzt grinsend mit ihrem Zeigefinger seinen blauen Fleck am Kinn an. Er war fast schon nicht mehr zu sehen.

»Jetzt sei nicht so kindisch«, quengelte er und schlug ihre Hand weg. Wie er diese Frau doch liebte! »Machen wir's kurz. Wenn ich Recht habe, gibst du mir ein Bier in der ›Blues Bar‹ aus, okay?«

»Umgekehrt natürlich auch«, verpflichtete sie ihn siegessicher.

»Gebongt. Ich habe übrigens auch schon eine Idee, warum sie gezuckt hat. Aber das erzähle ich dir, wenn wir unseren Freund Gregor interviewt haben.« Er legte seine Hand an den Türgriff und wandte sich ihr noch einmal zu. »Und pass wenigstens jetzt auf, ob der zuckt, wenn wir ihn auf die Sache mit dem heimlichen Fotografieren ansprechen.«

»Ich pass' immer auf, mein geliebter Schlaumeier-Tiger«, konterte sie trocken.

Sie stiegen aus und gingen zum Haus, eine bescheidenere Ausgabe des Hauses der Köppels, mit Doppelgarage und Garten, aber ohne Pool.

»Und die hat doch nicht gezuckt«, murmelte Thiele noch einmal, bevor sie läuteten.

Das Wohnzimmer wirkte mit dem altbackenen, schwarzbraunen Mobiliar etwas dunkel. Auch hätten die Wände einen frischen Anstrich vertragen können. Die beige Sitzgruppe war nicht mehr die neueste und machte fast schon einen muffigen Eindruck.

»Sind Ihre Eltern nicht da?«, fragte Thiele, als sie den Raum betraten.

»Meine Mutter ist bei der Arbeit. Und mein Vater ist gestorben, als ich noch klein war«, sagte Gregor, der vorausging.

»Oh, das tut uns Leid«, sagte Thiele und fragte sich, ob der Tod des Vaters mit der veralteten Innenausstattung des ansonsten luxuriösen Hauses zusammenhing. Vielleicht hatte der Mann die Familie nicht genügend abgesichert, so dass die Hinterbliebenen das Geld zusammenhalten mussten.

»Danke. Aber es ist ja schon lange her«, winkte Gregor ab und gestikulierte seinen Gästen, sich zu setzen.

Sie entschieden sich für das Sofa, das bei näherem Hinsehen geradezu danach schrie, ersetzt zu werden. Schreiber fragte sich, ob Tiere darin wohnten, nahm aber trotzdem neben Thiele Platz.

Gregor ließ sich im Sessel gegenüber nieder. »Melanie und ich haben schon befürchtet, dass Marcel das Mordopfer war«, sagte er frei heraus und kraulte nebenbei Wendys Hals. Sie saß brav auf dem Teppich neben ihm. »Wegen Christophers Auftritt heute Morgen und dem Artikel in der Zeitung.«

»Aha. Und glauben Sie dann auch, dass Herr Resch Herrn Zimmermann umgebracht hat?«, fragte Schreiber.

Gregor seufzte und zog Wendy am Ohr. »Eigentlich nicht. So wenig ich den Macho-Typen auch leiden kann. Ich kenne ihn zwar auch nicht näher, aber er ist meinem Gefühl nach kein Mörder. Außerdem schätze ich, Marcel hatte noch genügend andere Feinde, die es gewesen sein könnten. Er war ja ein stadtbekannter Playboy. Da konnte mancher neidisch oder eifersüchtig werden.«

»Wie gut kannten Sie Herrn Zimmermann?«

»Von Studentenfeten und Kneipen. Ich war auch ein

paar Mal bei ihm zu Hause. Aber so richtige Kumpels waren wir nicht. Der gab sich mehr mit seinesgleichen ab, mit Sven zum Beispiel. Also Typen, die bei den Frauen in einer ganz anderen Liga spielen als ich.«

Thiele verstand sofort, was er meinte. Sie fand Gregor zwar recht attraktiv, aber auf eine andere Weise als Marcel Zimmermann oder Sven Beierlein. Gregor war kein Draufgänger, dem die Frauen sofort verfielen. Er war mehr der intellektuelle Typ, den sie erst auf den zweiten Blick mochten, wenn es denn überhaupt zu einem zweiten Blick kam. Die Kommissarin beobachtete nur stumm, während Schreiber weiter fragte: »Wussten Sie, dass er mal was mit Melanie Köppel hatte?«

Gregor wiegte den Kopf hin und her. »Na ja. Das sie ›was hatten‹, trifft's wohl nicht so genau. Er war mal an einem Nachmittag bei ihr. Ich habe ihr eigentlich versprochen, das nicht herumzuerzählen. Sie war da nicht so stolz drauf.«

»An dem Nachmittag haben Sie doch auch ein Foto von den beiden gemacht. Wann genau war das eigentlich?«, fragte Schreiber beiläufig.

Gregor hörte auf, den Hund zu kraulen, und zog stutzig die Brauen zusammen. »Hat Christopher Ihnen das erzählt? Mir hat er vorhin auch so was vorgehalten. Der war stinksauer und wollte sogar auf mich los. Zum Glück war Wendy da.« Er tätschelte seinen Hund dankbar den Kopf. »Aber ich habe keine Ahnung, wie er darauf kommt.«

»Sie gehen doch öfters einfach in den Garten der Köppels, weil sie ja fast schon zur Familie gehören, oder?«, bohrte Schreiber mit einem angedeuteten Lächeln, in dem etwas Wölfisches lag. »Und es gibt eine Aufnahme von Melanie und Marcel, die vom Garten aus gemacht wurde. An dem Tag war niemand weiter im Haus. Also wer sonst, wenn nicht Sie, sollte das Bild gemacht haben?«

»Leider keine Ahnung«, kam es erstaunlich ruhig von seinem Gegenüber, der die Frage offenbar noch nicht mit einem Mordvorwurf verband. »Aber in den Garten kann doch jeder rein. Außerdem lüg' ich Sie doch nicht an. Wieso sollte ich?«

»Weil's ein Spanner-Foto ist«, kam es trocken.

»Ach, kommen Sie«, lachte Gregor auf. »Hier geht's um Mord! Da wär's mir doch egal, ob man mich für einen Spanner hält. Solange mich niemand für den Mord verdächtigt …«

Die Kommissare schwiegen ihn an.

Gregor Rücken versteifte sich. »Äh, Moment mal. Verdächtigen Sie mich? Brauche ich jetzt einen Anwalt, oder was?«

Schreiber tat die Frage mit einem Schulterzucken ab.

»Aber ich hätte doch gar keinen Grund, Marcel was zu tun!«, protestierte Gregor und sah Hilfe suchend zu Thiele.

»Wenn Sie in Melanie verliebt sind, dann schon«, sagte Schreiber ruhig. »In den Krimis nennen sie es immer das ›älteste Motiv der Welt‹.«

Vollkommen verunsichert lief der junge Mann rot an und gab ein ungläubiges Kichern von sich.

»Sie sind doch verliebt in Melanie, oder?« Schreiber kannte keine Gnade.

Sein Gegenüber atmete tief durch, breitete hilflos die Arme aus und ließ sich kapitulierend ins Polster zurücksacken. Wendy spürte die Spannung im Raum und schaute verwundert zwischen den Menschen hin und her.

»Ja, gut. Meinetwegen«, kam es genervt von ihrem

Herrchen. »Ich gebe ja zu, dass sie mir schon immer gefallen hat. Aber Melanie war doch nicht mit Marcel, sondern mit Christopher zusammen. Da hätte ich doch eher den umbringen müssen, oder?«

»Wenn Christopher ins Gefängnis ginge, wäre er genauso aus dem Weg wie Marcel. Zwei von Melanies Lovern«, Schreiber schnipste mit den Fingern, »schwupps – mit einem Schlag weg vom Fenster.«

»Uff«, machte Gregor, blies die Backen auf und verdrehte die Augen. »So sehen Sie das also?« Er sah fassungslos zur Seite und überlegte. »Wahnsinn«, sagte er irgendwann schwach und blickte die Kommissare abwechselnd an. Schließlich richtete er sich wieder auf. »Aber ich kann Ihnen nur sagen, dass Sie bei mir an der falschen Adresse sind. Und ich habe leider auch keine Ahnung, wer es gewesen sein könnte. Es sei denn, es war doch Christopher«, fügte er fast schon hoffnungsvoll hinzu.

»Herr Jagorus. Wo waren sie Freitagabend zwischen 22 und 1 Uhr?«

»Hier. Ich habe mit meiner Mutter ferngesehen.«

Thiele schielte vielsagend zu Schreiber. Ein fünfundzwanzigjähriger Student, der Freitagabend mit der Mutter vor dem Fernseher verbringt? Schreiber legte den Kopf schräg und bedachte Gregor mit seinem gelangweilten ›Erwarten Sie wirklich, dass wir das glauben?‹-Blick.

»Ja, fragen Sie sie doch meinetwegen!«, reagierte der verärgert. »Wir haben zusammen Comedy geschaut. Das machen wir freitags öfters, wenn ich nicht gerade drüben bei Melanie bin. Aber die war ja noch in Urlaub.«

»Werden wir«, versprach Schreiber und fragte in beschwichtigendem Ton nach der Handynummer der

Mutter. »Damit wir das gleich klären können«, fügte er fast schon entschuldigend hinzu.

Schreibers versöhnliche Art zeigte ihre Wirkung. Gregor beruhigte sich etwas und gab die Nummer ohne Umschweife heraus. Er las sie aus dem Kurzwahlspeicher seines Handys ab, das vor ihm auf dem Tisch lag.

»Immer nur Kurzwahl«, sagte er, verlegen grinsend. »Da merkt man sich nichts mehr.«

Thiele nickte geheimnisvoll lächelnd. Gregor überlegte, wie er ihren Blick deuten sollte.

»Der hat nicht gezuckt, oder?«, fragte Thiele, bog bei der Rettungszentrale des Roten Kreuzes um die Kurve und fuhr zurück stadteinwärts. »Der hatte doch wirklich keine Ahnung von irgendwelchen Fotos.«

Vom Beifahrersitz kam keine Antwort.

»Tiger?«, hakte sie nach.

»Hm«, machte er, grübelnd aus dem Seitenfenster sehend. Unter der Bruderwaldbrücke zischte ein roter Sportwagen mit überhöhter Geschwindigkeit an den anderen Verkehrsteilnehmern vorbei. Schreiber dachte an die Aussage von Gregors Mutter, die das Alibi ihres Sohnes bestätigt hatte. Sie hatten sie noch in Gregors Beisein angerufen, der regungslos dabei gesessen hatte. »Ich weiß nicht so recht. Aber für mich hat der eher gezuckt«, sagte Schreiber jetzt trotzdem.

Thiele grinste und hielt ihm, ohne ihn anzusehen, die Hand hin. »Bier in der ›Blues Bar‹?«

»Bier in der ›Blues Bar‹«, kam sein bestätigendes Echo, als er einschlug.

»Du wolltest mir doch noch erzählen, weshalb Melanies Mutter angeblich gezuckt hat.« Süffisant betonte sie das ›angeblich‹.

Er lächelte fast mitleidig und wurde sogleich wieder ernst. »Nur eine Theorie, okay?«, warnte er sie vor.

»Okay.«

»Also gut. Sagen wir mal, ich habe Recht, und sie hat gezuckt. Warum?«

»Weil sie Zimmermann näher kannte – und nicht nur vom Sehen«, kam es ungeduldig. »Mach's nicht so spannend. Du redest ja fast wie ein Lehrer, und so einen habe ich schon daheim sitzen.«

»Nun ja. Wie wir wissen, hat Zimmermann vor keiner Frau halt gemacht. Und er hatte diese ›Cheaterzdate‹-Geschichte am Laufen. Die Köppel passt doch genau in sein Beute-Schema. Ihr erfolgreicher Mann ist schwer beschäftigt. Wahrscheinlich vernachlässigt er sie. Das ist doch oft so in solchen Ehen. Sie hat Kohle ohne Ende und sieht noch dazu gut aus. Tja, wie gesagt: geradezu perfekt für Zimmermann.«

»Wow«, entfuhr es Thiele. »Das hieße ja, Zimmermann hätte mit Mutter und Tochter …«

»Eben«, sagte er und zeigte triumphierend mit dem Finger auf sie. »Die Köppel hatte eine Affäre mit einem Typen, der, wo er schon dabei war, ganz nebenbei auch noch ihre Tochter verführte. Höchstwahrscheinlich hinter dem Rücken der Mutter. Und dann kommen wir daher und knallen ihr dieses Foto vor die Nase. Stell dir das mal vor! Da würde ja wohl jeder zucken, oder?«

»Hui!«, sagte Thiele. »Ganz schön verrückt, aber irgendwie einleuchtend. Es würde auch erklären, weshalb sie abgestritten hat, dass sie ihn näher kannte. Ihre Tochter wusste nichts von dieser Affäre, und das soll auch weiterhin so bleiben. Ganz zu schweigen, dass ihr Mann es natürlich erst recht nicht wissen darf.«

Schreiber klatschte leise Beifall.

»Aber leider hat sie ja nicht gezuckt«, bedauerte Thiele mit einer wegwerfenden Handbewegung, als sie den Kaulberg hinunterrollten. »Und damit bleibt das Ganze nur eine Theorie, wenn auch eine interessante.«

Schreiber stöhnte auf und verdrehte die Augen Er zwang sich zur Sachlichkeit, indem er pustend durchatmete. »Wenn diese Theorie aber zutrifft und der Mann hinter die Affäre seiner Frau gekommen ist, hätte er allein deshalb ein richtig starkes Motiv. Wenn er aber auch noch von Zimmermanns Schäferstündchen mit der Tochter wusste, dann hätte er sogar ein Monster-Motiv. Führ dir das mal vor Augen! Was das für eine Demütigung für so einen erfolgreichen Fuzzi wäre! Da kommt so ein dahergelaufener Studenten-Gigolo an und vernascht quasi seine ganze Familie. Und die Frau bezahlt womöglich sogar noch dafür!« Schreiber pfiff durch die Zähne und wedelte mit der Hand, so als ob er sie verbrannt hätte.

»Das wäre natürlich ein Ding«, bemerkte Thiele und fragte sich insgeheim, wann Schreiber zum letzten Mal Sex gehabt hatte.

»Aber hallo!«, stimmte er zu und schwieg zufrieden.

Stumm warteten sie an der Ampel am Pfahlplätzchen.

»Also, ich fand, so gut hat die alte Köppel auch wieder nicht ausgesehen«, sagte Thiele unvermittelt und trommelte ungeduldig mit den Fingern auf dem Lenkrad.

»Hm«, machte Schreiber nur und schielte vorsichtig zu ihr hinüber. Er verkniff sich einen weiteren Kommentar, wohl wissend, dass er sich damit auf gefährliches Terrain begeben würde.

»Die hatte doch aufgespritzte Lippen!«, lästerte sie. »Sag bloß, dir ist das nicht aufgefallen!«

Hatte sie nicht, dachte Schreiber.

»Und wer weiß, ob die Brüste echt waren!«, legte Thiele noch bissig nach.

Die waren echt, dachte er, als die Ampel auf rot sprang und Thiele Gas gab. Um ein Haar hätte sie dabei einen Auffahrunfall verursacht.

»Nehmen Sie nur Platz«, sagte Herr Köppel freundlich und wies auf die zwei Designer-Stühle vor seinem Schreibtisch, Konstruktionen aus Stahlrohren mit schwarzen Lederpolstern. »Sie möchten doch bestimmt einen Kaffee?«, fragte er über die Schulter, als er schon seine riesige silberne Maschine ansteuerte, um die Getränke eigenhändig zuzubereiten.

Schreiber fand, dass sie gut und gerne als Raumschiff hätte durchgehen können. Die Kommissare nahmen das Angebot dankend an und setzten sich.

»Was für einen hätten Sie denn gerne?«, wollte ihr Gastgeber wissen.

»Äh, Otto normal«, sagte Schreiber.

»Für mich bitte Latte macchiato«, flötete Thiele, was Schreiber ihr mit einem brummigen Seitenblick zollte. Sie ließ sich offenbar von Köppels Charme und gutem Aussehen einwickeln. Der hantierte an der Maschine herum und lehnte sich lässig gegen die Anrichte, als die Getränke zischend durchliefen. Er neigte den Kopf etwas zur Seite und grinste Thiele unverhohlen an.

Sie errötete wie ein Schulmädchen.

»Sie hätten lieber Model werden sollen, wenn ich mir die Bemerkung erlauben darf«, sagte er galant.

»Äh, danke«, brachte sie heraus und schlug verlegen die Augen nieder.

Schreiber schüttelte den Kopf. »Herr Köppel …«

»Entschuldigen Sie«, bremste der ihn und hob die

Hand. »Ich wollte nicht ablenken. Schließlich sind Sie ja aus einem ganz ernsten Anlass hier. Meine Frau hat schon angerufen und mich vorgewarnt«, gestand er, als er die Getränke nebst Zuckertütchen vor den Beamten platzierte und für Schreiber noch schwungvoll ein Kännchen Milch dazustellte. »Zum Glück. Sonst hätten Sie mich gar nicht mehr angetroffen, weil ich schon unterwegs nach Nürnberg gewesen wäre. Wir haben dort vor einem halben Jahr unsere dritte Boutique eröffnet. Immer nur Stress«, kommentierte er, zwinkerte Thiele zu und huschte ein letztes Mal zur Kaffeemaschine, wo er sich ein Glas Wasser einschenkte. »Als meine Frau mir erzählt hat, dass Sie wegen diesem Mord in der Zeitung ermitteln, habe ich natürlich auf Sie gewartet.« Schließlich setzte er sich hinter seinen Schreibtisch und wurde ernst. »Sie hat gesagt, das Opfer sei ein gewisser Marcel Zimmermann. Und unsere Melanie soll ihn gekannt haben?«

»Ja. Kennen Sie ihn auch?«, fragte Schreiber.

Sein Gegenüber rümpfte die Nase und schüttelte den Kopf. »Bedaure.«

Schreiber reichte ihm das Porträtfoto.

Köppel studierte es und begann langsam zu nicken. »Doch. Den kenne ich. Den sehe ich öfters in der Fußgängerzone und bei den Cafés in der Austraße. Aber ich wusste nicht, dass er das ist, und dass Melanie ihn kennt.« Damit gab er das Bild zurück. »Sagen Sie: Ist meine Tochter dann nicht auch in Gefahr?«

»Das kann man leider nie sagen«, gestand Schreiber.

»Kann man da nicht so was wie Polizeischutz beantragen?«

»Solange es keine konkreten Hinweise auf eine Bedrohung gibt … Ist Ihnen denn irgendetwas Verdächtiges aufgefallen in letzter Zeit?«

»Nein. Alles wie immer.«

»Dann haben Sie wohl auch nicht dieses Bild hier gemacht?«, bohrte Schreiber und legte ihm sogleich die andere Aufnahme vor.

Köppel schaute sie kritisch an und schüttelte irgendwann fassungslos den Kopf. »Melanie, Melanie«, stöhnte er und sah Verständnis suchend zwischen den Polizisten hin und her. »Haben Sie Töchter? Wenn sie die ersten Jungs anschleppen, regt man sich ja noch furchtbar auf, weil für die eigene Prinzessin natürlich keiner gut genug ist. Aber irgendwann muss man einsehen, dass die Mädchen sowieso machen, was sie wollen, und man kann nur hoffen, dass sie nicht gerade bei dem größten Vollidioten hängen bleiben. Kennen Sie das?«

»Unsere Louisa ist zum Glück erst acht«, sagte Thiele. »Die hat wohl noch etwas Zeit.«

»Bei meiner Tochter geht's schon los. Die ist sechzehn«, erzählte Schreiber sachlich. Den Namen ließ er bewusst weg. Was ging Köppel das schon an? Überhaupt wurde er nicht schlau aus dessen kumpelhafter Art. War das eine Art Masche, um vom Ernst der Lage abzulenken? »Aber lassen Sie uns doch bitte die Fragen stellen, ja?«, sagte er deshalb und prostete ihm mit der Kaffeetasse zu.

Köppels Mundwinkel fielen herunter, und er lächelte irritiert. Sonderlich gekränkt schien er jedoch nicht zu sein. »Ja, natürlich. Nur zu.« Er nahm einen Schluck Wasser, lehnte sich zurück und schlug die Beine übereinander.

»Und? Was halten Sie von Christopher Resch? Wären Sie mit dem als zukünftigen Schwiegersohn einverstanden? Mit ihm war Melanie doch immerhin ein paar Monate zusammen.«

»Da brauche ich nicht lange zu überlegen«, sagte er und breitete die Arme aus. »Ich mag ihn nicht, kann ihn nicht riechen, den Kerl. Der hat so eine rüpelhafte Art. Und der Hellste ist er meiner Meinung nach auch nicht.« Er lächelte verächtlich in sich hinein. »Tsh! Ob der überhaupt sein Studium schafft? Ich war vorhin richtig froh, als meine Frau mir gesagt hat, Melanie hätte sich von ihm getrennt.« Er schaute wieder hoch. »Tja. Manchmal muss man die Dinge einfach laufen lassen. Verdächtigen Sie ihn eigentlich, den Resch?«

Schreiber ließ die Frage unbeantwortet und fragte stattdessen nach Köppels Alibi für Freitagnacht. Der nahm es gelassen und antwortete prompt, er sei »alleine hier im Büro« gewesen, habe bis nach 23 Uhr gearbeitet und sei dann nach Hause gefahren, wo er noch ein wenig ferngesehen habe. »Kein besonders gutes Alibi, schätze ich«, schloss er bedauernd, schien aber deshalb nicht im Geringsten beunruhigt.

Schreiber wiegte nur den Kopf hin und her.

Köppel fuhr mit den Kommissaren noch im Fahrstuhl nach unten. »Bleiben Sie doch noch kurz und sehen sich etwas um«, lud er sie mit einer königlich ausschweifenden Geste über sein Reich ein. »Meine Mitarbeiterinnen werden Ihnen gerne alles zeigen, auch wenn ich für Sie am liebsten selbst ein paar Sachen heraussuchen würde«, sagte er mit einem verschwörerischen Augenzwinkern zu Thiele, die es ihm mit einem schelmischen Grinsen zollte. »Tja, aber was soll's. Zeit ist nun mal Geld, und ich muss dann wirklich …« So freundlich, wie er sie begrüßt hatte, verabschiedete er sich von den Polizisten und huschte mit wehendem Trenchcoat an den Reihen der Kleiderständer vorbei durch die Schiebetüren ins Freie.

Schreiber sah ihm ungläubig nach. Die Geschäfte schienen diesem Mann offenbar mehr Sorgen zu machen als die Tatsache, dass man ihn des Mordes verdächtigen könnte.

»Könntest du bitte aufhören zu grinsen?«, zischte er Thiele aus dem Mundwinkel an, als er bemerkte, dass sie immer noch die Glastüren anstrahlte, obwohl Köppel schon längst außer Sichtweite war.

»Der blanke Neid«, sagte sie unnahbar und ging voraus.

Schreiber folgte ihr und schnitt hinter ihrem Rücken eine Grimasse.

»Das habe ich gesehen«, mahnte sie, ohne sich umzudrehen. »Hier sind überall Spiegel.«

Draußen stellten sie fest, dass es schon nach 14 Uhr war und sie das Mittagessen total vergessen hatten. Nach einigem Hin und Her entschieden sie sich für einen der Bratwurstwagen am Maxplatz. Auf dem Weg dorthin ließ es sich Thiele nicht nehmen, am Grünen Markt als Vorspeise zwei Äpfel zu kaufen, von denen sie einen ihrem halbherzig protestierenden Kollegen aufdrängte – wie sie es schon zwei Tage vorher getan hatte. Am Wurstwagen ließen sie sich je eine riesige Knoblauchbratwurst im Brötchen geben und machten sich hungrig über sie her.

»Ich glaube ihm«, sagte Thiele mit vollem Mund und wischte sich mit dem kleinen Finger etwas Senf aus dem Mundwinkel. »Der kannte Zimmermann wirklich nicht, und das sage ich nicht, weil er ein toller Mann ist, okay?«

»Zimmermann?«

»Haa, haa.« Sie schluckte lautstark und nahm den nächsten Bissen.

Schreiber pustete noch vorsichtig an seiner dampfend

heißen Wurst, deren Duft seinen Magen laut knurren ließ. Er musste sich insgeheim eingestehen, dass er Köppel eigentlich gar nicht so unsympathisch fand und er im Grunde nur eifersüchtig auf Thiele war. Abgesehen davon, dass der Mann immer noch ein Mörder sein konnte – wenn auch ein sehr freundlicher.

»Ich tu's nicht gern, Schnegge. Aber diesmal muss ich dir zustimmen. Und das Spanner-Foto hatte der auch noch nie gesehen. Wir werden wohl keine dritte Wette kriegen – der hat nicht gezuckt. Aber wir könnten uns auch beide irren«, gab er zu bedenken und gestikulierte mit der Wurst, in die er immer noch nicht gebissen hatte. »Die Fakten sprechen gegen ihn. Erstens hätte er wegen Melanie ein Motiv gehabt. Und wer weiß – vielleicht auch wegen seiner Frau? Zweitens könnte er ohne weiteres das Foto gemacht haben. Und drittens hat er kein vernünftiges Alibi. Ganz im Gegenteil! Er gibt sogar an, zur Tatzeit alleine in diesem Büro gewesen zu sein, das sich ganz in der Nähe von Zimmermanns Wohnung befindet.«

»Stimmt schon«, sagte Thiele nickend und sah ihm zufrieden dabei zu, wie er endlich in seine Wurst biss.

»Kollegen, wer will anfangen?«, fragte Laut in die Runde. Es war die gleiche wie schon am Morgen.

»Ich«, sagte Bayer und hob die Hand.

Schreiber musste sich bemühen, ihn nicht ständig anzustarren, weil er ohne den Schnurrbart noch immer so ungewohnt nackt aussah. Er senkte den Blick in seine Kaffeetasse, rührte und nahm einen Schluck.

Bayer räusperte sich und begann: »Ich war in Hallstadt. Die Mutter von dieser Claudia bestätigt, dass die drei Grufties sich die ›Matrix‹-Filme angesehen haben. Allerdings ist sie selbst schon um viertel nach zehn ins

Bett gegangen und hat geschlafen wie ein Stein. Also rein theoretisch …« Er sah vielsagend die anderen an und fuhr fort. »Die Eltern von Julian und Judith bestätigten, dass die beiden zu Claudia gehen wollten, um DVDs zu gucken – mehr nicht. Die Mutter hat zu Hause ferngesehen und der Vater im ›St. Georgenhof‹, also in Hallstadt, Schafkopf gespielt. Er ist so gegen halb zwölf nach Hause gekommen. Hab's auch schon überprüft.«

Er sah zu Steinfels, die neben ihm saß.

»Zum Verdächtigen Schmitt«, berichtete sie. »Ich habe noch mal die Wege zwischen dem ›Luitpold‹ und Zimmermanns Wohnung abgegrast – leider keine Zeugen. Auch nicht bei den Fahrern der Stadtbusse und den Taxiunternehmen. Sorry, aber ich kann's nicht ändern.« Bedauernd breitete sie die Hände aus und verschränkte sie wieder auf der Tischplatte.

»Mist«, murmelte Aurich.

Alle schauten zum Chef, der stumm da saß und nur ernst vor sich hin nickte. Keiner brauchte aussprechen, was alle dachten: Die einzige Zeugenaussage war die von Schmitts Frau – und die hatte sie zurückgezogen.

»Tja, dann mache ich mal weiter«, unterbrach Aurich das peinliche Schweigen. »Ich war in dieser WG in der Hasengasse. Dieser Beierlein, Zimmermanns bester Freund, war ab etwa 22 Uhr den ganzen Freitagabend da. An der Uni habe ich mich auch ein wenig umgehört. Ist wenig los. Sind noch Semesterferien. Aber ich hab' trotzdem einige Studenten getroffen, die Zimmermann kannten. Alle bestätigen, was wir im Grunde schon längst wissen: Gigolo, Aufreißertyp, macht alle Frauen an und bekam deshalb auch schon mal Ärger. Allerdings sind keine neuen Verdächtigen aufgetaucht und auch keinerlei Hinweise auf ein anderes Motiv, also irgendwas, was nicht mit dieser Sex-Kiste zusammenhängt.«

»Ich hake hier mal ein«, meldete sich Schmoll zu Wort.

»Bei der Sex-Kiste?«, fragte Aurich schmunzelnd.

Schmoll grinste müde und räusperte sich. »Ich habe Zimmermanns Bankkonto überprüft und kann nur zustimmen. Keine größeren fragwürdigen Geldbewegungen oder irgendwelche regelmäßigen Geldeingänge, die auf ein anderes Motiv hindeuten, wie zum Beispiel Erpressung oder Betrug.«

Thiele berichtete von den Besuchen bei den Köppels und Gregor Jagorus.

Am Ende schauten alle zu Schreiber, der daraufhin die Ermittlungsergebnisse noch einmal zusammenfasste. Er sah zwischen der großen Pinnwand mit den Fotos und den Kollegen hin und her, als er erzählte: »Ich schätze diese Gothic-Clique können wir erst einmal vergessen. Es sei denn, sie sind, gleich nachdem Claudias Mutter eingeschlafen ist, nach Bamberg reingedüst und haben die Tat im Turbotempo durchgeführt.«

Er stand auf, nahm die Bilder der Gothic-Clique von der Wand und pinnte sie weiter unten wieder an. Das von Resch ließ er neben dem von Zimmermann hängen. Dann schnappte er sich einen Kugelschreiber vom Tisch, mit dem er auf das Foto von Schmitt zeigte. »Der ist natürlich nach wie vor brandheiß. Er hat heute Morgen übrigens abgestritten, Zimmermann je fotografiert zu haben. Nun ja.« Er machte eine künstlerische Pause.

Als er den Kollegen Köppels Motiv und dessen fehlendes Alibi erörterte, beugte er sich dicht neben Thiele über den Tisch und schrieb den Namen auf ein

Blöckchen. Niemand merkte, wie seine Kollegin tief einatmete, um den holzig-blumigen Duft seines Aftershaves zu inhalieren, das ihrer Meinung nach nur auf ihm so richtig zur Geltung kam.

Schreiber riss das gelbe Zettelchen ab, pinnte Gunter Köppel gleich neben Zimmermanns Bild und kam zum nächsten Verdächtigen. Er wies auf das Motiv des verliebten Gregor Jagorus und dessen lahmes Alibi hin. Zu Thieles Freude schrieb er ein Gregor-Jakobus-Zettelchen und heftete es ebenfalls in Zimmermanns Nähe. Dann trat er einen Schritt zurück, begutachtete sein Werk und nahm zufrieden wieder Platz.

Alle studierten die Pinnwand, auf der die professionelle Aufnahme des lächelnden Models Zimmermann von den zwei erkennungsdienstlichen Bildern von Resch und Schmitt und den zwei Zettelchen mit den Namen Köppel und Jagorus umgeben war – daneben das berühmt-berüchtigte Spanner-Foto und das Fragezeichen-Zettelchen für die dunkelhaarige Frau.

Laut seufzte unzufrieden. »Gefällt mir nicht, Kollegen. Gefällt mir gar nicht«, wiederholte er. »Alles nur schwammig, nichts Greifbares, nichts Handfestes. Wir müssen da noch weiterbohren, alle Alibis noch mal doppelt und dreifach überprüfen, weiter nach Zeugen suchen: Vielleicht wurde ja beispielsweise dieser Köppel in der Kleberstraße gesehen. Kollege Schreiber verteilt die Aufgaben noch mal neu. Kollegin Schmoll bleibt im Innendienst und kümmert sich noch um die anderen Fälle, damit da nicht alles liegen bleibt.« Noch einmal atmete er tief durch, schaute zur Pinnwand und tippte nachdenklich mit dem Ende seines Kugelschreibers an seine Unterlippe. »Na ja. Wir haben zumindest schon mal ordentlich auf den Busch geklopft und …«

Ein Klopfen an der Tür unterbrach ihn. Sibylle Angermeier trat ein, ohne eine Antwort abzuwarten. »Es gibt was Neues. Der David hat mich doch vorhin gebeten, diesen Pablo mal durch den Computer zu jagen. Und der ist tatsächlich nicht unbekannt – bei der Sitte. Hat heimlich Leute geknipst.«

Pablo Guzman hatte eine junge Frau in ihren eigenen vier Wänden fotografiert. Ohne dass die es überhaupt für möglich gehalten hätte, hatte er von seiner damaligen Wohnung in die ihre gezoomt, wobei ihm sogar einige Nacktaufnahmen gelungen waren. Nur wegen des Hinweises eines Nachbarn war Pablo aufgeflogen und hatte sich eine Anzeige wegen Verletzung des höchstpersönlichen Lebensbereichs durch Bildaufnahmen eingehandelt.

»Das ist jetzt sechs Jahre her!«, protestierte er und breitete die Arme aus. »Ich hab' meine Lektion gelernt, Okay? Allein wegen meinem Kleinen würde ich so was nie mehr machen! Was soll der den von seinem Vater denken, wenn seine Klassenkameraden ihm später mal erzählen, dass er mit der Polizei zu tun hatte? Ich kann doch schon froh sein, wenn diese alte Geschichte endlich ruht und er davon nie was erfährt!«

Schreiber saß ihm gegenüber und starrte ihn mürrisch an. Nach der letzten Besprechung hatte er eigentlich nur noch den Papierkram erledigen und nach Hause gehen wollen. Doch die überraschende Erkenntnis über Pablos Vergangenheit war zu interessant. Sie konnte dem Fall eine ganz neue Wendung geben.

Auch Thiele war deshalb geblieben. Sie saß neben ihrem Kollegen, der jetzt seinen ›Gib's auf, wir haben dich eh am Sack‹-Blick aufsetzte. Den benutzte er nur, wenn sich die Überführung eines Verdächtigen ganz deutlich abzeichnete, oder wenn er überarbeitet war, so wie jetzt.

»Herr Guzman«, sagte er mahnend. »Erzählen Sie doch keinen Scheiß! Wollen Sie uns allen Ernstes weismachen, dass das ein Zufall ist? Eine schöne, junge Frau wird heimlich fotografiert, ein typisches Spanner-Bild, kurz vor dem Sex, so richtig geil! Und gaaaanz zufällig schauen Sie – ausgerechnet Sie – fast täglich bei genau diesem Haus vorbei?«

Pablo wand sich wie ein Aal. »Aber das ist doch was ganz anderes«, versuchte er hilflos zu erklären. »Das Mädchen damals war doch meine Nachbarin. Ich fand sie eben scharf und hab sie jeden Tag vor meiner Nase kommen und gehen sehen. Und als ich gemerkt habe, wie gut ich in ihre Wohnung schauen konnte, da hab ich halt nicht widerstehen können. Es war ein Fehler! Okay? Aber ich schleiche doch nicht irgendwo anders um die Häuser herum und fotografiere dort durch die Fenster. Den Unterschied müssen Sie doch sehen!« Er schaute die Kommissare flehend an.

Diese musterten ihn nachdenklich. Seine größte Sorge schien zu sein, dass seine unrühmliche Vergangenheit in einholt, und nicht die, des Mordes überführt zu werden.

Schreiber schlug einen sanfteren Ton an. »Herr Guzman. Hier geht es um einen Mord. Verstehen Sie das? Wenn Sie ein Bild gemacht haben, müssen Sie uns jetzt alles sagen. Hören Sie? Sie müssen. Oder wollen Sie, dass da draußen ein Mörder frei herumläuft? Wollen Sie das?« Schreiber zeigte zum Fenster. »Das wollen Sie doch nicht, nicht wahr?«

Pablo schaute ihn an wie ein Hund, dem man etwas beibringen will.

»Andererseits«, fuhr Schreiber versöhnlich, fast beschwörend fort und beugte sich etwas nach vorne, »wenn Sie uns helfen, den Mörder zu fangen, glauben Sie, dass wir Ihnen dann noch Schwierigkeiten machen wegen eines lumpigen Fotos?«

Pablo überlegte und schüttelte langsam den Kopf.

»Na, sehen Sie«, sagte Schreiber und wartete.

»Aber«, begann Pablo zögernd. »Wenn ich doch wirklich keine Bilder gemacht habe ...« Er schien jetzt fast zu weinen. »Bitte, sagen Sie meinem Sohn nichts von früher, ja?«

Er sah die Kommissare an, als erwartete er sein Todesurteil.

6 Vollmond

15. bis 16. September

Schreiber lümmelte in einem seiner durchgesessenen beigefarbenen Wohnzimmersessel und klimperte ein wenig auf seiner alten akustischen Gitarre herum. Diese hatte er, in Ermangelung der verbrannten E-Gitarre, nach langer Zeit wieder einmal ausgepackt. Es war ein freudiges Wiedersehen gewesen, fast wie mit einem verloren geglaubten Freund. Er hatte liebevoll am Holz gerochen, mit der Hand über den geschmeidigen Korpus gestrichen und sie schließlich neu gestimmt.

Jetzt saß er bei einem Glass Mineralwasser, versunken im Buch ›Beatles Complete‹, aus dem er schon als Teenager seine ersten Griffe gelernt hatte. Er spielte die uralten Lieder und sang einige leise mit.

Yesterday, love was such an easy game to play.

Now I need a place to hide away …

Nach einer Weile hatte er genug von den *Beatles*. Er legte sich zurück und improvisierte einige Blues-Soli, ganz im Stil seines Vorbilds *B. B. King*.

Wie immer, wenn er dies tat, begannen seine Gedanken zu wandern. Sie kreisten um den Mordfall, den er jetzt mit etwas Abstand sah. Trotzdem wurde er nicht schlau aus den bisherigen Verdächtigen. Sie kamen ihm allesamt reichlich seltsam vor: Rudolph Schmitt, der personifizierte Jähzorn, Gunter Köppel, der dynamische Wirbelwind, und Gregor Jagorus, der schüchterne junge Mann von nebenan, der ihn tatsächlich ein wenig an Norman Bates in Alfred Hitchcocks ›Psycho‹ erinnerte.

»Tsh. Lauter Verrückte«, murmelte Schreiber. Am normalsten schien ihm noch Christopher Resch, von dem andere nur sagten, dass er ein rüpelhafter Macho sei. Aber das waren viele. Und war er tatsächlich der Mörder? »Wohl kaum«, sagte Schreiber. Genauso wenig wie dieser Pablo, der ihnen noch Überstunden beschert hatte. Der verängstigte kleine Spanner hatte nicht nur einen schlechten Verdächtigen abgegeben, er war leider auch als Zeuge nicht zu gebrauchen gewesen.

Schreiber lehnte die Gitarre ans Sofa, ging ans Fenster und schaute hinaus in den nächtlichen Bamberger Himmel: Vollmond – ausgerechnet heute! Das waren die schlimmsten Nächte für ihn. Wenn er eigentlich total überarbeitet und ausgepowert war, aber trotzdem nicht schlafen konnte. Nur, weil er sich wegen diesem hell leuchtenden Himmelkörper nervös und aufgedreht fühlte. Um nicht den ganzen Abend rastlos wie ein Frettchen in der Wohnung herumzuwuseln, ging er dann immer noch auf ein Bier, meist in die ›Blues Bar‹. Das half ihm ein wenig, sich zu entspannen. Aber so richtig Ruhe fand er in solchen Nächten eigentlich nie.

Und auch sonst schlief er nicht besonders gut. Er fragte sich, ob er nicht vielleicht eine leichte Form von Narkolepsie hatte, unter der sein Vater so litt. Hatte er das Leiden am Ende von ihm geerbt? Wenn es so war, konnte sich das Krankheitsbild verschlimmern, und er würde im schlimmsten Fall spontan einschlafen. Wahrscheinlich, wenn ich gerade einen Verdächtigen festnehmen will, dachte er und lächelte schwach.

»Wo warst du denn den ganzen Tag?«, fragte Gregor. Er lag im Jogging-Anzug rücklings auf seinem Bett und trug ein Head-Set. Eine Hand ließ er heraushängen und kraulte beiläufig Wendy. Sie döste auf dem Boden vor sich hin.

»Mit Jacqueline unterwegs, was dagegen?«, bohrte sich Melanies Stimme patzig in sein Ohr. »Bist du jetzt mein Kindermädchen, das immer auf mich aufpassen muss, oder was?«

Gregor hörte auf zu kraulen, setzte sich auf die Bettkante und schob Wendy sanft mit dem Fuß zur Seite. »Äh, nein. Was regst du dich denn so auf? Glaubst du wieder, dass ich dich heimlich fotografiere? Ich hab' dir doch schon gesagt, dass das Quatsch ist.«

Für einige Sekunden konnte er nur ihr Atmen hören.

»Ach, ich weiß doch auch nicht«, jammerte sie. »Ich habe mir den ganzen Tag das Hirn darüber zermartert. Und ich kann's drehen und wenden, wie ich will: Als mir die Polizei das Bild gezeigt hat, musste ich nun mal sofort an dich denken.«

Genervt stöhnte er auf, erhob sich und tigerte aufgeregt in seinem Zimmer hin und her. »Oh Mann! Wie oft soll ich dir's denn noch sagen, bis du mir glaubst? Ich habe verdammt noch mal keine Ahnung, was hier für eine Scheiße läuft!«

Wendy verkroch sich winselnd unter dem Schreibtisch.

Als Gregor seine Mutter im Haus rumoren hörte, senkte er die Stimme. »Was glaubst du eigentlich, wie ich mich bei der Sache fühle, häh?«, zischte er. »Christopher geht auf mich los wie ein Verrückter und wird wahrscheinlich bei nächster Gelegenheit noch mal versuchen, mir den Hals umzudrehen. Und vorhin waren die Bullen hier und haben mir praktisch erklärt, dass ich verdächtig bin. Die glauben, ich bin ein Mörder, hörst du? Das ist doch Wahnsinn, so was! Und dann kommst du mit deinem blöden Misstrauen daher! Na, danke! Das baut mich jetzt aber wirklich auf!«

»Ja, aber dieses Foto! Es geht mir einfach nicht aus dem Kopf. Jacqueline hat auch gesagt …«

Gregors Puls begann zu rasen. Er hatte größte Mühe, nicht wieder laut zu werden. »Spinnst du?«, fauchte er. »Was geht die das an? Erzähl doch gleich in der ganzen Stadt herum, dass ich ein Spanner bin – oder noch besser, dass ich Marcel kalt gemacht habe.«

Es wurde schlagartig still in der Leitung. Nicht einmal ihr Atem war zu vernehmen.

»Gregor«, sagte sie irgendwann beschwichtigend. »Ich könnte verstehen, wenn du wegen der Sache zwischen mir und Marcel …«

»Ich glaub's nicht!«, sagte er fassungslos und schüttelte verächtlich den Kopf. »Ich glaub's einfach nicht! Du bist ja total verrückt! Wir reden weiter, wenn du wieder klar denken kannst. Ich leg' jetzt auf.«

Der Vollmond tauchte Claudias Zimmer in ein diffuses Licht und ließ die Figuren auf den Postern an den Wänden seltsam gespenstisch erscheinen. Sie trugen allesamt Schwarz – Stars der Gothic-Szene. Sie interessierten Claudia momentan nicht.

Sie lag mit Julian im Bett, küsste ihn auf die Wange und strich ihm wohlig brummend durchs Haar. Sie zog die Bettdecke etwas hoch, schmiegte sich dichter an ihn und rieb ihre Nase an seinem Ohr. Schließlich ließ sie ihren Kopf zufrieden seufzend zurück aufs Kissen sinken.

Julian lag mit geschlossenen Augen auf dem Rücken, lächelte selig und hielt sie schweigend im Arm.

»Woran denkst du?«, flüsterte sie.

»Typische Frauenfrage«, murmelte er nur grinsend.

»Und die Antwort?«

»Ist ganz einfach. Ich denke an gar nix. Bin einfach nur ganz entspannt.«

»Geht das überhaupt: gar nix denken?«

»Ach, ist doch jetzt auch wurscht.«

Sie stützte den Kopf auf die Hand und studierte sein ebenmäßiges Gesicht, das ihr in diesem Licht auf geheimnisvolle Weise schöner vorkam als sonst. »Du und Judith, habt ihr jetzt eigentlich schon mal ...?«

Er behielt die Augen geschlossen. »Nö. Ist aber nur eine Frage der Zeit«, sagte er beiläufig. »Du bist aber nicht eifersüchtig, oder?«

Sie fuhr mit dem Zeigefinger spielerisch über seine Brust. »Überhaupt nicht. Es wundert mich selbst ein bisschen.«

Er öffnete die Augen und lächelte sie an. »Brauchst du auch nicht«, versicherte er. »Weißt du, das mit Judith ist was ganz was anderes. Man kann es schlecht erklären. Es ist wie eine Art Kreis, der geschlossen werden muss. Wie ein Akt, mit dem man was besiegelt, das einfach besiegelt werden muss, weil das Universum es so will. Verstehst du?«

Sie sah an ihm vorbei aus dem Fenster. »Hm«, machte sie. »Auch wenn du einen Schlag hast – irgendwo versteh' ich es wirklich – glaub' ich zumindest.«

Er nahm ihr Kinn zwischen Daumen und Zeigefinger sah ihr fest in die Augen. »Du bist echt cool, weißt du das? Und das mit Judith wird auch nichts zwischen uns ändern, okay? Es wird irgendwann einfach einmal geschehen – einmal. Das ist alles.«

Sie lächelte, küsste ihn und legte ihren Kopf wieder aufs Kissen. »Dieses Universum-Ding«, sagte sie irgendwann, »sieht Judith das eigentlich genauso?«

»Sie muss er nicht genauso sehen. Sie wird es irgendwann spüren, weil es einfach so ist. Sie braucht nur noch ein bisschen.«

»Schon verrückt. Ich könnte niemals auf sie eifersüchtig sein. Ich fühle mich manchmal sogar ein bisschen wie euer drittes Geschwister.«

Er brummte zustimmend.

Zufrieden lagen sie da und genossen die absolute Stille im Haus. Nicht einmal leise Musik hatten sie laufen, und Claudias Mutter war schon vor Stunden zu Bett gegangen.

Claudia streichelte Julians Bauch und biss ihm zärtlich ins Ohrläppchen. »Ich könnte schon wieder«, gurrte sie ihm zu. »Und du?«

»Immer«, antwortete er lässig. »Nur 'ne Minute noch, okay?«

Er stieg aus dem Bett, schlüpfte in seine Boxer-Shorts und holte sich eine Flasche Mineralwasser aus der Küche. Zurück in Claudias Zimmer stellte er sich ans Fenster und trank gierig daraus. Als er die Flasche absetzte, schaute er fasziniert in den nächtlichen Himmel. Claudia trat von hinten an ihn heran und schlang die Arme um ihn. Ihre nackten Brüste drückten sich warm gegen seinen Rücken. Sie legte ihre Wange an seine Schulter und ließ sich zusammen mit ihrem Geliebten in den Bann des leuchtenden Vollmonds ziehen.

»Sag mal«, sagte sie irgendwann, »dieser Typ – tut er dir eigentlich Leid?«

Er schwieg und starrte weiter den Mond an.

»Hm?«, machte sie und drückte ihn ungeduldig, fast so, als wolle sie ihn wecken. Sie schielte zu ihm hoch. Er war seltsam weggetreten. Sein Gesichtsausdruck hatte etwas Wölfisches.

Er zuckte die Schultern. »Pfh! Hat doch keinen Falschen getroffen«, sagte er nur und nahm noch einen Schluck Wasser.

Die Thieles hatten große Mühe gehabt, die kleine Louisa ins Bett zu bringen. Sie war aus lauter Vorfreude auf die Schule völlig überdreht gewesen und mit Pete noch unzählige Male die Hefte und Stifte, die er ihr schon besorgt hatte, durchgegangen. Nach einem Marathon von Brettspielen mit beiden Eltern hatte Pete noch ausgiebig mit ihr kämpfen müssen, bis sie endlich müde geworden war.

Jetzt lag er völlig erschöpft neben seiner Frau im Bett.

Thiele beugte sich über sein Gesicht, küsste ihn auf die Wange und strich ihm zärtlich über den Hinterkopf. »Schlaf jetzt, Lehrer des Monats«, flüsterte sie ihm zu.

Er lag zusammengerollt, ihr abgewandt, auf der Seite und brummte zufrieden. »Ach, Schatz, wenn ich dich nicht hätte! Die Lehrerkonferenz war so ätzend. Mein neuer Stundenplan ist voll übel – lauter Löcher. Und dann haben sie mir auch noch eine Fünfte als Klassenleiter gegeben. Die Kleinen! Oh Mann.«

»Jetzt stell dich nicht so an«, sagte sie beschwichtigend. »Die werden dich lieben, wie jedes Jahr.«

»Das ist ja das Schlimme. Die sehen mich alle als Ersatz-Papa und werden mir so richtig auf den Keks gehen.«

Thiele brummte zustimmend und war insgeheim froh, dass sie ›nur‹ mit Leichensachen zu tun hatte. Sie konnte die Klagen ihres Mannes gut verstehen. Lehrer mussten heutzutage mehr tun, als Wissen zu vermitteln. Politiker und Eltern erwarteten zunehmend, dass sie jedes einzelne Kind von Grund auf erzogen und ihm

Manieren beibrachten – zusammen mit dreißig anderen Kindern, bei ein paar Stunden Unterricht in der Woche, in denen – ganz nebenbei – noch der Stoff durchgenommen werden musste. Pete regte sich immer wieder über die steigende Zahl der Eltern auf, die das als selbstverständlich erwarteten – sie, die mit ihren Kindern unter einem Dach wohnten. Aber zum Glück jammerte er selten so herum wie jetzt.

Thiele setzte sich im Bett auf, knipste die Nachttischlampe an und schnappte sich den Krimi, der daneben lag.

»Liest du jetzt noch, oder was?«, brabbelte Pete kaum verständlich. »Ist doch schon total spät.«

»Ist Vollmond. Kennst mich doch.«

Sie schlug das Buch auf und steckte die Nase hinein. Mit der freien Hand kraulte sie Petes Nacken. Sie konnte förmlich spüren, wie er sich immer mehr entspannte und einschlief.

In einem blauen Seidenpyjama schlappte Gunter Köppel ins Wohnzimmer. »Fängt morgen nicht die Schule an?«, fragte er erstaunt.

Melanie saß vor dem Großbildfernseher bei einer Late-Night Show. »Am ersten Tag ist eh noch nichts los. Außerdem bin ich neunzehn, okay?«, sagte sie, ohne sich zu ihm umzudrehen.

Er goss sich an der Anrichte ein Glas Whiskey ein.

»Mama schläft schon«, berichtete seine Tochter. »Du bist ja wieder ganz schön spät dran.«

»Komm schon. Darüber haben wir doch oft genug gesprochen«, wehrte er sich gelangweilt. »Friede, okay?«

»Hm«, machte sie nur und starrte auf den Bildschirm.

Er ließ sich wohlig stöhnend in einen Sessel fallen und nippte an seinem Getränk. »Ah, das tut gut.« Er musterte seine Tochter. »Was ist das eigentlich für ein Wahnsinn mit diesem Mord? Ich hoffe, du hast der Polizei alles gesagt. Schalt doch mal den Fernseher aus.«

Sie nahm die Fernbedienung und drückte mit dem Daumen das rote Knöpfchen. »Klar«, sagte sie und schaute ihn an.

»Und wie lange warst du mit diesem Typen zusammen – also dem, der umgebracht worden ist?«

»Marcel Zimmermann hieß er, und es war eine einmalige Sache«, gab sie widerwillig zu.

Sein Blick wurde streng. »Ich brauche dir wohl kaum zu sagen, was ich davon halte.«

»Jetzt, Papa ...«

»Nein, nein, ganz im Ernst«, unterbrach er sie mahnend und erstickte mit erhobenem Zeigefinger ihren Protest.

»Das möchte ich schon einmal klarstellen. Schlimm genug, wenn du einfach mit irgendwelchen Typen ins Bett gehst. Aber wenn die dann auch noch umgebracht werden, wird man als Vater ja wohl noch ein klein bisschen nervös werden dürfen, ja? Ich meine, in was für Kreisen hat der denn überhaupt verkehrt?«

Sie verdrehte die Augen. Er ignorierte es.

»Melanie, muss ich mir Sorgen um dich machen?«

Überrascht starrte sie ins Leere. »Komisch. So habe ich das noch gar nicht gesehen.«

Ihr Vater atmete nach Geduld ringend durch. »Mensch, Melanie, wach auf! Du könntest in Gefahr sein! Wenn zum Beispiel der Resch – also dein Ex, der Christopher – diesen Zimmermann umgebracht hat, dann ist er vielleicht auch hinter dir her! Verstehst du das? Also, wenn's noch irgendwas gibt, was der Polizei weiterhelfen könnte, dann musst du's denen sagen. Oder erst mal mir – jetzt!«

Sie wandte sich unsicher hin und her.

»Hast du eine Ahnung, wer es gewesen sein könnte? Und was ist das mit diesem komischen Foto?«, bohrte ihr Vater weiter.

Sie gestikulierte hilflos mit den Händen. »Ach, ich weiß doch auch nicht. Den ganzen Tag denke ich schon daran. Das Bild ist wohl irgendwie bei Marcel aufgetaucht. Deswegen ist die Polizei ja auch auf uns gekommen. Sie glauben, dass der Christopher den Marcel aus Eifersucht ermordet haben könnte. Und sie wollen natürlich wissen, wer das Bild eigentlich gemacht hat. Mir ist als erstes Gregor eingefallen. Der sagt aber, er war's nicht, und jetzt ist er sauer.«

Ihr Vater nahm einen Schluck Whiskey und nickte. »Verstehe. Aber wieso sollte Gregor lügen – wenn er nicht gerade selbst diesen … äh … Zimmermann umgebracht hat?«

Sie überlegte.

»Nein, nein«, fuhr ihr Vater fort. »Gregor ist in Ordnung. Der würde immer die Wahrheit sagen, erst recht, wenn's um Mord geht. Was spricht eigentlich dagegen, dass Christopher das Foto selbst geschossen hat? Sagen wir mal, er hat euch erwischt. Aber weil er gar nicht so mutig ist, wie er immer tut, hat er euch nicht zur Rede gestellt, sondern nur heimlich fotografiert. Wahrscheinlich, um's dir irgendwann mal aufs Brot zu schmieren, wenn der andere nicht dabei ist.«

Melanie dachte nach. »Er war in den letzten Wochen vor dem Urlaub wirklich etwas komisch«, sagte sie dann. »Ich dachte, das wäre nur, weil er schon gemerkt hat, dass bei mir allmählich die Luft raus war, aber wenn ich mir das jetzt so überlege …«

»Hast du das der Polizei gesagt?«

Sie schüttelte den Kopf. Köppel stöhnte anklagend auf.

»Aber warum hat er mir das Bild dann bis jetzt noch nicht vorgehalten?«, verteidigte sie sich.

»Was weiß ich?« kam es fassungslos. »Lass das doch die Polizei rausfinden!«

Als er merkte, wie sie mit den Tränen kämpfte, sah er sie plötzlich wieder als sein fünfjähriges Mädchen. Er stellte das Glas weg, kniete sich vor ihren Sessel und nahm sie tröstend in die Arme. Sie drückte sich Schutz suchend an ihn. Lächelnd schloss er die Augen und streichelte ihr Haar.

In einer Ecke der mit uralten Holzmöbeln eingerichteten Küche brummte laut der Kühlschrank. Daneben waren zwei Kästen Bier aufeinandergestapelt, der untere leer, im oberen noch zehn volle Flaschen. Igor griff sich eine, ließ mit dem silbernen Öffner vom Küchentisch den Kronkorken zischen und nahm einen kräftigen Schluck. Er rülpste und ließ die Hand mit der Flasche polternd auf die Tischplatte sinken, woraufhin etwas Schaum heraus quoll.

»Klarer Fall. Da will dich einer hinhängen«, stellte er mit leicht russischem Akzent fest. Seine glasigen blauen Augen stierten dümmlich auf die Skatkarten, die in der Mitte des braunen Holztisches lieblos hingeworfen waren. Mit seinem kurz geschorenen Haar hätte der bullige junge Mann gut und gerne als Türsteher eines Nachtclubs oder Schläger einer Mafia-Bande durchgehen können.

»Sag ich doch die ganze Zeit«, schimpfte Christopher Resch mit einem leichten Lallen. Er hatte sich durch einen Skatabend mit seinen Mitbewohnern Igor

Smichkov und Michael Schneider von seinen Sorgen ablenken wollen. Weil aber immer wieder der Mord zur Sprache gekommen war, hatte es nicht wirklich funktioniert. Irgendwann hatten sie das Kartenspiel einfach abgebrochen.

»Ach, was soll's!«, rief Michael, der seinen grünen Jogging-Anzug schon mit Bier vollgeschüttet hatte. »Sollen sie doch versuchen, dir was anzuhängen!« Er machte mit der Hand eine wegwerfende Bewegung, wodurch er beinahe seine Flasche umgeworfen hätte. »Lass sie es doch probieren. Du hast doch ein Alibi. Wir waren ja praktisch den ganzen Abend zusammen.«

»Genau«, lallte Igor nickend.

Christopher verzog genervt das Gesicht. »Praktisch den ganzen Abend! Ganz klasse! Ihr habt gut reden. Euch will ja keiner drankriegen. Dieser Pizza-Fuzzi hat mich nun mal alleine vor dem Haus gesehen!«

Die drei glotzten dumpf auf die Karten. Nach einigen Sekunden verzog sich Igors Gesicht zu einem verschwörerischen Grinsen. »Dann werden wir dem Pizza-Kerlchen eben klarmachen, dass er sich geirrt haben muss«, sagte er und schlug seine Faust patschend in die Handfläche.

Michael stöhnte auf und fasste sich augenrollend an die Stirn.

»Spinnst du?«, schimpfte Christian. »Dann kann ich ja gleich ein Geständnis ablegen.«

Igor hob beschwichtigend die Hände und gab ein entschuldigendes Brabbeln von sich.

Christian nahm einen Schluck Bier. Als er die Flasche langsam absetzte, starrte er nachdenklich ins Leere. Irgendwann verengte er seine Augen wissend zu Schlitzen. »Aber unser kleiner Freund Gregor, der stinkt doch wohl voll zum Himmel! Da sind wir uns ja alle einig, oder? Und wisst ihr, was ich jetzt mache? Ich fahr' zu ihm rauf und prügle die Wahrheit aus ihm raus! Kommt ihr mit?« Er sah die anderen auffordernd an.

Igors Antwort war nur ein weiterer Rülpser, den er brummend durch die Nase entweichen ließ.

»Jetzt mach keinen Scheiß!«, kam es gedehnt von Michael, der sich abwehrend hin und her wandte. »Das bringt doch jetzt auch nix! Der würde eh nur wieder seinen verschissenen Köter auf dich hetzen – und auf uns auch. Und außerdem bist du schon vollkommen besoffen.«

Schreiber saß alleine in seiner Ecke am Tresen. Montags war es normalerweise etwas ruhiger in der ›Blues Bar‹, weil es keine Live-Musik gab – aber nicht heute. Jeder der Nachtschwärmer schien total aufgekratzt. Ein paar Barhocker weiter schimpften drei Stammgäste lautstark über Politiker. Aus dem mittleren Raum kam ständig das kreischende Gelächter einer Gruppe junger Mädchen. Selbst Sam und Lucy hinter dem Ausschank witzelten unentwegt.

Schreiber lächelte schwach und fragte sich, ob es richtig gewesen war, zu kommen. Zwar hingen seine Gedanken nicht mehr an dem Mordfall, aber stattdessen hatte er wieder den allgemeinen Weltschmerz, den er seit dem Verlust seiner Gitarre verspürte. Die irrealen Bilder des brennenden Instruments mischten sich mit solchen seiner knutschenden Tochter und seines kollabierenden Vaters – Bilder der Vergänglichkeit. Seine Gitarre war ebenso verschwunden wie das kleine Mädchen, das seine Tochter einst gewesen war. Und sein ehemals vor Energie strotzender Vater? Er wurde allmählich wirklich alt.

Als ein neuer Gast die Kneipe betrat, ließ ein kalter Hauch Zugluft Schreiber fröstelnd die Schultern hochziehen. »Wo ist nur dieser verdammte Sommer geblieben?«, grummelte er und nahm einen Schluck Bier.

»Geht jetzt das Gejammer vom Samstag weiter, oder was?«, sagte Aurich, klopfte ihm auf die Schulter und schwang sich auf den Barhocker neben ihm.

»Ist doch wahr«, klagte Schreiber. »Ich will wieder ins Hainbad. Wenigstens noch ein einziges Mal.« Schreiber war Stammgast im beliebten Flussbad am linken Regnitzarm im Hain.

»Gehst du eben nächstes Jahr wieder«, sagte Aurich beiläufig. »Und jetzt hör endlich auf mit der Jammerei. Das passt nicht zu dir. Sag mir jetzt lieber, ob wir demnächst neue Instrumente kaufen.«

Mit einem zackigen »Zum Wohl!« knallte Sam Aurich sein Pils hin, ohne dass der es vorher bestellt hatte. Aurich murmelte ein »Danke«, nahm das Bier und hielt es Schreiber hin, der mit ihm anstieß.

»Und?« Aurich wischte sich mit dem Handrücken den Schaum vom Mund.

»Wie viel Geld haben wir denn in der Band-Kasse?«, fragte Schreiber vorsichtig.

Aurich war zufrieden, dass sich sein Freund zumindest willig zeigte, ernsthaft über die Zukunft der *B. Bulls* nachzudenken.

»113 Euro und 70 Cent«, antwortete er grinsend. »Und im Probenraum steht noch ein halber Kasten Bier. Aber ich glaube, den trinken wir lieber selbst – oder wollen wir den im Internet versteigern?«

Jetzt musste auch Schreiber lächeln. »Blödmann«, sagte er und stieß noch einmal mit seinem Nachbarn an. Schweigend lauschten sie der Musik, die Lucy aufgelegt hatte.

There's a moon over Bourbon Street tonight.
I see faces as they pass beneath the pale lamplight …

»Was war eigentlich genau mit dieser Chantal, mit der du früher mal was hattest?«, fragte Aurich plötzlich.

»Wie kommst du denn jetzt darauf?«, wunderte sich Schreiber, der sich nicht erinnern konnte, seinem Schlagzeuger überhaupt je von ihr erzählt zu haben.

Der feixte süffisant. »Sophie hat mich neulich danach gefragt. Es schien sie ja mächtig zu interessieren«, stellte er bedeutungsschwanger fest, zuckte mit den Augenbrauen und knuffte Schreiber den Ellbogen in die Seite.

»Oh Mann«, sagte der nur kopfschüttelnd, verspürte aber einen seltsamen Anflug diebischer Freude.

»Und? Sag schon. Gib mir jedes schmutzige Detail«, knurrte Aurich lüstern.

»Der Gentleman genießt und schweigt«, wehrte Schreiber ab.

Aurich legte nur den Kopf schräg und lächelte lahm.

»Außerdem gibt's da eh nicht viel zu erzählen«, druckste sein Kollege herum, beugte sich dann aber ein Stück näher und fügte mit gesenkter Stimme hinzu: »Ich meine: Die Chantal, das war halt eine, die dauernd wollte. Das war alles. Okay?«

»Dauernd?«

Schreiber richtete sich wieder auf und schaute steinern in den Spiegel hinter der Bar. »Immer und überall. Und jetzt lass mich damit in Ruhe.«

»Respekt.« Aurich nickte und zog anerkennend die Mundwinkel nach unten.

Sie tranken und hörten Musik.

I've no choice but to follow that call.
The bright lights, the people, and the moon, and all

»Was machst du eigentlich hier, während der Woche? Warum bist du nicht bei deiner Gisela?«, wollte Schreiber wissen.

»Von der komme ich doch gerade. Die pennt schon. Aber ich bin irgendwie noch vollkommen aufgekratzt.«

Schreiber seufzte. »Verdammter Vollmond!«

Halb ohnmächtig vor Schmerzen, saß Rudolph Schmitt mit dem Rücken an der Wand auf seinem harten Zellenbett. Das unerträgliche Pochen in seinem Kopf trieb ihm die Tränen in die Augen. Flehend fixierten sie den Mond durch die Gitterstäbe im kleinen Fenster.

Selbst das Denken tat ihm weh. Doch was sollte er schon anderes tun in der Untersuchungshaft? So viel Schuld hatte er auf sich geladen. Die glücklichen Tage mit seiner Frau schienen ihm unendlich weit entfernt, fast so, als hätte es sie nie gegeben. Als sie ihn heute kurz besuchen durfte, war sie ihm beinahe vorgekommen, als wäre sie insgeheim glücklich, dass er nicht zu Hause bei ihr war. Wahrscheinlich spielte sie sogar mit dem Gedanken, doch noch gegen ihn auszusagen, um ihn so für lange Zeit ins Gefängnis zu bringen. Tatsächlich hatte er zeitweise das Gefühl gehabt, eine Fremde vor sich zu haben und nicht die Frau, die ihm einst ewige Treue geschworen hatte – unglaublich.

»Sie will mich nicht mehr«, murmelte der Mann schwach und schaute weiter den Mond an.

Der schien seltsam nahe, fast greifbar wie das runde Gesicht eines alten Freundes, das zum Fenster hereinsah – interessiert, verstehend, tröstend.

»Sie will mich wirklich nicht mehr. Stimmt's?«, wiederholte Schmitt brabbelnd.

Das Mondgesicht nickte langsam und schloss dabei kurz die Augen.

Schmitt lächelte. »Klar. Wer kann's ihr schon verdenken?«, stellte er in dumpfer Akzeptanz seines Schicksals fest. »Und was machen wir jetzt?«, fragte er den Mond.

Doch das leuchtende Gesicht verschwamm durch die Tränen, die Schmitt wieder in die Augen stiegen. Die Schmerzen schienen mit der Flüssigkeit aus seinem Kopf entrinnen zu wollen. Doch es nützte nichts. Kaum waren seine Tränen die Wangen hinuntergeflossen, nahm oben im Gehirn das Leid schon wieder zu, als brodelte tief in ihm ein Vulkan, der seinen Kopf zu sprengen drohte. Schmitt kniff die Augen zusammen, zog die Schultern hoch und rieb sich wimmernd die Schläfen. Vorsichtig ließ er den Kopf wieder gegen die Wand sinken und sah Hilfe suchend zu seinem Freund.

Er atmete tief durch und versuchte, sich eine Zukunft ohne seine Frau vorzustellen. War das möglich? Konnte er, falls sie ihn nicht einsperrten, ganz neu anfangen? Immerhin war er ein erfolgreicher Immobilien-Makler. Oder würde ihn seine Schuld überall einholen, weil er sich selbst nie verzeihen konnte?

Das Mondgesicht lächelte wissend.

Schmitt schaute es fragend an. Dann kam ihm schlagartig die Erkenntnis. Sie lag ganz klar vor ihm. Mit einem Mal wusste er ganz genau, was er zu tun hatte, damit er allen zeigen konnte, wie Leid ihm alles tat. Die Schmerzen würden für immer vorüber sein, und seine Frau würde wissen, dass er sie liebte.

»Komm«, sagte der Mond mit einem Lächeln, in dem unendliche Vergebung und Geborgenheit lag. »Komm nach Hause. Alles ist gut.«

Die Gitterstäbe des Fensters näherten sich.

Als Schreiber am Dienstagmorgen die Büroräume des Kommissariats betrat, merkte er sofort, dass etwas nicht stimmte. Sibylle saß hinter ihrem Computer und grüßte ihn mit einem halbherzigen »Guten Morgen«, ihr Lächeln seltsam bemüht.

Auf Schreibers überraschten Blick hin zeigte sie nur auf die Tür zum Besprechungsraum, in dem ihn der Chef schon erwartete. Zusammen mit Thiele, Schmoll und Bayer saß er an den beiden Tischen. Ihre Blicke sprachen Bände, die Begrüßungen fielen ebenso matt aus wie die von Sibylle.

»Schmitt ist tot«, sagte Laut frei heraus.

Die Nachricht traf Schreiber wie ein Fausthieb in den Magen. Er wusste nichts zu erwidern, sah den Chef nur ungläubig an und ließ sich dabei langsam auf einen der Stühle sinken.

»Man hat ihn heute Morgen erhängt in seiner Zelle gefunden«, berichtete Laut bemüht sachlich. »Alles deutet auf einen Suizid hin. Er hat die Fensterscheibe eingeschlagen und sein Bettlaken an den Gitterstäben angebracht. Die Kollegen Steinfels und Aurich sind vor Ort und übernehmen die Geschichte.«

»Hat er irgendwas hinterlassen?«

»Nur einen Zettel für seine Frau: ›Verzeih mir. Ich liebe dich.‹ Mehr nicht.«

»Fuck«, zischte Schreiber halblaut und sah aus dem Fenster. Seine Gedanken rasten: Warum nur hatte Schmitt das getan? War sein Selbstmord ein Schuldbekenntnis? Wenn nicht, hatten sie vielleicht einen wichtigen Zeugen verloren. In jedem Fall konnte sein Tod nur Schlechtes bedeuten: Sie hatten einen Mann eingesperrt, der sich kurz darauf das Leben genommen hatte.

»Schau nicht so, David«, beruhigte ihn Bayer, der seine Gedanken zu erraten schien. »Wegen ein paar Tagen Untersuchungshaft bringt sich keiner gleich um. Entweder er war's und hat's aus Reue getan – dann werden wir das klären. Wenn er aber unschuldig war, ist da garantiert noch irgendwas anderes im Busch. Und auch das werden wir herausfinden. Also: Uns trifft keine Schuld. Wir haben nur unseren Job gemacht.«

Laut nickte. »Kollege Bayer hat Recht. Hätte ich nicht besser sagen können. Trotzdem sollten wir die Arbeit im Fall Zimmermann umso mehr vorantreiben. Ich rede gleich mal mit dem Müller, damit wir euch derweil vor der Presse den Rücken freihalten.« Er lächelte bitter. »Tod in der JVA! Wenn sich herausstellt, dass der Schmitt unschuldig war, werden die sich wie die Geier darauf stürzen.«

Wenn nur die Laborergebnisse schon da wären, dachte Schreiber und sah auf die Uhr: 8:50 Uhr. Noch etwa vierundzwanzig Stunden, bis sie kämen.

Gregors Mutter arbeitete als Abteilungsleiterin in einem großen Drogeriemarkt in der Fußgängerzone. Sie stand gerade vor einem Regal mit Süßwaren und tippte abwesend auf ihrem Handy herum. Als sie merkte, wie die Kommissare an sie herantraten, steckte sie es in die Tasche ihres grauen Hosenanzugs und schaute ihre Besucher erwartungsvoll an. Sie schien zu ahnen, dass die beiden keine Kunden waren.

»Ja?«

»Frau Jagorus?«, las Thiele das Namensschild am Revers des Hosenanzugs und zückte dezent ihren Ausweis. Schreiber tat das gleiche und musterte die Frau, von der Gregor wohl nur die schlanke Statur geerbt hatte. Anders als ihr Sohn hatte sie braune Augen in einem eher markanten südländischen Gesicht, das Schreiber an eine Flamenco-Tänzerin erinnerte. Auch wegen des schwarzen Haars, das ihr lang über die Schultern fiel. Gregor hingegen schien sein braunes Haar, die sanften Züge und die blauen Augen von seinem verstorbenen Vater geerbt zu haben.

»Ja, aber wir haben doch schon telefoniert. Das waren doch Sie, oder?«, kam es misstrauisch von Frau Jagorus, die sich nervös umsah. Zahlreiche Kunden durchwanderten mit Plastikkörbchen die Regalreihen, ihre Gesichter ausdruckslos, eingenommen von der bunten Vielfalt um sie herum.

»Wir hätten noch ein paar Fragen«, sagte Thiele betont freundlich. »Jede Information ist wichtig.«

»Machen wir's kurz. Ich muss arbeiten. Kommen Sie.« Sie ging voraus durch eine weiße Tür in einen Raum, wo Waren in zahlreichen Pappkartons zum Nachfüllen der Regale bereitlagen.

Mit verschränkten Armen wandte sie sich den Polizisten zu.

»Mein Sohn hat mir gesagt, Sie würden ihn verdächtigen?«

Thiele wiegte nur den Kopf hin und her. »Wir verfolgen eine Spur ins Umfeld der Köppels. Und Gregor ist doch mit Melanie befreundet, nicht war? Zunächst mal wollen wir nur sicher gehen, dass er oder Sie nichts Wichtiges wissen, was zur Lösung des Falles beitragen könnte.«

»›Zunächst mal‹?«, wiederholte ihr Gegenüber skeptisch. »Was soll das heißen? Und danach wollen Sie ihn verhaften, oder was?«

»Frau Jagorus. Wenn sich keine Verdachtsmomente gegen Ihren Sohn ergeben, brauchen wir ihn auch nicht zu verhaften.«

»Also, was wollen Sie noch wissen?«

»Sind Ihnen irgendwelche Fremde aufgefallen, die sich in den letzten Wochen in ihrer Nachbarschaft herumgetrieben haben? Die sich vielleicht irgendwie verdächtig benommen haben?«

Die Kommissare erwarteten nicht wirklich eine hilfreiche Antwort auf die Frage. Sie waren gekommen, um sich einen Eindruck der Frau zu verschaffen, die sie bisher nur vom Telefon kannten und die Gregor immerhin ein Alibi gab.

Sie überlegte kurz und strich sich eine Haarsträhne hinters Ohr. »Nein, niemand«, sagte sie kopfschüttelnd.

»Kannten Sie Marcel Zimmermann?«

»Nein. Gregor hat mir auch nichts weiter über ihn erzählt, weil er ihn wohl nur flüchtig kannte.«

»Gut. Das war's auch schon«, sagte Thiele lächelnd. »Wenn Sie dann in den nächsten Tagen bitte ins Kommissariat kommen, damit Sie Ihre Aussage wegen Freitagabend zu Protokoll geben … also, das mit dem Fernsehabend, was Sie uns am Telefon schon erzählt haben.«

Ein Auge von Frau Jagorus zuckte nervös. Sie schien sich einen gehässigen Kommentar zu verkneifen. »Ach, das brauchen Sie alles noch schriftlich?«

»Ja. Schönen Tag noch.«

Frau Jagorus erwiderte den Abschiedsgruß unterkühlt.

Schreiber hielt Thiele höflich die Tür zurück zum Drogeriemarkt auf und nickte Gregors Mutter nur zu. Als er mit Thiele auf der Rolltreppe abwärts stand, raunte er ihr zu: »Die würde doch alles sagen, um ihren Sohn zu schützen. Wen überrascht's?«

»Klar«, sagte Thiele. »Andererseits hat Gregor gestern keine Zeit gehabt, sie vorzuwarnen, als wir sie anriefen. Wenn sie lügt, hätte er sich also schon vor unserem Eintreffen mit ihr absprechen müssen. Aber was hätte er ihr da gesagt? ›He, Mutter! Ich brauche ein Alibi, weil ich einen umgebracht habe!‹?«

»Wohl kaum.« Schreiber lächelte abwertend. »Wie wäre es mit: ›Hör mal, Mutter. Ein Bekannter von mir ist ermordet worden. Ich will in nichts reingezogen werden.‹? Aber selbst dann müsste sie doch skeptisch werden und nachfragen, ob ihr lieber Sohn mehr über das Verbrechen weiß.«

Sie fuhren zurück ins Kommissariat, wo sie wiederholt sämtliche Protokolle des Falles Zimmermann durchforsteten und dabei auf ihre Kollegen warteten.

Schmoll und Bayer waren nach Kronach gefahren, um noch einmal Zimmermanns Eltern zu befragen. Nach dem ersten Schock mochte denen vielleicht doch noch etwas Relevantes eingefallen sein.

Doch besonders die Rückkehr von Steinfels und Aurich konnten Thiele und Schreiber kaum erwarten, als sie an ihren Schreibtischen die Unterlagen wälzten. Was hatten die Untersuchungen im Todesfall Schmitt ergeben? Schreiber musste sich beherrschen, nicht ständig auf Aurichs Handy anzurufen und er war sich sicher, dass es Thiele ebenso erging. Einmal hatten sie es schon getan. Da waren ihre Kollegen gerade unterwegs in die Gerichtsmedizin gewesen.

»Tja, Tiger. Fangen wir noch einmal bei Null an. Jeder eine Hälfte«, sagte Thiele und legte Schreiber einen neuen Stapel Akten auf den Tisch. Es waren die Dokumentationen, die der KDD in der Tatnacht erstellt hatte.

Als sie diese durchblätterten, galt ihre besondere

Aufmerksamkeit den Zeugenbefragungen aus der Nachbarschaft.

»Wenn wir nur diese Dunkelhaarige schon hätten …«, murmelte Schreiber.

Thiele nickte. »Stimmt schon. Wenn sie wirklich Zimmermanns nächtliche Verabredung war muss sie einfach was wissen.«

Schreiber rieb sich grübelnd das Kinn. »Ein Date übers Internet. Zimmermann könnte auch eine böse Überraschung erlebt haben. Wäre nicht das erste Mal, dass jemand online ein zweites Ich erfindet. Man hört doch ständig von irgendwelchen Verrückten, die sich so an andere ranmachen.«

Thiele brummte zustimmend. »Beierlein hat gesagt, dass die bei ›Cheaterzdate‹ sich Bilder schicken, bevor sie sich treffen. Aber was heißt das schon? Man kann sich für so eine Aufnahme doch sonst wie zurecht machen oder einfach das Foto von jemand anderem nehmen. 'ne alte Schulfreundin von mir hat sich mal versehentlich mit einem Mann getroffen.«

»'ne Lesbe?«

»Richtig. Und genau solche hatte der Typ im Internet gesucht. War wohl einer von den Spinnern, die glauben, dass man Lesben umkehren kann – oder sogar muss.«

»Ach? Muss man das nicht?«, fragte Schreiber mit gespielter Verwunderung.

Er hatte keine Chance, dem blitzschnell heran fliegenden Radiergummi auszuweichen. Thieles Wurfgeschoss traf ihn mitten auf der Stirn.

»Aua«, schimpfte er und rieb sich die Stelle.

»Depp«, sagte sie grinsend, lehnte sich zurück und sah aus dem Fenster. Sie wurde wieder ernst. »Also gut: Zimmermanns Date erweist sich als Niete. Wer weiß, vielleicht war es sogar ein verkleideter Kerl. Sie geraten in Streit …«

Sie stockte, als Steinfels und Aurich ins Büro kamen – grußlos.

»Er hatte Krebs«, sagte Aurich stattdessen und ging schnurstracks zur Kaffeemaschine, wo er zwei Tassen einschenkte.

Steinfels hängte ihre Jacke an den Kleiderständer bei der Tür und rollte schwungvoll einen Bürostuhl zu Thieles Schreibtisch, wo sie neben ihrer Kollegin Platz nahm.

»Ein Tumor im Kopf. So groß wie eine Walnuss«, erklärte sie ihren erstaunten Kollegen etwas außer Atem und nickte dankend, als Aurich ihr ihren Kaffee hinstellte. Sie nahm einen kräftigen Schluck, ehe sie weiter erzählte. »Inoperabel. Das Ding saß am Hypothalamus und war wohl auch für seine Ausbrüche verantwortlich – zumindest teilweise. Die Schmerzen müssen höllisch gewesen sein – so fortgeschritten, wie die Sache war. Der Wiegand hätte ihm höchstens noch sechs Monate gegeben.«

7 Seiten-Springer

17. bis 19. September

Schreiber hatte auch in der Nacht von Dienstag auf Mittwoch schlecht geschlafen. Nur war diesmal nicht der Vollmond schuld gewesen. Die Neugier auf die Ergebnisse der Spurensicherung hatte ihn wach gehalten. Unruhig wie ein Kind vor Weihnachten hatte er sich stundenlang von einer Seite auf die andere gewälzt, ehe endlich der Schlaf gekommen war.

Am Morgen war er ohne Frühstück ins Kommissariat geradelt, wo er noch etwas hatte warten müssen, bis alles eintraf. Er saß bei einer Tasse Kaffee und einem Butterhörnchen und blätterte in den Unterlagen, als Thiele voller Elan ins Büro gestochen kam.

»Morgen, Tiger. Und?« In einer geschmeidig eleganten Bewegung warf sie die Jacke über ihren Stuhl auf dem sie sich niederließ, ohne ihren erwartungsvollen Blick von Schreiber zu nehmen.

»Morgen, Schnegge«, nuschelte der kauend. »Du schuldest mir ein Bier in der ›Blues Bar‹.«

Ihre Kinnlade fiel beinahe auf die Schreibtischplatte. »Nein, oder?«, brachte sie nur ungläubig heraus.

»Doch«, kam es trocken zurück. »Aus der Auswertung von Zimmermanns Computerdaten geht eindeutig hervor, dass er sich über ›Cheaterzdate‹ an die Köppel rangeschmissen hat. Und deswegen hatte ich Recht. Sie hat gezuckt, als wir ihr das Bild gezeigt haben, weil sie Zimmermann erkannt hat. Sie hat uns angelogen.«

»Unglaublich! Dann hat Zimmermann wirklich mit Mutter und Tochter … Und wenn der Köppel das rausgefunden hat, hätte er ganz klar das stärkste Motiv von allen. Was ergab denn die Spuren-Analyse am Tatort?«

»Die entlastet unseren charmanten Mode-Zar eher.« Er warf ihr einen Stapel hinüber. »Gehen wir alles durch.«

Als sie gemeinsam die Ergebnisse sichteten, huschte Laut in seinem Trenchcoat herein und steuerte zielstrebig den Besprechungsraum an. Er kam gerade von Staatsanwalt Müller, wo er die Sache mit Schmitts Selbstmord besprochen hatte. »Morgen Kollegen!«, grüßte der Chef seine Mitarbeiter mit anerkennendem Unterton für deren Arbeitseifer, den sie am frühen Vormittag an den Tag legten. Auf halbem Weg zur Tür hielt er und sah sie fragend an. »Und?«

»Wir haben's gleich«, sagte Schreiber und schaute auf. »Besprechung in zwanzig Minuten?«

Laut nickte. »Gut. Ja, und? Wie sieht's denn aus, bis jetzt? War es der Schmitt?«

»Glaube nicht.«

Über Bayers Oberlippe sprossen die ersten Stoppeln der Neuauflage seines Schnurrbarts. »Ohne das Ding war ich einfach nicht mehr ich selbst«, hatte er den verwunderten Kollegen eröffnet. Er saß mit ihnen bei einer morgendlichen Kaffeerunde. Alle hörten Schreiber aufmerksam zu.

Als er ihnen die Sache mit der ›Cheaterzdate‹ Affäre von Frau Köppel und Zimmermann eröffnete, waren sie ebenso erstaunt, wie schon Thiele es gewesen war.

»Er hatte noch zahlreiche weitere Kontakte über ›Cheaterzdate‹«, erzählte Schreiber weiter. »Hinweise auf tatsächliche Treffen gibt es allerdings nur in vier Fällen: die Köppel, die Schmitt, eine Rosemarie Schober aus Nürnberg und eine gewisse Jasmin, deren Identität nicht feststeht, weil sie ihren Nachnamen nirgendwo angegeben hat und sich auch ihre IP-Adresse nicht zurückverfolgen lässt. Sie hat sich übers Ausland eingeloggt und wahrscheinlich auch eine Verschlüsselungssoftware zum anonymen Surfen verwendet. Aus den Chatprotokollen und Mails mit ihr geht hervor, dass sie Zimmermanns Verabredung für Freitagnacht war. Sie wollten sich tatsächlich erst um 23 Uhr treffen, also etwa zu der Zeit, als Schmitt aufgetaucht sein muss, beziehungsweise kurz bevor Resch eintraf. Dieses Bild hat sie Zimmermann geschickt.«

Thiele, die neben ihm saß, erhob sich und tauschte an der Pinnwand das Fragezeichen-Zettelchen für die dunkelhaarige Frau gegen einen Fotoausdruck mit der Überschrift »Jasmin?« aus. Das Bild zeigte eine attraktive Brünette, Mitte dreißig, die in die Kamera lächelte. Sie lehnte in einem roten Abendkleid, das ihre sportliche Figur betonte, an irgendeiner Bar, auf der ein buntes Mixgetränk mit Früchten und einem Schirmchen stand. Andere Personen, im Hintergrund, waren nur verschwommen zu erkennen.

»Dem Aussehen nach könnte sie die Frau gewesen sein, die unser Zeuge in Richtung Markusstraße laufen sah«, fuhr Schreiber fort. »Aber ob sie es tatsächlich war, sei erst einmal dahingestellt. Zu den Spuren am Tatort: Die Blutstropfen zwischen Wohnungstür und Fahrstuhl stammen von Zimmermann, aber auch von Schmitt. Tja, er hat wohl, wie vermutet, eins auf die Nase gekriegt.« Er machte eine andächtige Pause. »Auf der Tatwaffe gibt es allerdings Fingerabdrücke von Resch. Einer, vom Daumen, lässt sich ihm eindeutig zuordnen. Die anderen sind nur Teilabdrücke, aber auch von ihm, wenn auch nicht vor Gericht verwendbar.«

Er blickte fragend in die Gesichter seiner Kollegen. »Nun, so was haben wir uns ja schon gedacht. Fragt sich nur, ob das heißt, dass der Resch es tatsächlich gewesen ist, oder ob unsere Verschwörungstheorie zutrifft. Bei Letzterer wäre dann noch zu klären, wie der wahre Täter an das Messer mit den Abdrücken gekommen ist.«

»Der war's doch nie im Leben«, murmelte Aurich zynisch.

»Jetzt mal eines nach dem anderen«, bremste ihn Laut. »Unsere Theorie in allen Ehren. Aber wir müssen die Kirche schon im Dorf lassen. Die Fakten können wir nicht einfach so ignorieren: Resch hatte ein Motiv und wurde in Nähe des Tatorts gesehen, an dem sogar die Tatwaffe mit seinen Fingerabdrücken hinterlassen wurde. So ist das nun mal. Und auch wenn er für die Tat wenig Zeit gehabt hätte – möglich wäre es gewesen. Wenn wir dann noch bedenken, dass er auf diesen Gregor losgegangen ist und er seiner Ex-Freundin gegenüber sogar eine zweideutige Bemerkung zu Zimmermann gemacht hat, sehe ich nicht, wie wir ihm eine Untersuchungshaft ersparen können.«

»Wenn wir ihn aber doch draußen lassen?«, insistierte Thiele. »Wir könnten vielleicht sogar was nach außen durchsickern lassen, damit der wahre Täter nervös wird und einen Fehler macht.«

Laut seufzte. »Wir müssten die Familien Köppel und Jagorus, den Verdächtigen Resch und vielleicht noch andere im Auge behalten. Und dann? Hoffen, dass was passiert? Zu aufwändig und auch viel zu riskant. Und wenn es keinen ›wahren Täter‹ gibt?« Er schüttelte bedauernd den Kopf. »Nein, wir müssen zweigleisig fahren: uns einerseits den Resch greifen und den Fall der Staatsanwaltschaft vorlegen und andererseits alle weiteren Spuren aufs Gründlichste abarbeiten.« Er ließ den Blick über die unzufriedenen Mienen seiner Mitarbeiter gleiten und seufzte noch einmal. »Schaut mich nicht so an, Kollegen. Ich tendiere auch eher zur Annahme, dass Resch hereingelegt wurde. Und wenn das so ist, werden wir es herausfinden, okay? In dem Sinne: Was haben wir noch?«

»Bei unserem ominösen Spanner-Foto wurden die so genannten Exif-Daten gelöscht«, erklärte Schreiber. »Die werden direkt in Bilddateien geschrieben und enthalten Informationen wie Aufnahmezeit, Kameratyp und sogar die Seriennummer des Gehäuses. Es wurde also eindeutig versucht, die Herkunft des Bildes zu verschleiern. Wenn wir allerdings die Kamera hätten, könnte man Vergleichsaufnahmen machen. Dann könnte man unser Bild mit an Sicherheit grenzender Wahrscheinlichkeit dem Gerät zuordnen.«

»So ähnlich wie bei Projektilen und Schusswaffen in der Forensik?«, fragte Steinfels.

»Genau.«

»Stammt das Foto von der Brünetten aus derselben Kamera?«, wollte Schmoll wissen und deutete mit ihrem Kaffeelöffel zur Pinnwand.

»Nein. Allerdings fehlen auch hier die Exif-Daten. Tja. Noch jemand, der was zu verbergen hat, oder dieselbe Person, die das Spanner-Foto gemacht hat? Also, ich kenne nicht viele Leute, die Exif-Daten aus Bilddateien entfernen. Die meisten wissen nicht einmal, dass es sie überhaupt gibt.«

Schreiber zögerte. »Na ja – andererseits könnte man sie rein theoretisch auch versehentlich durch bestimmte Speicher- oder Kopierprozesse löschen.«

Alle überlegten. Irgendwann sah Schreiber fragend zum Chef. »Nun gut«, sagte der. »Fassen wir doch noch einmal alle Punkte zusammen, die für unsere Verschwörungstheorie sprechen. Erstens: Resch, der zum Sündenbock gemacht werden soll, wird zusammen mit dem Pizza-Boten als perfekten Zeugen zum Tatort bestellt. Zweitens: Die achtlos zurückgelassene Tatwaffe steht im Widerspruch zur vorsätzlichen Durchführung des Verbrechens. Sie führt uns natürlich direkt zu unserem Sündenbock. Ebenso wie – drittens – das berühmte Foto, das so manipuliert wurde, dass sich die Kamera, mit der es geschossen wurde, nicht zurückverfolgen lässt. Und damit sind auch keine Rückschlüsse auf ihren Besitzer möglich.« Laut nickte bitter grinsend vor sich hin. »All das ist ja für sich alleine schon eine ganze Menge. Aber jetzt gibt es auch noch eine geheimnisvolle Verabredung zur Tatzeit. Jemand verwischt seine Spuren im Netz, als er sich an Zimmermann heranmacht. Die Person schickt ihm dieses Foto.« Er deutete mit seinem goldenen Kugelschreiber zur Pinnwand. »Von dieser attraktiven Brünetten – wahrscheinlich ein x-beliebiges Bild, einfach irgendwo heruntergeladen. Aber bestens für seinen Zweck geeignet, denn: He!«, er breitete auffordernd die Arme aus und sah vor allem seine männlichen Kollegen an, »sind wir doch mal ehrlich: Wer würde so einer Schönheit nicht die Wohnungstür öffnen?«

Alle grinsten.

»Das sage ich deiner Frau«, sagte Steinfels trocken.

Der Chef sah sie nur mahnend an. Die anderen lachten befreit auf. Weniger wegen Steinfels' neckenden Spruch, sondern weil sie spürten, das der Chef richtig Blut geleckt hatte. Gerne ließen sie sich von ihm anstecken.

»Aber im Ernst«, sagte er. »Es ist die perfekte Falle. Zimmermann denkt, seine Verabredung steht vor der

Tür und wird deshalb eiskalt erwischt. Er hat keine Chance.«

»Die Tür hat einen Spion«, warf Schreiber ein. »Der Täter hat sich womöglich sogar als diese Frau verkleidet. Das würde zur ›Dame‹ passen, die in der Kleberstraße gesehen wurde. Der Zeuge sagte, sie sei groß gewesen – also in Wirklichkeit ein Mann?« Er hielt nachdenklich inne. »Andererseits hat Zimmermann seine Verabredung wahrscheinlich bei geöffneter Wohnungstür empfangen. Ich sehe ihn richtig vor mir, wie er sich in einer lässigen Pose gegen den Rahmen lehnt. Wenn dann ein verkleideter Typ durch den hellen Hausflur auf ihn zukommt – na ja. Ob er da nicht etwas hätte merken müssen?«

»Oder es war tatsächlich eine Frau«, gab Schmoll zu bedenken. »Die bräuchte an der Gegensprechanlage auch ihre Stimme nicht zu verstellen.«

»Es war eher ein Mann«, bemerkte Thiele, die in der Liste mit Zimmermanns Telfonverbindungen blätterte. »Hier: Er erhielt ziemlich genau zur Tatzeit zwei Anrufe kurz hintereinander – einen um 23:15 Uhr und einen um 23:16. Beide von einem Handy mit einer anonymen SIM-Karte. Das passt doch wunderbar zu unserem Täter, der keine elektronischen Spuren hinterlässt. Als er das Treppenhaus hochschleicht, kann er sich denken, dass Zimmermann an der Wohnungstür wartet. Deshalb ruft er, kurz bevor er oben ums Eck tritt, bei ihm an, um ihn da wegzulocken. Als Zimmermann beim zweiten Anruf rangeht, nutzt unser Mann den Moment, um unerkannt durch den hellen Flur zu huschen. Dem Blick durch den Türspion hält seine Verkleidung dann stand. Er muss sich wohl nur ein wenig zur Seite drehen und sich die Haare ins Gesicht fallen lassen.«

Alle murmelten Zustimmung.

»Und Schmitt? Der war wirklich zufällig zur falschen Zeit am falschen Ort, oder?«, fragte sich Bayer.

Schreiber nickte. »Es muss so gewesen sein. Denn wenn der so was geplant hätte, wäre es doch vollkommener Quatsch, sich erst mit Zimmermann zu prügeln und dann wiederzukommen. Der hätte das Ding doch gleich durchgezogen.«

»Aber wer könnte all dies vorbereitet haben?«, fragte der Chef rhetorisch und gab die Antwort gleich selbst. »Die Person muss in jedem Fall gewusst haben, dass Zimmermann Mitglied bei ›Cheaterzdate‹ war.«

»Der Köppel«, schlug Schreiber sofort vor. »Er ist seiner Frau auf die Schliche gekommen. Auf dem häuslichen Computer könnte er alles Mögliche gefunden haben: heiße Mails oder ein erotisches Foto von Zimmermann, den er angeblich nur vom Sehen kennt.«

»Oder Gregor Jagorus«, ergänzte Thiele. »Er geht bei den Köppels regelmäßig ein und aus und war nach eigener Aussage auch schon in Zimmermanns Wohnung. Ein flüchtiger Blick auf einen Computer-Bildschirm mit der Startseite von ›Cheaterzdate‹ würde genügen, und er wüsste Bescheid.«

»Jeder der beiden Herren könnte auch ohne weiteres das ominöse Foto gemacht haben – vom Garten der Köppels durch Melanies Fenster«, bestätigte der Chef und sah dabei nachdenklich zur Pinnwand, wo nur die Namen der beiden Verdächtigen auf Zettelchen standen.

»Auf die Idee mit der Verkleidung als Frau könnte der Köppel am ehesten gekommen sein«, stellte Schreiber fest. »Frauenklamotten sind sein Geschäft. Er ist täglich von ihnen umgeben. Und er hat dunkle Perücken für die Schaufensterpuppen in seinen Boutiquen. Er hätte auch ein stärkeres Motiv als Gregor. Der hätte doch viel eher gleich den Resch töten müssen. Der Köppel aber ermordet den Liebhaber seiner Frau und wird dadurch gleichzeitig den unliebsamen Freund der Tochter los.«

»Gut«, sagte Laut. »Aber kommen wir zum entscheidenden Punkt: dem Messer. Resch muss es in der Hand gehalten haben. Also war es entweder seines, oder er hat es sich von irgendwem geliehen. Sagen wir, es war seines. Dann muss es ihm irgendwo abhanden gekommen sein, oder es wurde ihm gestohlen. Und wo? Tja, in den letzten Monaten war er ja noch mit Melanie zusammen und wahrscheinlich auch häufig bei ihr zu Hause. Womit wir wieder bei den Herren Köppel und Jagorus wären.«

»Ich glaube übrigens nicht, dass es tatsächlich die Tatwaffe ist«, bemerkte Schmoll. »Der Täter hätte beim Zustechen doch garantiert Reschs Fingerabdrücke verwischt. So blöd wäre der nicht. Bestimmt hat er ein ähnliches Messer verwendet, vielleicht sogar genau die gleiche Marke. Das von Resch hat er dann einfach mit etwas Blut vom Opfer präpariert und danebengelegt.«

»Es gibt auch keine Gewebeanhaftungen von Zimmermann daran, sondern nur sein Blut«, bestätigte Thiele, die in den Unterlagen blätterte. »Aber ob unser Mann dumm genug ist, die echte Tatwaffe aufzuheben? Na ja.«

»Nun gut«, sagte Laut. »Konzentrieren wir uns auf die Familien Köppel und Jagorus – vor allem die Köppels. Für den Resch sollten wir aber, wie gesagt, trotzdem die U-Haft beantragen. Und wer weiß? Vielleicht kann er uns ja auch den entscheidenden Hinweis zu diesem Messer geben.«

Sie verbrachten den Vormittag damit, die Erkenntnisse gegen Christopher Resch und die Verdachtsmomente gegen Köppel und Jagorus zu dokumentieren. Zur Mittagszeit fuhren Thiele und Schreiber zu Staatsanwalt Müller, wo sie ihm alles vorlegten. Dessen Laune wurde dabei deutlich schlechter. Nicht genug damit, dass schon ein Verdächtiger in Untersuchungshaft gestorben war; jetzt präsentierte man ihm auch noch einen neuen. Wenn der sich tatsächlich als der wahre Täter entpuppte, hätte er der Presse einiges zu erklären. Umso erstaunter waren die Kommissare, dass er sich für die Verschwörungstheorie sofort aufgeschlossen zeigte. Man sei schließlich in erster Linie der ganzen Wahrheit verpflichtet. Diese ans Licht zu bringen sei immer wichtiger als irgendwelche Schnellschüsse, nur um Erfolge vorweisen zu können, betonte er. Er zeigte sich zuversichtlich, dass der Richter einem Durchsuchungsbeschluss für das Anwesen der Köppels zustimmen würde. Für das Haus der Familie Jagorus sah er nach dem derzeitigen Stand der Ermittlungen allerdings keine Chance.

Nach dem Mittagessen fuhren Thiele und Schreiber zu Reschs Wohnung, um ihn ohne viel Aufsehen festzunehmen. Die zwei jungen Männer von der Zivilen Einsatzgruppe, die sie hierfür mitnahmen, hielten sich unauffällig im Hintergrund. Sie warteten in einem Auto am Straßenrand – nur für alle Fälle. Doch die Kommissare trafen lediglich auf die vertraute Fensterfrau, die ihnen nicht sagen konnte, wo die jungen Herren abgeblieben waren. Alle drei hätten vor einer halben Stunde das Haus verlassen. Sie meinte, dass sie etwas im Schilde geführt hätten, weil sie einen Satz aufgeschnappt hatte, der geklungen hätte wie: »Und nachher krallen wir uns den kleinen Scheißer!«

Die Kommissare sahen sich alarmiert an. Was sonst konnte die Bemerkung bedeutet haben, als dass Resch und seine Freunde sich Gregor Jagorus vornehmen wollten?

»Wieso haben Sie uns denn nicht angerufen?«, fragte Schreiber, seinen Ärger unterdrückend.

Die Frau rutschte mit den Ellbogen auf dem Fensterbankkissen herum und sah verlegen zur Seite. Dann zog sie die Mundwinkel nach unten und zuckte die Schultern. »Hob ich doch«, sagte sie. »Obbä euä Kollech hod mich ned ännst gnumma. Wie immä, wenn mä bei euch orufd.«

Die Beamten verabschiedeten sich knapp und eilten zum Auto.

»Verflucht«, zischte Thiele, als sie einstiegen.

Piepsend drückte Christopher Resch die rote Taste.

»Ihr Handy ist aus. Das ist ein gutes Zeichen«, erklärte er seinen beiden Kumpels. »Jede Wette, dass es genauso wie im letzten Schuljahr ist. Und dieser kriechende Schleimer holt sie garantiert wieder ab. Das hat der damals schon immer gemacht, wenn ich keine Zeit dafür hatte. Ich ruf' da jetzt einfach mal an.« Er zog einen zerknitterten Notizzettel aus seiner Lederjacke und faltete in auf. Mit dem Daumen gab er die Nummer, die darauf stand, in sein Handy.

Michael und Igor fingen an zu kichern wie Schulmädchen.

»Ruhe«, mahnte Christopher mit erhobener Hand, als es am anderen Ende klingelte.

Die anderen beiden machten demütige Gesten und lehnten sich in ihren Stühlen zurück. Bequem schlugen sie die Beine übereinander und beobachteten neugierig, wie Christopher gespannt in sein Handy lauschte.

Die drei saßen vor dem ›Hofcafé‹ in der Austraße bei kühlem Pils, mit dem sie sich noch etwas entspannen wollten, ehe es losging.

»Ja, hallo, hier Köppel«, sagte Christopher betont freundlich. Er brauchte seine ohnehin tiefe Stimme nicht großartig zu verstellen, um älter zu klingen. »Ich wollte meine Tochter Melanie gleich abholen, aber ich bin mir nicht mehr sicher, wann sie fertig ist. Könnten Sie mir das bitte sagen?«

Einige Sekunden verstrichen. Igor glotzte lüstern drei hübschen Studentinnen nach, die aus dem Haus ›Zum Schwan‹ kamen und in Richtung der Buchhandlungen an ihnen vorüberliefen. Er zwinkerte der einen zu und nahm einen Schluck Bier, wurde aber sofort wieder hellhörig, als Christopher am Handy weitersprach.

»Ach, der junge Mann ist auch schon da?« sagte der und grinste Michael und ihn hämisch an.

Sie hielten sich die Faust vor den Mund und unterdrückten das Lachen.

»Na, das ist ja prima. Dann nehme ich den auch gleich mit. Vielen Dank!«, schloss Christopher und legte auf.

Befreit brachen alle in prustendes Gelächter aus. Sie schnappten sich ihr Biere und stießen klirrend an.

Mit Tempo 80 rauschte Thiele vom Oberen Kaulberg, vorbei am Laurenziplatz, in die 30er-Zone der Würzburger Straße. Das Auto mit den beiden Männern von der Zivilen Einsatzgruppe klebte ihr an der Heckstoßstange.

»Mist! Keiner zu Hause!«, fluchte Schreiber auf dem Beifahrersitz und drückte die rote Taste seines Handys, um sofort neu zu wählen. »Herr Jagorus, Kommissar Schreiber hier. Bitte rufen Sie mich umgehend zurück! Es ist sehr dringend!«, sagte er nach einigen Sekunden und gab seine Mobilnummer durch. Dieselbe Nachricht hatte er schon vorher auf den häuslichen Anrufbeantworter der Jagorus' gesprochen. Kaum, dass Schreiber aufgelegt hatte, ließ er sein Handy erneut piepsen. Auch bei Resch erwischte er nur die Mailbox. »Herr Resch, wir wissen, was Sie vorhaben. Machen Sie keinen Quatsch und rufen Sie mich an. Es gibt Neuigkeiten für Sie.« Er hinterließ seine Mobilnummer, legte auf und wählte sofort wieder, um eine GPS-Ortung der Handys von Resch und Jagorus in Auftrag zu geben.

»Macht hin!« und »Gefahr im Verzug …« drang es von der Seite in Thieles Ohr. Quietschend nahm sie die Kurve von der Bruderwaldbrücke in den Paradiesweg. Ein vom Klinikum entgegenkommender Fahrer fluchte und trat hupend in die Eisen. Wenige Augenblicke später hielten die beiden Dienstwagen am Wiesengrund vor dem Haus der Jagorus'.

Thiele und Schreiber sprangen heraus, huschten zur Haustür und läuteten. Ungeduldig stiegen sie von einem Bein aufs andere, während sie einige endlos erscheinende Sekunden warteten. Schreiber stemmte die Fäuste in die Hüften und sah zur Seite.

»Schauen wir mal zu den Köppels«, sagte Thiele und patschte ihn ermutigend auf den Ärmel seiner braunen Lederjacke. »Vielleicht hat er sich ja schon wieder mit Melanie versöhnt und ist bei ihr«, erklärte sie, als sie zurück zum Auto liefen. »Oder sie kann uns zumindest sagen, wo er gerade ist.«

Wartend ging Gregor vor der Tür des Unterrichtsraumes auf und ab. Der dunkle Parkettboden glänzte im hellen Tageslicht, das durch die großen Fenster auf der einen Seite des kühlen Ganges hereinfiel. Auf der anderen war eine Reihe von Türen, aus denen der Klang von Musikinstrumenten drang. Klaviertöne mischten sich leise mit denen eines Cellos. Aus der Tür bei Gregor kam die langsame Melodie einer Geige. Sie klang so klagend und dramatisch, als wollte sie alles Leid der Welt in sich vereinen. Gregor genoss es noch ein wenig zuzuhören – wie immer, wenn er Melanie von der städtischen Musikschule in der Luitpoldstraße abholte. Er war etwas früher gekommen, um auch sicher rechtzeitig da zu sein, wenn ihr Unterricht schloss.

Aus Respekt vor der laufenden Stunde hatte er sein Handy ausgeschaltet. Selbst seine Schritte setzte er mit Bedacht, damit die Sohlen seiner Sneakers kein hallendes Quietschen erzeugten. In den Händen, die er hinter seinem Rücken verschränkt hatte, hielt er einen Schokoriegel – Melanies Lieblingssorte. Die würde sie endgültig freundlich stimmen. Wahrscheinlich hatte sie sich ohnehin längst beruhigt. Eigentlich müsste ja sie sich viel eher bei ihm entschuldigen. Aber er war zu ungeduldig, um lange den Beleidigten zu spielen. Er wollte den sonnigen Nachmittag mit ihr verbringen: gemütlich durch die Fußgängerzone spazieren und irgendwo in einem Straßencafé sitzen. Schließlich würde es dafür bald zu kalt sein.

Endlich verstummte die Geige. Kurz darauf öffnete sich die Tür, und sie trat mit ihrem Musiklehrer heraus. Als sie Gregor bemerkte, nickte sie ihm mit einem verhaltenen Lächeln zu. Der Lehrer, ein gut aussehender Mittdreißiger mit einer wallenden blonden Mähne, zollte Gregors Anwesenheit mit einem beiläufigen »Ach, hallo« und wandte sich an Melanie. »Also, wie gesagt – wir machen dann nächste Woche dafür etwas länger.«

»Geht klar«, sagte sie und strahlte ihn dabei freundlich an – zu freundlich für Gregors Geschmack.

Der Musiklehrer nickte erst ihr und dann ihm knapp zu und lief eilig den Gang hinunter, wo er durch die Tür zum Treppenhaus verschwand.

Melanie wandte sich mit einer fragenden Miene an Gregor und klammerte sich etwas unsicher an ihren Geigenkasten, den sie sich schützend an den Bauch drückte. Gregor hielt ihrem Blick stand und bemühte sich um ein vertrauliches Lächeln. Er musste sich beherrschen, sie nicht zu offenkundig zu mustern. Sie sah fantastisch aus. Ihr knapper Minirock und das rote Oberteil, über dem sie ihre ausgewaschene Jeansjacke trug, standen ihr ausgezeichnet. Auch war sie, wie immer, perfekt geschminkt. Das Haar hatte sie zu einem Pferdeschwanz gebunden, wie jedes Mal zur Geigenstunde.

»Hier«, sagte Gregor nur und hielt ihr den Riegel hin.

Sie nahm ihn lächelnd und verstaute ihn in ihrer Jacke. »Das ist süß. Danke.« Sie wusste nicht, wohin mit ihren Augen.

Gregor räusperte sich. »Tja, also«, begann er zögerlich. »Lass uns nicht mehr von all diesem Wahnsinn reden. Das wird sich schon alles irgendwie aufklären, ohne dass wir uns dabei gegenseitig zerfleischen, okay?«

Sie studierte ihn mit schräg gelegtem Kopf und dachte an die Worte ihres Vaters, dass Gregor ›in Ordnung‹ sei.

»Alter Spinner«, sagte sie dann nur und ging voraus, den Gang hinunter.

Er schlenderte wortlos hinterher und überholte sie am Ende, um ihr mit einer tiefen Verbeugung die Tür aufzuhalten. In einer ausladenden Geste wies er ihr den Vortritt.

»Ich hab' jetzt aber trotzdem keine Zeit«, erklärte sie, als sie die breiten Steinstufen im Treppenhaus hinabstiegen. »Hab' Jacqueline versprochen, mal bei ihr vorbeizusehen.«

»Mach dir nicht ins Hemd. Das ist doch keine Entführung!«, wiegelte Christopher ab, ließ das Seitenfenster herunter und hängte lässig den Ellbogen hinaus.

Sie saßen im Auto und warteten an der roten Ampel am Schönleinsplatz. Unterwegs in Richtung Fußgängerzone, überquerten vor der Kühlerhaube zahlreiche Fußgänger die Hainstraße.

Michael trommelte nervös mit seinen Fingern auf dem Lenkrad herum. Nach anfänglicher Euphorie hatte er allmählich kalte Füße bekommen, je näher der Zeitpunkt ihrer Aktion herangerückt war. Auch hatte die Idee der anderen, zurück zum Kaulberg zu gehen und das Auto zu holen, ihm gar nicht gefallen. Zu Fuß wären sie doch mittlerweile dreimal zur Musikschule gelaufen. Doch vor allem Igor hatte darauf bestanden zu fahren. Er hatte seinem Pils noch zwei Wodkas folgen lassen und war daraufhin sehr faul geworden.

Jetzt lümmelte er breitbeinig auf dem Rücksitz. »Keine Entführung!«, rief er bestätigend.

»Genau! Wir zerren den schon nicht gleich ins Auto, okay?«, rief Christopher und gestikulierte wild mit der Hand. »Wir bugsieren ihn nur durch den Hinterausgang auf diesen Sportplatz. Da ist jetzt eh nichts mehr los. Und dort werden wir ein wenig Klartext mit ihm reden. Und falls er sich sträubt, machen wir eben ein klein bisschen Druck«, fügte er gedehnt mit einem listigen Unterton hinzu.

Igor kicherte dümmlich und schlug sich wieder einmal patschend die Faust in die Hand.

»Aber keine Stellen, an denen man was sehen kann«, mahnte ihn Christopher über die Schulter und zwinkerte ihm zu.

Die Ampel sprang auf Gelb, Michael schaltete verkrampft und fuhr holpernd an. »Oh Mann! Ich weiß nicht«, druckste er herum. »Mir ist das alles nicht geheuer. Da kann doch sonst was schief gehen.«

»Was soll denn da schon schief gehen?«, kam es großmäulig von Christopher. Als sein Handy piepte, drückte er den Anrufer nur gereizt weg. »Außerdem ist doch auch Melanie mit dabei«, fuhr er dann fort. »Vor ihr werden wir dem Kleinen doch nichts Ernsthaftes tun. Jetzt komm runter, okay?« Er sah nachdenklich einem Mädchen auf dem Gehweg nach und murmelte: »Bin mal gespannt, wie sie reagieren wird, wenn wir die Wahrheit aus ihm herauskitzeln.«

»Die kommen doch nie und nimmer freiwillig mit«, jammerte Michael. »Wollt ihr sie einfach hops nehmen, wie in so einem Mafia-Film? Da sind doch überall Leute!«

Christopher verdrehte die Augen. »Oh Mann, du nervst!«

»Du nervst«, kam ein Echo von Igor.

»Da sind doch höchstens ein paar Kasper von der Musikschule«, tat Christopher lässig. »Vor denen werden unsere zwei Hübschen bestimmt keine Szenen machen wollen. Die werden schön brav sein. Und auf diesem Hinterhofsportplatz finden wir auch ein stilles Eckchen, falls doch noch wer da ist. Und jetzt fahr zu!«

Gregor lehnte neben seinem Fahrrad am Geländer der Luitpoldbrücke und dachte nach. Eigentlich war es ganz gut für ihn gelaufen. Und dass Melanie nicht bei ihm, sondern unterwegs zu Jacqueline war, fand er im Nachhinein auch nicht weiter schlimm. Im Grunde hätte er sich ja so etwas schon vorher denken können. Aber solange Jacqueline nicht wieder Blödsinn erzählte … und selbst wenn: Sie würde wohl nicht viel Schaden anrichten können. Beim Übergeben des Schokoriegels hatte er gespürt, wie Melanie ihm wieder zu vertrauen begann. Das war die Hauptsache. Wie sie ihn angelächelt hatte! Sie war so besonders, so verletzlich!

Gregor seufzte verliebt und inhalierte mit geschlossenen Augen die leichte Brise, die über den Kanal wehte. Plötzlich störte ein lautes Gekreische den Moment der Stille. Er sah nach links, wo er am anderen Ende der Brücke eine ältere Dame entdeckte, die sich daran machte, die Enten zu füttern. Sie zog eine durchsichtige Plastiktüte mit Brotstückchen heraus und begann darin herumzuwühlen. Die Möwen, die immer auf den stählernen Bögen und Trägern saßen, hatten dies sofort gemerkt und kreischend ihre Beobachtungsposten verlassen. Jetzt flatterten sie dicht vor der Frau durch die Luft, bereit, die Brotstückchen zu fangen oder hinunter zum Wasser zu stechen, um sie dort den Enten abzuluchsen.

Gregor musste belustigt grinsen. Gleich würde ein verbissener Wettstreit zwischen Möwen und Enten ausbrechen. Schon oft hatte er dieses ohrenbetäubende Schauspiel verfolgt. Es würde ordentlich zur Sache gehen.

Melanie trat kräftig in die Pedale und genoss den

Fahrtwind auf ihrem Gesicht. Ihre beste Freundin Jacqueline wohnte in einer hübschen Mietwohnung im Spiegelgraben, wo sie erst eine Weile über Gott und die Welt tratschen würden, um anschließend gemeinsam die Innenstadt mit ihren Boutiquen und Kaufhäusern unsicher zu machen.

Bei ihrem Gespräch würde es heute wieder einmal hauptsächlich um Gregor gehen. Melanies Gedanken kreisten nur um ihn, als sie durch die wenig befahrene Heiliggrabstraße zischte. Jacqueline hatte nie verstehen können, weshalb Melanie ihn nicht auf Distanz hielt. Sie mochte ihn nicht und nannte ihn gerne einen ›langweiligen Freak‹. Oft schon hatte Melanie Gregor vor ihr verteidigt und ihr erklärt, dass sie ihn schon viel länger kannte und sie doch keine Ahnung habe, wie er wirklich wäre. Natürlich sei er auch verliebt in sie. Aber er wäre eben ein Gentleman, der die Beziehung so, wie sie war, akzeptieren konnte. Sie mochte ihn als Freund nicht missen.

Andererseits war sie manchmal auch heimlich eifersüchtig auf seine Freundinnen gewesen, ein paar kurze Affären mit Studentinnen. Keine von ihnen hatte er ihr persönlich vorgestellt. Vielleicht besser so. Denn hin und wieder hatte sie sich sogar bei dem Gedanken ertappt, wie es wäre, mit ihm zusammenzusein. All das hatte sie Jacqueline gegenüber natürlich nie erwähnt. Die hätte sie nur ausgelacht.

Zurzeit war sie von derartigen Überlegungen ohnehin weit entfernt, da der Mord an Marcel alles überschattete. Zwar war nach Gregors Auftritt mit dem Schokoriegel ihr Misstrauen gesunken, doch es wollte ihr nicht gelingen, die Vorstellung, dass er das Bild gemacht haben könnte, restlos beiseite zu wischen. Das würde aber wahrscheinlich bedeuten, dass er auch den

Mord begangen hätte. Und das wiederum würde sie ihm nicht zutrauen, auch wenn er dafür durchaus einen Grund gehabt hätte. Sollte sie der Polizei doch davon erzählen? Vor ihrer Mutter war es ihr zu peinlich gewesen. Und überhaupt ging es nur Gregor und sie etwas an. Also, was würde es der Polizei bringen, wenn er sowieso kein Mörder war? Melanie haderte mit sich und nagte an der Unterlippe, als sie weiterrollte. Sollte sie es den Kommissaren nicht trotzdem sagen?

Sie bremste quietschend, um einer aus der Klosterstraße kommenden Radlerin die Vorfahrt zu lassen.

»Das gibt's doch gar nicht! Da steht er ja!«, rief Christopher. »Halt an! Halt an!«

»Hier?«, wunderte sich Michael.

»Jetzt halt an!«, bellte Christopher.

Igor hatte auf dem Rücksitz bereits eine Hab-Acht-Haltung eingenommen und die Hand ungeduldig an den Türgriff gelegt.

Michael sah kurz in den Rückspiegel und bremste am Anfang der Luitpoldbrücke. Hinter ihm wurde sofort verständnislos gehupt, da die Ampel am Heinrichsdamm gerade erst auf Grün gesprungen war.

»Ist ja gut!«, rief Christopher gereizt nach hinten, als er mit Igor heraussprang, laut die Tür zu knallte und auf dem Gehweg zur anderen Seite der Brücke rannte. Michael indes hatte keine andere Wahl als weiterzufahren, worüber er nicht sonderlich unglücklich war.

An ihrem Ziel angekommen, sahen sich Christopher und Igor um und wogen die Situation ab: Gregor schaute hinunter aufs Wasser und hatte sie nicht bemerkt. Ebenso wenig wie die ältere Dame, die weit vor ihm am anderen Ende der Brücke stand. Weitere Fußgänger waren zum Glück gerade nicht in der Nähe, und die Autofahrer würden einen kleinen Streit auf dem Gehweg wohl nicht großartig beachten.

»Perfekt«, zischte Christopher. »Komm!«

Sie eilten hinter dem Rücken ihres Opfers über die Fahrbahn, was eine Autofahrerin verärgert hupen ließ, wodurch Gregor gewarnt war. Er fuhr erschrocken herum. Als er die beiden bedrohlich auf sich zukommen sah, riss er überrascht die Augen auf und versuchte in Richtung Brückenmitte zu fliehen. Er hatte nicht einmal Zeit, auf sein Fahrrad zu steigen, und ließ es einfach zurück. Doch seine Angreifer holten ihn ein. Igor ließ ihn stolpern, während ihn Christopher überholte, so dass ihm nach beiden Seiten der Weg abgeschnitten war. Gregor rappelte sich hoch und sah panisch wie ein gehetztes Tier zwischen den beiden hin und her. Die verharrten in einigen Schritten Entfernung und hoben beschwichtigend die Hände.

»Ganz ruhig, Kleiner. Wir wollen nur mit dir reden«, sagte Christopher durch die Zähne, seine Angriffslust mehr schlecht als recht verbergend.

»Kommt bloß nicht näher!«, schrie Gregor angsterfüllt. Hilfe suchend schaute er hinter Christopher, wo die Dame zu beschäftigt mit ihrer Fütterung war. Auch war sie zu weit weg. Und überhaupt: Was könnte die ältere Frau schon ausrichten? Als er merkte, wie Igor die Fäuste ballte und näherkam, schwang er sich kurz entschlossen über das Geländer. Die anderen versuchten ihn davon abzuhalten, doch es gelang Igor nur, flüchtig ein Hosenbein zu streifen. Ungläubig musterten sie Gregor, wie er auf einem dicken Stahlrohr über dem Kanal stand und sich an einer Längsverstrebung festhielt. Er sah nach unten aufs Wasser. Als er wieder hochschaute, lächelte er Christopher frech an.

»Der springt!«, rief Schreiber. »Halt an! Halt an!«

Thiele trat so fest in die Eisen, dass ihr die beiden Männer von der Zivilen Einsatzgruppe um ein Haar ins Heck gekracht wären. Sie sprang mit Schreiber aus dem Wagen und stürmte in Richtung Brückenmitte.

Hinter ihnen ertönte sogleich ein Hupkonzert, woraufhin einer ihrer Kollegen ebenfalls aus dem Auto stieg und vor den empörten Verkehrsteilnehmern wild mit seinem Dienstausweis herumwedelte.

Thiele und Schreiber bekamen davon nichts mit. Fassungslos sahen sie, wie auch Resch sich über das Brükkengeländer schwang, auf das dicke Stahlrohr stieg und dort zum Sprung nach unten ansetzte.

»Ja, spinnen die jetzt alle? Herr Resch!«, brüllte Thiele. Resch sprang und verschwand damit aus ihren Augen. Igor stützte die Hände aufs Geländer und sah ihm nach. Erst als die Kommissare keuchend bei ihm ankamen und wie er hinunter auf den Kanal sehen konnten, begriffen sie, was vor sich ging.

Gregor stand auf der blechernen Abdeckung am Bug eines riesigen Gütermotorschiffs, das langsam flussabwärts in Richtung Hafen fuhr. Er wich furchtsam vor Christopher zurück, der sich Schritt um Schritt mit bedrohlich erhobenen Fäusten näherte.

»Herr Resch! Machen Sie keinen Scheiß!«, brüllte Schreiber von oben und machte damit alles noch schlimmer.

Resch blickte kurz über die Schulter und funkelte Gregor dann wutschnaubend an. »Du Arsch! Das habe ich nur dir zu verdanken!«, fauchte er, stürzte vor und schlug einen wüsten Schwinger. Als sich Gregor geschickt abduckte, stürmte Christopher einfach mit gesenktem Kopf drauflos und riss ihn zu Boden, wo er versuchte, ihn bei der Gurgel zu packen.

Die Kommissare schauten hinunter, wo die abgedeckte Ladefläche des über siebzig Meter langen Schiffs sich noch immer unter der Brücke hervorschob.

Schreiber schätzte den Weg nach unten auf fünf bis sechs Meter. »Oh Mann«, murmelte er, stieg über das Geländer aufs Stahlrohr und hielt noch einen Augenblick inne.

»Äh, Tiger? Ist das nicht eher ein Fall für unsere jungen Kollegen?«, fragte Thiele vorsichtig.

»Genau, Alter!«, kam es gut gelaunt von Igor.

Schreiber sah ihn verständnislos an und schaute sich dann nach der Verstärkung um. Der eine stritt sich mit einem Autofahrer, während der andere gerade ausstieg und die Tür des Dienstwagens zuschlug.

»Hilfe!«, drang von dem Schiff Gregors röchelnde Stimme herauf. Er blutete inzwischen aus der Nase, und seine Brille hing ihm schief im Gesicht. Er wand sich wie ein Aal und versuchte sich aus Christophers Würgegriff zu befreien. Der saß mit hochrotem Kopf auf ihm und schnaubte wie ein Stier.

»Bis die kommen, hat der ihn platt gemacht, und das Schiff ist in Afrika«, erklärte Schreiber Thiele. Außerdem hab' ich so was schon seit meiner Kindheit einmal tun wollen, dachte er, stieß noch einmal hörbar Luft aus und sprang. Scheppernd landete er auf der Abdeckung und rollte sich seitlich ab. Ein stechender Schmerz schoss ihm sofort in den Knöchel. »Fuck!«, fluchte er, als er sich ächzend hochrappelte und hastig zu den beiden Kämpfenden hinkte.

»Du wolltest ja nicht hören«, murmelte Thiele oben.

Schreiber packte Christopher resolut am Kragen, zog ihn von seinem Opfer und knallte ihn mit dem Gesicht nach unten auf die Abdeckung. Auf seinem Rücken sitzend, legte er ihm im Handumdrehen Handschellen an. »Sie sind verhaftet«, hechelte er und sah zu Gregor.

Der griff sich japsend an den Hals. »Der ist doch verrückt«, brachte er heraus.

»Wow. Bond ist ein Dreck dagegen«, kommentierte Igor anerkennend.

Thiele lehnte am Geländer und studierte ihren Nachbarn durch zusammengekniffene Augen, in einer Mischung aus Ekel und wissenschaftlichem Interesse. »Sie finden wohl alles lustig, oder?«

Mit offenen Mündern starrten Vater und Sohn im Führerhaus des Güterschiffs nach vorne über ihre Abdeckung, in der drei neue Dellen waren.

»Hol mal die Flasche. Kannst dir auch einen Schluck nehmen«, sagte der Alte zum Jungen, ohne seinen Blick von seinen drei frischgebackenen Passagieren zu nehmen, die einfach nacheinander vom Himmel gefallen waren. Jetzt saßen sie am Bug seines Kahns in der Sonne, wo sie sich von ihrer wilden Rauferei erholten.

Die alte Dame auf der Brücke hatte längst aufgehört, die Enten zu füttern. Auch sie starrte mit offenem Mund zum sich entfernenden Schiff. Sie zuckte erschrocken zusammen, als eine Möwe ihr im Vorbeifliegen die Tüte aus der Hand riss und davonflatterte.

Resch saß mit gesenktem Kopf an Thieles Schreibtisch und hielt sich an einem Becher Kakao fest. Als man ihm eröffnet hatte, dass er unter Mordverdacht stand, hatte er sofort seinen Vater angerufen, der sich umgehend mit einem Anwalt auf den Weg nach Bamberg machen wollte.

»Herr Resch«, sagte Thiele eindringlich und beugte sich ihm etwas entgegen, die Hände auf der Tischplatte verschränkt. »Natürlich dürfen Sie gerne auf Ihren Anwalt warten. Aber Sie sollten wissen, dass wir es für nicht unwahrscheinlich halten, dass Sie hereingelegt wurden und Ihnen jemand den Mord an Marcel Zimmermann in die Schuhe schieben will.«

Schreiber saß neben ihr und presste ein blaues Kühlpack gegen den Fußknöchel seines rechten Beins, dass er über das linke geschlagen hatte. Er beobachtete interessiert Reschs Reaktionen. Der starrte weiterhin dumpf in seinen Kakaobecher.

»Und wenn das tatsächlich so ist, Herr Resch«, fuhr Thiele fort. »Dann werden wir alles tun, um den wahren Täter zu finden. Darum ist es wichtig, dass Sie mit uns zusammenarbeiten und uns absolut nichts verschweigen. Herr Resch? Verstehen Sie, was ich Ihnen sage?«

Langsam hob Resch den Kopf und schaute fragend zwischen seinen beiden Gegenübern hin und her. Seine Augen waren glasig, so als würde er gleich anfangen zu weinen. »Das ist doch nur so ein Polizei-Trick, oder?«

»Nein. Sie können uns vertrauen.«

Er sah zur Seite. »Ich habe Ihnen aber schon gesagt, was ich an dem Abend gemacht habe, und das war wirklich so«, erklärte er irgendwann.

»Herr Resch, kennen Sie eines dieser Messer?« Thiele drehte ihm den Flachbildschirm ihres Computers zu, auf dem die Bilder einiger Schließmesser zu sehen waren.

Resch studierte sie ein paar Sekunden. Irgendwann schien ihm ein Licht aufzugehen. »Ach du Scheiße«, murmelte er. »Ich hatte mal so eines.« Er deutete auf die Abbildung, die das gleiche Model wie die Tatwaffe zeigte. »Ich … ich habe es verloren, oder es wurde geklaut«, brachte er noch heraus. Dann vergrub er das Gesicht in den Händen und brabbelte einen unverständlichen Fluch.

»Sie haben das Messer also nicht mehr«, stellte Thiele ruhig fest. »Wann und wo haben Sie es denn zum letzten Mal benutzt?«

Resch lehnte sich zurück und atmete tief durch. Er kratzte sich verlegen am Hinterkopf, dachte angestrengt nach und rutschte ungeduldig auf seinem Stuhl herum. Plötzlich hielt er inne. »Aber natürlich«, sagte er bestimmt, »in Melanies Zimmer! Und dann hat es der Gregor sich bestimmt unter den Nagel gerissen. Dieser Drecksack, dieser, dieser …«

»Ganz ruhig. Erzählen Sie mal der Reihe nach.«

Er nickte einsichtig, setzte sich aufrecht hin und bemühte sich um Sachlichkeit. »Es war an einem Nachmittag vor ungefähr sechs Wochen. Ich war bei Melanie. An ihrem Schreibtischstuhl hatte sich eine Schraube gelöst und war auf den Boden gefallen. Ich hab sie mit meinem Messer wieder festgezogen. Danach haben wir noch ein bisschen rumgealbert und sind in ihrem Bett gelandet. Da muss ich das Messer ganz vergessen haben. Jedenfalls ist das meine letzte Erinnerung daran.«

»Also, vor sechs Wochen in Melanies Zimmer?«, fragte Thiele nach.

Resch nickte grimmig.

»Sicher werden Sie verstehen, dass ich Ihnen in Anbetracht dieser Situation keinen Kaffee anbiete«, sagte Köppel und sah vorwurfsvoll zwischen den Kommissaren hin und her. Doch als er in Thieles braune Augen blickte, hellte sich seine Miene so schnell auf, wie sie sich verdunkelt hatte. »Hach, was soll's«, sagte er schwärmerisch. »Ich kann Ihnen einfach nicht widerstehen. Was möchten Sie denn für einen?« Er ging hinüber zu seinem Raumschiff und bedeutete den Beamten, sich zu setzen. »Aber Ihre Leute sollen bloß nichts kaputt machen«, sagte er dabei.

»Keine Kaffeekränzchen mehr, Herr Köppel«, sagte Schreiber trocken und verbarg seine grenzenlose Fassungslosigkeit über Köppels vollkommen ungewöhnliche Reaktion. Der schien nicht nur absolut sorglos wegen der Hausdurchsuchung zu sein – sie wurde gerade in Anwesenheit seiner Frau durchgeführt. Er war offensichtlich auch nicht im Geringsten darüber empört.

»Latte macchiato, bitte«, sagte Thiele.

Schreiber sah sie strafend an, während Köppel sich sogleich an die Arbeit machte und den beiden dabei den Rücken zukehrte.

Thiele nutzte das laute Gluckern der Maschine, um Schreiber etwas zuzuraunen. »Der war schweinelecker, und außerdem läuft er uns ja nicht weg.«

Schreiber schüttelte verächtlich den Kopf. Er hinkte noch etwas von seinem spektakulären Sprung, als er mit ihr vor Köppels Schreibtisch Platz nahm.

»Ihretwegen werden wir heute Isabella rufen müssen, damit die ein wenig beim Aufräumen hilft«, rief er ihnen zu. »Hoffentlich hat sie überhaupt Zeit«, murmelte er dann noch und hantierte weiter an seiner Maschine. Irgendwann stellte er Thiele ihren Latte macchiato und Schreiber einen einfachen Kaffee hin und setzte sich gegenüber. »Sie werden verstehen, dass ich nicht amüsiert bin. Also, womit begründen Sie diese Maßnahme?«

»Danke«, murmelte Schreiber und freute sich insgeheim über den Kaffee, der ihm bei ihrem letzten Besuch ausgezeichnet geschmeckt hatte.

»Vielen Dank«, sagte Thiele, viel zu überschwänglich für Schreibers Geschmack.

Er unterbrach sie, als sie ansetzte weiterzusprechen. »Herr Köppel. Unsere Maßnahme begründet sich darauf, dass eine Spur im Mordfall Marcel Zimmermann zu Ihrer Familie führt. Und für die Tatzeit haben Sie kein Alibi. Das haben Sie ja schon selbst festgestellt. Vielleicht möchten Sie einen Rechtsbeistand rufen?«

»Puh«, machte Köppel nachdenklich. Er seufzte tief und trommelte mit den Fingern seiner Rechten auf der Tischplatte. »Möchten Sie mir nicht erst einmal sagen, weshalb ich den jungen Mann überhaupt ermordet haben soll? Nur wegen dem einen Mal mit meiner Tochter? Ich bitte Sie! Das kann doch nicht ihr Ernst sein! Außerdem habe ich das doch erst von Ihnen erfahren.«

»Herr Zimmermann hatte auch etwas mit Ihrer Frau«, eröffnete ihm Schreiber unverblümt.

Köppel sog überrascht Luft ein, sein Rücken versteifte sich. Er musterte Schreiber mit schräg gelegtem Kopf, wobei er so aussah, als unterdrückte er ein Lachen.

»Regine? Mit dem jungen Kerl?«, sagte er endlich, sah zur Seite und nickte anerkennend. »Respekt. Aber da müsste doch eher Melanie den Mord begangen haben … äh … oder meine Frau eben, weil die aufeinander eifersüchtig waren, nicht wahr?« Er fuchtelte unbeholfen mit den Händen herum. »Äh … also, gegenseitig aufeinander eifersüchtig, wegen dem Herrn Zimmermann, verstehen Sie? Aber die waren ja beide auf Mallorca!«

Thiele vergaß für einen Moment ihren leckeren Latte macchiato und überlegte, wie sie dieses seltsame Verhalten zu verstehen hatte. Schreiber indes war restlos davon überzeugt, dass Köppel jetzt vollkommen übergeschnappt war. »Herr Köppel«, sagte er geduldig und räusperte sich, als seine Stimme nur krächzend herauskam. Dann sprach er weiter wie zu einem begriffsstutzigen Schuljungen. »Also wir, die Polizei, sehen das so: Es war schon nicht besonders nett, dass Herr Zimmermann Ihre Tochter einfach so verführt hat. Aber als er auch noch etwas mit Ihrer Frau anfing, mussten Sie doch – als deren Ehemann und Vater von Melanie – richtig böse werden. Herr Köppel: Sie haben ein starkes Motiv und kein Alibi! Also, wenn Sie einen Anwalt ...«

Köppel lachte auf, als hätte er aus Flüchtigkeit vergessen, Kaffee in seine Maschine zu füllen, und nur heißes Wasser gekocht. Er schlug sich gegen die Stirn. »Ach so! Jetzt verstehe ich! Sie wissen das ja noch gar nicht von meiner Frau und mir!« Er lehnte sich zurück und breitete unschuldig die Arme aus. »Ich muss Sie leider enttäuschen. Meine Frau und ich gehen schon seit Jahren getrennte Wege. Auf unserem Anwesen können wir uns hervorragend aus dem Weg gehen, und ich bleibe sowieso oft über Nacht aus. Jeder kann machen, was er will. Wir haben nur die eine Regel, dass man den jeweiligen Partner nicht mit nach Hause bringt. Und wenn unsere Melanie irgendwann mal auszieht, verkaufen wir die Hütte sowieso.«

Er sah die Kommissare abwartend an. Die saßen nur regungslos da und blickten skeptisch drein.

»Sie können meine Frau ja fragen, wenn Sie wollen. Also: Brauche ich jetzt überhaupt noch ein Alibi?«

»Wir hätten immerhin noch Zimmermanns respektloses Verhalten gegenüber Ihrer Tochter«, bot Schreiber an.

Köppel atmete geduldig durch.

»Mein lieber Herr ... äh ... Schreiber, nicht war? Sie können von Glück sagen, dass Sie so eine bezaubernde Kollegin haben. Sonst wäre ich jetzt allmählich böse.« Er zwinkerte ihr charmant zu und erkannte den Anflug eines Grinsens in ihren Zügen.

»Andererseits verstehe ich auch, dass Sie gründlich sein müssen. Nun gut. Ich habe Ihnen das von Freitagnacht eigentlich nicht sagen wollen. Schließlich ist man ja auch Gentleman. Aber was soll's? Bringen wir es hinter uns. Ich war mit Gabi, meiner stellvertretenden Geschäftsführerin, zusammen – hier. Er schielte zu einem großen schwarzen Ledersofa in der Ecke. Sie ist ...«, er räusperte sich, »... eigentlich so gut wie verlobt. Wir sind erst gegen ein Uhr gegangen.«

Im Hinausgehen nahmen die Kommissare Gabi beiseite und sprachen sie auf die Sache an. Sie bestätigte Köppels Angaben und bat eindringlich um äußerste Diskretion.

»Und? Was sagst du?«, fragte Thiele, als sie kurz später durch die Fußgängerzone trotteten.

»Ich hasse es, das zu sagen. Aber auf mich wirkten sie absolut glaubwürdig, alle beide«, gab Schreiber zu und rammte missmutig die Fäuste in seine Jackentaschen. Der Gedanke, dass auch die Hausdurchsuchung bei den Köppels nichts bringen würde, wurmte ihn ungemein. Denn für den nächsten Verdächtigen würde Staatsanwalt Müller beim Richter wahrscheinlich erneut einen Durchsuchungsbeschluss beantragen müssen. Und all das, nachdem bereits ein Unschuldiger in Untersuchungshaft verstorben war. Ganz zu schweigen davon, dass man Resch derweil auf Verdacht festhielt. Schreiber konnte sich Müllers Gequengel und das Hin und Her mit dem Chef schon jetzt lebhaft vorstellen.

»Kleine Pause«, sagte Thiele und begab sich zum dritten Mal in dieser Woche zu einem der bunten Obst- und Gemüsestände, wo sie zwei Äpfel besorgte.

Diesmal war Schreiber zu faul, um zu protestieren, und nahm seinen mit einem knappen »Danke, Schnegge« entgegen. Um ihr zu gestehen, dass ihm die Früchte allmählich sogar richtig gut zu schmecken begannen, war er zu schlecht gelaunt.

Sie verzehrten ihre gesunden Snacks auf einer der großen Steinplatten um den Neptunbrunnen sitzend. Schon zu Schreibers Schulzeit war der ›Goblmoo‹, auf Hochdeutsch ›Gabelmann‹, der beliebteste Treffpunkt der Innenstadt gewesen, vor allem für die Jugend. Das hatte sich nicht geändert. Die Kommissare wirkten etwas deplatziert, als sie zwischen all den Eis essenden und Cola trinkenden Teenagern mit dicken Backen ihre Äpfel kauten.

»Sag mal«, begann Schreiber und schluckte würgend, »der Köppel hat aber schon einen Schlag, oder?«

»Jau«, bestätigte Thiele, seufzte tief und beobachtete einige Tauben, die sich um Krümel von Eistüten stritten, »aber einen schrecklich süßen!«

»Hm.«

Schweigend aßen sie weiter und beobachteten das bunte Treiben um sie herum. Die Bamberger nutzten die letzten schönen Tage zum Bummeln und geselligen Beisammensein in den zahlreichen Straßencafés.

Schreiber schielte verstohlen zu Thiele und fragte sich, ob sie Köppel süßer fand als ihn.

»Aber unterm Strich finde ich dich natürlich deutlich süßer, Tiger«, bemerkte sie plötzlich beiläufig und biss mit einem bestätigenden Krachen in ihren Apfel.

Schreiber verschluckte sich und hustete lautstark.

Eine der Tauben wurde von einem Apfelstückchen am Auge getroffen, zuckte zusammen und flog panisch davon, wobei ihr all ihre Artgenossen instinktiv folgten. Thiele klapste ihrem Nachbarn geistesgegenwärtig die Hand auf den Rücken.

Plötzlich stutze sie und sah hoch. »Melanie? Was machst du denn hier? Hast du denn keine Schule?«, fragte sie das Mädchen, das zaghaft an sie herangetreten war.

Als auch Schreiber Köppels Tochter anblickte, spürte er sofort, dass sie ihnen den entscheidenden Hinweis geben würde.

»Ich glaube, ich habe so richtig Mist gebaut«, begann sie zögernd.

Gregor las den frisch ausgedruckten Text noch einmal sorgfältig durch. Es waren nur ein paar Zeilen. »Ja. Stimmt alles so«, bestätigte er und unterschrieb das Papier, seine Aussage über den Fernsehabend in der Mordnacht. »Dass Sie das überhaupt schriftlich brauchen«, wunderte er sich, lehnte sich bequem zurück und strich sich sein hellblaues Hemd glatt.

»Nun ja, die Spuren führen ins Umfeld von Melanie«, erklärte Thiele, die ihm gegenüber an ihrem Schreibtisch saß.

»Und Sie sind sich sicher, dass Sie Herrn Resch nicht wegen Körperverletzung anzeigen möchten, wo Sie doch sowieso schon hier sind?«

Gregor winkte ab. »Aber nein. Der hat auch so genug Probleme.«

»Vielleicht nicht mehr lange. Er wird wahrscheinlich bald auf freien Fuß kommen.«

Er verzog skeptisch das Gesicht. »Ach? Wieso das denn?«

»Es gibt neue Erkenntnisse, Herr Jagorus. Demnach müssen wir Sie jetzt als Verdächtigen verhören. Wenn Sie mögen, können Sie einen Anwalt hinzuziehen.«

Gregor fiel ungläubig die Kinnlade herunter. Er blickte fragend zu Schreiber, der stumm neben seiner Kollegin saß, und dann wieder zu ihr. »Aber, warum denn? Was denn für Erkenntnisse? Das ist doch Quatsch.«

»Zum Beispiel, dass Ihre Mutter freitags oft vor dem Fernseher einschläft. Das haben Sie Melanie gegenüber erwähnt, wenn Sie dann zu ihr hinübergegangen sind. In letzter Zeit war sie an diesem Wochentag ja häufig zuhause, weil Christopher mit seinen Freunden Skat spielte. Das wussten Sie natürlich auch. – Wollen Sie sicher keinen Anwalt?«

Gregor ignorierte den Vorschlag. »Was reden Sie denn für einen Blödsinn? Ich warte doch nicht, bis meine Mutter schläft, und gehe dann einfach los, um jemanden umzubringen.«

»Andererseits hat Ihre Mutter bei Frau Köppel auch schon geklagt, dass sie manchmal nervös ist und schlecht schlafen kann. Dann nimmt sie immer Beruhigungsmittel. Die haben Sie also im Haus. Und letzten Freitag muss ihre Mutter die ja nicht unbedingt freiwillig eingenommen haben, nicht wahr?«

Gregor beugte sich nach vorne, stützte sich mit den Ellbogen auf und sah ihr fest in die Augen. »Ich bitte Sie! Ich habe meiner Mutter keine Beruhigungsmittel gegeben und auch niemanden ermordet, nur weil ich es gekonnt hätte. Wenn das Ihre Erkenntnisse sind, fragen Sie mich meinetwegen, was Sie wollen.« Er breitete unschuldig die Hände aus und ließ sie wieder auf die Tischplatte fallen, wo er sie verschränkte.

Thiele schob ihm ein Diktiergerät entgegen und

drückte auf Aufnahme. »Sind Sie damit einverstanden?«

»Kein Problem.«

»Herr Jagorus«, schaltete sich jetzt Schreiber ein, »ich möchte Ihnen schildern, wie Sie in unseren Augen den Mord an Herrn Zimmermann vorbereiteten und durchführten: Sie haben einerseits Melanie und Herrn Zimmermann fotografiert und nahmen andererseits Herrn Reschs Messer an sich, als er es einmal bei ihr vergaß. Sie wussten, dass Herr Zimmermann Mitglied bei ›Cheaterzdate‹ war und haben sich unter einer falschen Identität über diese Plattform an ihn herangemacht. Schließlich verabredeten Sie sich für letzten Freitag. Sie suchten ihn als Frau verkleidet auf, so dass Sie ihn vollkommen überraschen konnten. Um ganz sicher zu gehen, lockten Sie ihn noch mit zwei Anrufen von der Wohnungstür weg, damit er keinen Verdacht schöpfen konnte, als Sie durch den hellen Hausflur liefen. Sie stachen Herrn Zimmermann nieder, mit einem Messer, das dem von Herrn Resch zumindest ähnelt. Dann präparierten Sie Reschs Messer mit Blut und platzierten es am Tatort. Sie schickten das provozierende Bild auf Zimmermanns Handy und von da aus weiter an Resch. Sie warteten sogar noch kurz auf eine Antwort. Ganz schön kaltschnäuzig! Als Resch per SMS ankündigte, dass er kommen würde, bestellten Sie sogar noch eine Pizza, damit der Bote Resch vor Zimmermanns Haus sehen würde.« Schreiber machte eine Pause.

Scheinbar ungerührt hatte Gregor mit schräg gelegtem Kopf zugehört. Nur ein leichtes Vibrieren des Bodens verriet, dass er unter dem Tisch nervös mit dem Fuß wippte.

»Herr Jagorus, war es nicht so?«, fragte Schreiber.

»Aber nein«, sagte der achselzuckend. »War das alles? Kann ich jetzt gehen?«

»Nein. Wissen Sie, was Ihr Fehler war?«

»Gar nichts, weil das alles nichts als eine Theorie von Ihnen ist.« Gregors Stimme klang noch immer gelassen.

»Das mit dem Foto – es war zu plump«, fuhr Schreiber ebenso ruhig fort. »Ich habe mir immer wieder das Hirn darüber zermartert, warum Sie es überhaupt einsetzen mussten, wo doch sonst alles so genial war. Irgendwann dämmerte es mir. Es war ganz einfach die einzige Art, sicher zu gehen, dass Resch sich auf den Weg zu Zimmermann machen würde, um ihn zur Rede zu stellen. Sie konnten ja auch davon ausgehen, dass Resch keine Chance haben würde, Melanie auf die Sache anzusprechen. Die wäre ja bestimmt in irgendeiner Disko auf Mallorca, wo sie ihr Handy gar nicht hören würde.«

Gregor sah ungeduldig auf die Uhr.

»Haben Sie eine Kamera?«, fragte Schreiber unbeirrt.

»Klar.«

»Lassen Sie mich raten: eine ganz neue?«

»Ja, und?«

»Wo ist denn Ihre alte?«

»Gestohlen. Im Schwimmbad, glaube ich.«

»Haben Sie das angezeigt?«

»Das bringt doch eh nichts.«

»Na, wenn Sie meinen«, sagte Schreiber, atmete tief durch und fixierte sein Gegenüber. »Herr Jagorus, wissen Sie, was der Täter für einer ist? Ein Technik-Freak! Er benutzt anonyme SIM-Karten, loggt sich übers Ausland ins Internet ein, surft mit Verschlüsselungssoftware und löscht Exif-Daten aus Bilddateien. Er weiß natürlich auch, dass man Bilder trotzdem einer Kamera zuordnen kann, wenn diese für Vergleichsaufnahmen zur Verfügung steht. Für den Fall, dass es hart auf hart kommt, muss das Gerät, mit dem er Melanie und Herrn Zimmermann fotografiert hat, also verschwinden. Aber wirft unser Technik-Freak die Kamera einfach so weg? Ein gutes Stück – merkt man zum Beispiel an der hohen Auflösung und den leuchtenden Farben. Nun ja, er würde es wahrscheinlich aber trotzdem wegwerfen, nicht wahr? Schließlich gilt es, einen Mord zu vertuschen. Andererseits braucht unser Täter auch immer Geld. Er studiert, wohnt noch im Haus der Mutter, das wahrscheinlich noch abbezahlt werden muss …«

Gregor lächelte verächtlich und sah kurz zur Seite. Er fummelte am Kragen seines Hemds herum und öffnete einen zweiten Knopf, als Schreiber weitersprach.

»Warum die Kamera also nicht einfach übers Internet verkaufen? Wenn sie erst einmal verschickt wurde, ist sie auf Nimmerwiedersehen verschwunden. Und er kann alles, was auf dieses Geschäft hinweist, auf seinem Computer löschen – glaubt er.«

Gregor sah nach unten und schüttelte kaum merklich den Kopf.

»Herr Jagorus«, sagte Schreiber beschwörend. »Wenn wir bei Ihnen alles durchsuchen, was glauben Sie, werden wir da finden?«

Gregor sah hoch.

»Das dürfen Sie doch gar nicht.«

»Schon genehmigt. Und Sie werden in der Zwischenzeit hier bleiben.«

Gregor schluckte nur ungläubig. Sein eines Auge zuckte, wie schon das seiner Mutter es getan hatte.

»Was werden wir finden, Herr Jagorus? Die wahre

Tatwaffe? Eine schwarze Perücke? Wohl kaum. So blöd wären Sie mit Sicherheit nicht. Vielleicht ein schwarzes Kunsthaar in Ihrem Auto? Schon eher. Vielleicht eines, wie wir es neben Zimmermann gefunden haben? Wir haben dem erst nicht viel Bedeutung beigemessen, weil es ja nicht aus der Tatnacht stammen musste. Was aber, wenn wir ein solches Haar in ihrem Auto finden? Haben Sie es auch ganz sicher gründlich genug gereinigt? Sie sind doch gefahren, nicht wahr? Ich meine, Sie sind doch nie im Leben als Frau verkleidet quer durch die ganze Stadt gelaufen, oder?«

Das Vibrieren des Fußbodens wurde stärker, als Schreiber unerbittlich weitererzählte. »Oder auf Ihrem Computer? Glauben Sie wirklich, wir finden da nichts? Unsere Experten können alles wiederherstellen. Den Nachweis über die verkaufte Kamera, zum Beispiel. Der wird uns zum neuen Besitzer führen.«

»Aber das ist doch Wahnsinn!«, hob Gregor an. »Ich hätte ja noch nicht einmal ein handfestes Motiv.«

»Herr Zimmermann hat Melanie vergewaltigt – das Mädchen, das sie schon lange lieben.« Schreiber ließ die Worte wirken.

Gregor wurde augenblicklich kreidebleich und schluckte schwer.

»Deswegen musste er sterben«, stellte Schreiber fest. »Und für Herrn Resch, der Melanie nur mies behandelte, würden ein paar Jahre Knast genügen, nicht wahr?«

Gregor blickte drein, als habe man ihm gerade eröffnet, dass die Erde eine Scheibe sei. »Und – Melanie hat Ihnen von der Vergewaltigung erzählt?«, flüsterte er stockend.

»Wissen Sie, was das Traurige ist, Herr Jagorus? Es war gar keine Vergewaltigung, sondern einvernehmlich. Herr Zimmermann hat sie hinterher nur abblitzen lassen, als er merkte, dass es ihr ernster war als ihm. Melanie war natürlich tief in ihrem Stolz gekränkt. Und als Sie dann später aufgetaucht sind und ihr erzählten, dass Sie den protzenden Zimmermann am Wiesengrund getroffen hätten, erzählte sie Ihnen das Märchen von der Vergewaltigung. So konnte sie vor Ihnen ihr Gesicht wahren und sichergehen, dass Sie sich auch bestimmt nirgendwo verplappern würden. Sie hat gesagt, dass sie mit ihrem Besuch zwar ein wenig zärtlich und intim gewesen wäre, aber im letzten Moment doch ›Stopp‹ gesagt hätte. Herr Zimmermann hätte sich dann aber nicht mehr bremsen lassen. Und Sie glaubten ihr, weil Sie auf dem Bild ja nur einen Kuss hatten. Mehr konnten Sie nicht knipsen, weil Melanie immer ihre Rollos runterlässt, wenn's etwas privater wird.«

Für eine Weile war nur das rhythmische Klacken des Sekundenzeigers der Wanduhr zu hören.

Gregors Augen wanderten unruhig auf der Tischplatte umher. Irgendwann ließ er den Kopf sinken und schüttelte ihn langsam und monoton. Auf seiner Stirn stand kalter Schweiß. Seine Kinnlade zitterte. »Ich hab's Marcel zugetraut«, begann er monoton. »Der skrupellose Drecksack hat ihre Mutter gevögelt und sich dafür sogar bezahlen lassen – ich hab mit eigenen Augen gesehen, wie sie ihm in der Haustür was zusteckte. Tsh!«, machte er abfällig. »Und Melanie weiß das bis heute nicht«, fügte er fassungslos hinzu und starrte ins Leere. »Diese kleine Schlampe. All die Jahre hat sie mir den Kopf verdreht«, murmelte er schwach und nickte vor sich hin. »Ja, ich hab ihr das mit der Vergewaltigung geglaubt. Überhaupt habe ich ihr immer einfach alles geglaubt.« Nachdenklich ließ er ein paar Sekunden verstreichen. Dann lächelte er die Kommissare bitter an. »Ich hab Marcel was vorbeigebracht. Da war diese Website auf seinem Bildschirm – die gleiche, wie sie mir schon einmal bei Melanies Mutter aufgefallen war. Die Leute sind ja so was von unvorsichtig …« Er leckte sich die Lippen und knetete die Hände auf der Tischplatte, als er nach Worten rang. »Und – als ich dann in Melanies Zimmer Christophers Messer liegen sah, war das fast schon wie ein Zeichen. Plötzlich war es da, wissen Sie? Das Ding schien richtig mit mir zu sprechen. Ich wusste mit einem Schlag, was ich zu tun hatte.« Mit glasigen Augen sah er zu den Kommissaren hoch. »Ein Zeichen! Verstehen Sie?«

8 Alte Rechnungen

19. September

»Mein lieber Tiger. Das war das letzte Mal, dass ich mit dir gewettet habe«, versprach Thiele am Tresen der ›Blues Bar‹, wo sie zwischen Schreiber und Aurich saß. Auf ihrem Bierdeckel waren zwei zusätzliche Striche.

»Tja, Schnegge. Wer's mit dem Meister aufnimmt …«, betonte Schreiber süffisant. Er freute sich diebisch, dass er Recht behalten hatte. Frau Köppel hatte beim Anblick des berühmten Fotos gezuckt, und auch Gregor Jagorus, als sie ihn darauf angesprochen hatten.

»Wie auch immer, ich bin stolz auf euch, Kinder«, alberte Aurich herum, neben dem seine Gisela saß. »Fall innerhalb einer Woche gelöst. Euer Ruhm überstrahlt das ganze Kommissariat 1.«

»Ist gut, Aurich, ist gut«, bremste ihn Schreiber und hielt, um sicherzugehen, seinen Glaskrug hoch. Die vier stießen klirrend an und nahmen tiefe Schlucke.

»Wo ist eigentlich die Julia abgeblieben?«, wunderte sich Gisela, als sie ihr Bier absetzte. Sie sah sich um. »Oh, hat sich erledigt«, fügte sie hinzu, als ihr Blick durch die Tür zum mittleren Raum fiel, wo sie Steinfels entdeckte. Sie war ins Gespräch vertieft mit einem schwarz gelockten Mann, der zehn Jahre jünger sein mochte als sie.

Gut gelaunt schwatzen die vier an der Bar zu den Klängen lupenreinen Chicago-Blues', der von der vierköpfigen Band aus dem hinteren Raum kam. Schreibers Lieblingsmusik war Balsam für seine Seele, Gold wert nach der arbeitsreichen Woche und dem vorherigen Katastrophenfreitag, der ihm jetzt Lichtjahre entfernt vorkam. Irgendwann ging Thiele mit Gisela nach hinten, um vor der Band das Tanzbein zu schwingen. Die Männer blieben faul an der Bar zurück.

Rock me, baby, honey, rock me all night long!
I want you to rock me, baby, like my back ain't got no bone

Lässig lehnten sie sich rücklings dagegen und beobachteten die Frauen.

»Verliebter Trottel«, murmelte Aurich, als er merkte, wie sein Nachbar dabei weggetreten in ein seliges Grinsen verfiel.

»Morgen kommt meine Kleine mit Graf Dracula«, sagte Schreiber, ohne seinen Blick von Thiele zu nehmen. »Sie bleiben über Nacht.«

»Na ja. Falls dem jungen Mann was passiert, brauchen wir wohl nicht lange nach Verdächtigen zu suchen«, bemerkte Aurich und zwinkerte Gisela zu.

»Sie kennen übrigens auch diese Zwillinge aus Hallstadt. Nike sagt, alle glauben, dass der Bruder tatsächlich auf seine Schwester scharf ist. Hammer, was?«

»Hm.«

»Überhaupt hatte ich während der gesamten Ermittlungen immer das Gefühl, dass ganz Bamberg ständig am Kopulieren ist: Resch, Melanie, diese Judith, die Schmitts, die Köppels, der Zimmermann sowieso und …«, er sah in den mittleren Raum, wo Steinfels inzwischen mit Lockenköpfchen knutschte, » … wenn ich mir die Julia so anschaue …«

»Schreiber.«

»Hm?«

»Kaufen wir neue Instrumente?«

»Klar.«

Die beiden Männer saßen am Tresen und starrten dumpf in ihre dunklen Biere.

Der bullige Mittdreißiger fummelte nachdenklich am Henkel seines Steinkrugs herum, kratze sich das unrasierte Kinn und nahm einen ordentlichen Schluck. Mit einem tiefen Seufzer setzte er sein Getränk ab, um sogleich wieder missmutig den Kopf hängen zu lassen. Sein fettiges Haar fiel ihm in ein paar dünnen Strähnen in die Stirn, unter der dunkle Augen in einer Mischung aus Trauer und Wut unruhig vor sich hin funkelten.

Der jüngere der beiden, ein Blonder im grünen Kapuzenshirt, stützte sich lässig mit einem Ellbogen auf die Bar und warf einen beiläufigen Blick über die Schulter. »Tja, Kumpel. So war das. Kannst ganz Bamberg fragen«, sagte er und ließ seinen Blick über die fast menschenleere Kneipe schweifen.

Nur drei Rentner saßen an einem der dunklen Holztische, über denen altmodische orangefarbene Lampenschirme so tief hingen, dass der ganze Raum recht düster wirkte. In einer Ecke blinkte ein vereinsamter Spielautomat und gab in regelmäßigen Abständen eine dudelnde Melodie von sich.

»Ich kapier's nicht. Ich kapier's einfach nicht«, klagte der Bullige.

»Was gibt's denn da zu kapieren?«, meinte sein Kumpel mit einem beiläufigen Schulterzucken. »Weiß doch jeder, wie die Bullen sind. Wenn's um ihresgleichen geht, halten die zusammen. Dann kennen die keine Gnade.«

»Und Roman wollte wirklich nur reden? Ich kann mir das bei ihm gar nicht vorstellen. Der war schon früher immer total jähzornig.« Die Augen des Bulligen sahen in die Ferne.

»Stimmt ja«, stimmte der andere fast schon gelangweilt zu. »Wir wissen doch alle, wie Spider war. Wenn er richtig stinkig war, hat der nicht lang gefackelt. Da gab's gleich aufs Maul. Aber letzten Freitag war's anders. Er wollte nur noch mal Klartext mit diesem Bullen reden, wegen der Sache mit seinem Kampfhund, verstehst du? Das hat ihm einfach keine Ruhe gelassen.«

Der Bullige brummte und wiegte unschlüssig den Kopf hin und her.

»Denk doch mal nach«, kam es ungeduldig vom Blonden. »Der Spider wäre doch niemals so blöd gewesen, vor allen Leuten auf diesen Bullen loszugehen. Okay, er hat ihn vielleicht ein bisschen angestänkert und sich nicht gerade beliebt gemacht. Das war's auch schon. Aber als dann irgendwo so ein Scheißkabel gebrannt hat und plötzlich die ganze Hütte in Flammen stand, hat natürlich jeder sofort mit den Finger auf deinen Bruder gezeigt. Tja, einmal schuldig – immer schuldig.«

Grimmig nickte der Bullige vor sich hin und nahm noch einen Schluck. Die Stimme seines Nachbarn lullte ihn regelrecht ein und drang wie aus weiter Ferne an sein Ohr.

»Spider ist natürlich abgehauen. Also – zusammen mit Charlie. Die wollten den Stress nicht, verstehst du? Aber diese Drecksbullen hingen ihnen voll am Arsch. Die haben richtig Blut geleckt und waren wie eine durchgeknallte Meute hinter ihnen her, verstehst du?« Er machte eine dramatische Pause. »Tja, und denn Rest kennst du ja«, stellte er fest. »Aber eines sage ich dir: Dieser verdammte Unfall war vorprogrammiert. Und diese miesen Bullenschweine haben sich sauber ins Fäustchen gelacht, aber hundert Prozent! Tsh!«, machte er abfällig, schüttelte in theatralischer Fassungslosigkeit den Kopf und trank von seinem Bier.

Mit zusammengekniffenem Mund starrte der Bullige entschlossen vor sich hin. In seinen glasigen Augen brannte ein wildes Feuer. »Und du kennst diesen Bullen, sagst du?«

Thiele war als erste nach Hause gegangen. Bier und ausgiebige Tanzerei hatten sie zwar müde gemacht, doch die Zufriedenheit über den gelösten Fall und die Aussicht auf ein echtes Wochenende mit der Familie hatten ihren Gang durchs nächtliche Bamberg beflügelt. Wie von selbst hatten sie ihre Füße durch die Sandstraße getragen. Gut gelaunt hatte sie im Domgrund den Geruch der großen Bäume inhaliert.

Zu Hause angekommen, stellte sie etwas enttäuscht fest, dass Pete noch gebannt bei einem Krimi vor dem Fernseher saß. Sie grüßte rücksichtsvoll leise, schmatzte ihn auf die Wange und ging nach oben ans Bett von Louisa. »Ist gleich aus«, hörte sie Pete hinter sich noch sagen, als sie das Wohnzimmer verließ.

Im Kinderzimmer ließ sie es sich nicht nehmen, auch ausgiebig an ihrer schlafenden Tochter zu schnuppern. Sie zwängte sich neben die Kleine aufs Bett, wo sie zufrieden mit sich und der Welt einnickte.

Ein Geräusch ließ sie irgendwann erwachen. Schlaftrunken rappelte sie sich hoch und tapste ins Bad, wo sie ihre Kleidung schlampig auf einen Hocker warf und in ihr halb durchsichtiges Lieblingsnachthemd schlupfte.

Wieder hörte sie das Geräusch. Diesmal konnte sie es erkennen. Es war ein Räuspern, das aus dem Schlafzimmer kam.

Sie knipste die Lichter aus und ging hinüber, wo Pete sie schon erwartete. Im Schein der Nachttischlampe saß er mit nacktem Oberkörper aufrecht im Bett und bedachte sie mit diesem Blick.

Mit einem Schlag war sie hellwach. Lässig lehnte sie sich in den Türrahmen und fixierte ihren Gatten. »Hallo, Lehrer des Monats«, gurrte sie.

Pete grinste schief. »Ich war ein ganz böser Junge«, gluckste er listig.

Thiele verschränkte die Arme. Ihre Augen verengten sich zu Schlitzen. »Soso, warst du das?«

Die ›Blues Bar‹ begann sich zu leeren. Steinfels hatte mit Lockenköpfchen im Schlepptau die Segel gestrichen. Die Musiker hatten längst aufgehört zu spielen. Aus den Boxen über der Bar kam jetzt Filmmusik aus Italo-Western. Barkeeper Sam hatte um Mitternacht Geburtstag gehabt, und Lucy hatte ihm eine CD mit Kompositionen von Ennio Morricone geschenkt. Sam war davon so begeistert gewesen, dass er sie sofort aufgelegt hatte, als die Band mit ihrem letzten Set fertig gewesen war. So kam es, dass jetzt dramatische Trompeten-Töne in der Kneipe erklangen, was jedem der letzten Gäste zu gefallen schien. Auch den jüngeren.

Obwohl Schreiber schon eine leichte Bettschwere verspürte, hatte er noch keine Lust, nach Hause zu gehen. Er saß noch immer an der Bar, wo er sich mit Aurich und Gisela festgequatscht hatte. »Und du stehst tatsächlich auf Italo-Western?«, fragte er die Freundin seines Kollegen ungläubig.

»Sehr!«, rief sie vergnügt.

»Ja, aber du bist doch eine Frau …«, wunderte sich Schreiber.

Kühle Zugluft an seinen Nieren verriet ihm, dass späte Gäste die Kneipe betraten. Von seinem Gespräch abgelenkt, drehte er sich neugierig zur Eingangstür.

Den beiden Männern war sofort anzusehen, dass sie nicht gekommen waren, um Sam zu gratulieren. Vor allem der große, bullige mit dem dunklen Haar und dem unrasierten Kinn schien auf Ärger aus. Düster sah er sich um. Sein Blick hätte jeden Klavierspieler schlagartig zum Verstummen gebracht.

Schreiber fragte sich, an wen ihn der Mann erinnerte.

»Scheiße. Ich glaube, das ist Spiders Bruder«, raunte ihm Aurich schon die Antwort ins Ohr.

Der kleinere der beiden Männer, ein blonder, rempelte den Bulligen mit der Schulter an und wies mit dem Kinn in Schreibers Richtung. »Das ist er«, sagte er, womit die beiden breitbeinig nähertraten und sich vor Schreibers Barhocker aufbauten.

Sam, der gerade mit einigen Stammgästen einen Geburtstagsschnaps trinken wollte, spürte instinktiv, dass sich Ärger zusammenbraute, und hielt inne. Zusammen mit den anderen behielt er skeptisch die Neuankömmlinge im Auge, bereit, jederzeit einzugreifen.

Hasserfüllt funkelte der Bullige Schreiber an, der keine Anstalten machte aufzustehen, dem Blick aber standhielt.

Aurich indes hielt es nicht mehr auf seinem Platz. »Halt hier die Stellung«, sagte er zu der ängstlich dreinblickenden Gisela, glitt vom Hocker und positionierte sich mit verschränkten Armen vor dem Blonden.

»Wir hätten da noch was zu klären«, knurrte der Bullige.

Nun erhob sich auch Schreiber. Er musste etwas zu seinem Gegenüber aufsehen. Der Bullige mochte an die zwei Meter sein.

Die vier Männer standen einander reglos gegenüber und schraubten ihre Blicke ineinander. Aus den Boxen ertönte die klagende Melodie einer Mundharmonika. Es war das ›Lied vom Tod‹.

Sie saßen an einem der runden Tische in einer Ecke des vereinsamten hinteren Raums, wo die Band schon lange abgebaut hatte.

»Sorry wegen euren Instrumenten und vor allem wegen deiner Freundin«, brummte der Bullige kleinlaut und sah hinüber zu Aurich, der nur nickte.

»Tut mir auch Leid, für deinen Bruder. So was hat keiner verdient«, sagte Schreiber und hielt sein Bier hoch.

Klirrend stießen alle an.

Der Bullige setzte polternd den Glaskrug ab, seufzte tief und wischte sich mit dem Handrücken den Schaum vom Mund. »Du konntest ja nichts dafür«, gab er zu.

»Ja, aber …« begann der Blonde zögerlich.

»Und du hörst auf, so einen Scheiß rumzuerzählen, ist das klar?«, fiel ihm Aurich fauchend ins Wort. Dabei gestikulierte er Gisela, die besorgt zum Durchgang hereinlugte, dass alles im Griff sei. Sie zog sich dezent zurück.

Der Blonde wollte noch protestieren, verstummte aber schlagartig, als selbst sein großer Kumpel ihn strafend anstarrte. »Gehen wir«, sagte der bestimmt, stürzte den Rest seines Bieres in einem Zug hinunter, rülpste und reichte Schreiber die Hand. »Ich bin übrigens der Rainer. Vielleicht sieht man sich ja mal wieder.« Damit schnappte er sich seinen Freund, und die beiden entfernten sich unsicheren Schrittes.

Die Kommissare schauten ihnen noch nach, bis sie ums Eck verschwunden waren. Aurich atmete hörbar aus und klapste Schreiber auf den Oberschenkel. »Tja.

Klassischer Fall von gewaltfreier Deeskalation. Gehen wir wieder an die Bar.«

Vorne angekommen, fanden sie eine müde Gisela, so dass Aurich die Rechnung beglich und sich daran machte zu gehen. Schreiber, auch schon etwas müde und angetrunken, überlegte noch unschlüssig hin und her, ob er noch mit Sam und den Stammgästen feiern sollte.

Aurich nahm ihm die Entscheidung ab. »Kleiner Tipp«, raunte der ihm zu, als er seiner Gisela in die Jacke half. »Die da drüben schaut dich schon den ganzen Abend an.« Er wies mit der Nase ans Ende der Bar, wo Schreiber erst jetzt eine mollige Blondine entdeckte, die ihm sofort freundlich mit ihrem Bier zuprostete.

Sie kam ihm auf Anhieb bekannt vor. Abwesend nahm er Giselas Abschiedskuss auf die Wange und Aurichs Schulterklaps entgegen. Kaum waren die beiden durch die Tür, lehnte er sich an die Bar, schaute wieder zu der Frau hinüber und überlegte fieberhaft, woher er sie nur kannte.

Als Sam ihn fragte, ob er noch ein Bier möge, winkte er nur beiläufig ab.

Irgendwann fasste sich Schreiber ein Herz und wollte einfach zu ihr gehen und sie fragen. Doch sie kam ihm zuvor, ging langsam um die Bar herum und lehnte sich in einer lässig-lasziven Pose direkt vor ihm an den Tresen. Schreiber lächelte ungläubig, als er sie musterte. Sie trug ein enges schwarzes Top, das ihre rundlichen Formen betonte, ebenso wie ihre gut sitzende Jeans. Goldener Modeschmuck funkelte an ihren Ohren und über ihrem üppigen Dekolletee, von dem der schwere, süßliche Geruch reichlich aufgetragenen Parfüms in Schreibers Nase stieg. Ihr Pagenschnitt umrahmte ein hübsches, wenn auch etwas zu stark geschminktes Gesicht. Alles in Allem war sie – sexy. Ja, sie war sexy!

Schreiber schluckte.

Die Mollige lehnte einfach nur da und fixierte ihn wie die Schlange das Kaninchen.

Schlagartig wurde ihm klar, dass er in dieser Nacht Sex haben würde. Er, Schreiber, würde zum kopulierenden Bamberg gehören. Der Blick der Molligen duldete keinen Widerspruch. Schreiber starrte sie an wie das achte Weltwunder, als es ihm allmählich dämmerte.

»Chantal?«

Liednachweis

›Fire water burn‹, *Bloodhound Gang*, 1997; ›Mary had a little lamb‹, *Stevie Ray Vaughan*, 1983; ›Smoke on the water‹, *Deep Purple*, 1972; ›Conspiracy with the Devil‹, *Suicide Commando*, 2006; ›Yesterday‹, The *Beatles*, 1966; ›Moon over Bourbon Street‹, *Sting*, 1986; ›Rock me baby‹, *B. B. King*, 1964; ›Das Lied vom Tod‹ (›Harmonica‹), *Ennio Morricone*, 1969

Bücher für Franken von vmn

Peter Ritter

Bullen-Blues

Ein Bamberg-Krimi

Mord im Hainpark: Die junge Studentin hat keine Chance, als sie beim Joggen ihrem Mörder in die Arme läuft. Mit diesem Verbrechen sieht sich das neue Bamberger Ermittlerteam, die Hauptkommissare David Schreiber und Sophie Thiele, in ihrem ersten gemeinsamen Fall konfrontiert. Schreiber versucht sich in den Mörder zu versetzen, verfolgt ruhelos dessen Wege und taucht bei der Spurensuche ins nächtliche Bamberg ein.

272 Seiten, 9,90 Euro, ISBN 978-3-940168-21-4

Josef Rauch

Der Fall Urbas

Ein Franken-Krimi

Philipp Marlein erhält von der Mutter eines ermordeten 18-Jährigen den Auftrag, den Täter zu finden. Da der Ehemann den Mord bereits gestanden hat, hält das der Detektiv für ziemlich sinnlos. Dennoch nimmt er den Auftrag wegen des Honorars an und findet schnell Hinweise, die die Skepsis seiner Klientin rechtfertigen. Ein Lokalkrimi mit viel fränkischem Esprit sowie detailgenauen Beschreibungen.

192 Seiten, 9,90 Euro, ISBN 978-3-940168-22-1

Joachim Spies

Die Babenberger Fehde

Frankenroman

Franken. In den verschneiten Wäldern um Bachbronn brennt das Feuer der Leidenschaft. Zwischen den alten Geschlechtern der Konradiner und der Babenberger spitzt sich das Ringen um die Vorherrschaft zu. An der ›Emmasruh‹, der sagenumrankten Jagdhütte, kommt es zur Entscheidung. In die Fehde mit hineingezogen, stehen der Finanzbeamte Manni und der geschichtsbegeisterte Paul Schlönhardt an Scheidepunkten ihres Lebens: Wer hat Recht? Wer liebt wen?
Und wie weit darf sich ein Franke eigentlich mit Bayern einlassen?

280 Seiten, geb., Schutzumschl., 15,00 Euro, ISBN 978-3-940168-00-9

Weitere Bücher und Hörbücher finden Sie in unserem Verlagsprogramm, das wir gerne kostenlos zusenden, oder auf unseren Internetseiten.

vmn

Verlag M. Naumann

Brucknerstraße 1a 63452 Hanau

Telefon 06181 3007986 Telefax 06181 9068335

E-Mail: info@vmn-naumann.de

Im Internet finden Sie uns unter: www.vmn-naumann.de